La familia Pérez

CHRISTINE BELL

La familia Pérez

TRADUCCIÓN:
María Buxo Dulce Montesinos

AVE FENIX / SERIE MAYOR

PLAZA & JANES

Título original: *The Pérez Family*
Diseño de la colección: A.M.3
Ilustración de la portada: Nieves Córceles

Primera edición: Enero, 1994

© 1990, Christine Bell
© de la traducción, María José Buxó-Dulce Montesinos
© 1994, Plaza & Janés Editores, S. A.
Enric Granados, 86-88. 08008 Barcelona
Publicado por acuerdo con Lennart Sane Agency AB.

Printed in Spain — Impreso en España

ISBN: 84-01-38508-3 — Depósito Legal: B. 39.627 - 1993

Impreso en Libergraf
Constitución 19 – Barcelona

Con mi agradecimiento a J. Álvarez, M. L. Bell, P. Bell, B. DePietro, M. DePietro, M. Hidalgo-Gato, A. Jacks, C. Jacks, I. Mendoza, M. Pérez, L. Siniscalco, F. Thornton, S. Naranjo Webber y R. Webber. Con especial agradecimiento a Emelle.

Un pajarito — en su jaula
vuela — y vuela sin cesar
y siempre buscando — en vano
sitio por donde — escapar.

Pobrecito, cómo sufre
buscando su libertad
yo como — el pájaro quiero
yo como — el pájaro quiero
la libertad recobrar.

Bemba Colorá, J. CLARO FUMERO.

Primera parte

DESDE LA PRISIÓN

Julio de 1980

¡Qué celos tenemos de su odio! Los que acaban de llegar están rebosantes de odio. Si los vieras entenderías nuestros celos: ¡están tan vivos! Tienen los ojos limpios y brillantes. Tienen las mejillas sonrojadas. Casi se puede ver la sangre que corre por sus venas. Todavía están vivos. Y nosotros, nosotros ya estamos muertos.

¡Son tan fieles a su odio! Éste todavía no se ha vuelto hacia adentro en cólera silenciosa; tampoco esa cólera ha tenido la oportunidad de anestesiarlos todavía. Y a nosotros, como hombres muertos, nos gusta ver algo tan vivo. Sangre tan fresca. Ellos tienen razón y están vivos, y nosotros estamos muertos. Sus almas claman contra la injusticia. El alma sirve para pedir justicia a gritos.

Martí dijo: «Ser testigo de un crimen en silencio equivale a cometerlo.» Ellos no se callan. Claman contra los ultrajes. Claman, llenos de odio, contra un poder derrotista e inmoral. Claman contra su dolor. ¿No servía el alma para clamar contra ese dolor? ¡Qué celos tenemos de sus fuertes voces, mientras clamamos en silencio con ellos! Nos sorprende ser capaces todavía de recordar el dolor. ¿Tenemos también celos de ese dolor, o sólo los envidiamos porque están lo suficientemente vivos para seguir notando el dolor? Hasta que la realidad, como un cuchillo desafilado, ya oxidado en nuestros corazones, nos recuerda, y nosotros recordamos. Ya no claman. Lloran, simplemente. Sufren. Y no es el dolor de una herida en la carne lo que los empujará adelante en la batalla. Es el dolor del alma derrotada. Pero ellos todavía están vivos y nosotros lamentamos que estén aún tan vivos; todavía no tienen el entumecimiento de la prisión que *día a día los sepultará en el sueño alerta de los muertos, hasta el día de la resurrección.*

Oh, amor mío, a veces estoy tan entumecido que apenas sé que todavía no estoy muerto.

CAPÍTULO PRIMERO

En su sueño siempre era domingo. Siempre domingo por la tarde. Siempre soleado. Siempre una larga playa blanca, una brisa ligera y mar turquesa. El sueño comenzaba con una reunión familiar en la playa, una tarde como muchas de las que él había vivido veinte años atrás. A lo lejos, la guitarra de los guajiros modulaba alta y limpiamente. Una voz entonaba el estribillo, «Yo soy un hombre sencillo...».

Había siempre una mesa con unos viejos que jugaban al dominó. Las ancianas estaban sentadas bajo las palmeras en sillas plegables. Las más jóvenes arreglaban las mesas y vigilaban a los niños. Su padre daba vueltas a la carne de la barbacoa. Su hija y sus sobrinos jugaban con una pelota de playa de rayas rojas y blancas. En el sueño, él se giraba un momento, y cuando volvía a mirar, todos, excepto él, estaban metidos en el agua. Las viejas sentadas en las sillas plegables con sus vestidos negros, los viejos con su mesa de dominó, los niños y la pelota de playa de rayas rojas y blancas... todos estaban en el agua.

Él los llamaba para que volvieran. Les decía que era una tontería, que no debían meterse en el agua con las mesas de pícnic y la barbacoa. Pero ellos nunca se movían de allí. Y la playa en la que él se encontraba comenzaba a alejarse. Volved, les decía, os vais a ahogar todos.

No nos vamos a ahogar, Juan, este agua es poco profunda, no te estropeará el traje, le respondía su esposa. ¿Por qué?, se preguntaba él siempre cuando su esposa decía eso, ¿por qué llevaba su traje azul de negocios en la playa en una tarde de domingo?

Ven aquí con nosotros, continuaba ella. La playa seguía alejándose, y una oscura grieta sibilante se abría entre la tierra y el mar turquesa. A él le da miedo mirar dentro del agujero. Salta, le dicen ellos, ven aquí y quédate con nosotros. Y él siempre salta, cada vez; y su aceleración es apenas perceptible cada vez que vuela por el aire, sólo una contracción de sus músculos mientras duerme. Apenas perceptible, pero existe. Él caerá. No lo conseguirá.

Y siempre, en el momento en que empieza a caer, el sueño se detiene. Si no ha de conseguir pasar al otro lado, preferiría caer, tropezar en la oscuridad y romperse todos los huesos del cuerpo al dar contra la dura tierra. Pero en lugar de eso, el sueño se detenía y helaba el universo con una precisión sólo comparable, en la realidad, con el día en que lo llevaron a la prisión.

CAPÍTULO II

Se despertó temblando, con el corazón acelerado, bañado en sudor. Como siempre, el viento de su sueño se prolongó hasta el despertar. Era una brisa ligera que olía a mar demasiado lejos para ser real. Como siempre, tuvo que aspirar hondo aquella misma brisa para recobrar la respiración.

Se sentó en el borde de la cama y se tomó el pulso con las puntas de los dedos. Ciento cincuenta, pensó. No tenía reloj con que asegurarse de aquella cifra, y tampoco tenía necesidad de cogerse la muñeca con los dedos para encontrarse el latido del corazón: su tamborileo inundaba la oscuridad, martilleaba paredes invisibles, resonaba por pasillos invisibles, despertaba a Hernández, el de la litera de encima, que, sin dejar de roncar, mascullaba me cago en tu padre, se volvía hacia el otro lado y seguía durmiendo.

Juan Raúl Pérez comenzó la letanía que había ideado para deshelar el tiempo: se puso a contar. Se puso a contar y movió físicamente el tiempo con las cifras. Contó todas y cada una de las cosas para descongelar el helado momento de la caída. Contó su pulso una y otra vez. Contó los ronquidos de Hernández. Contó los veinte años que llevaba en la cárcel. Contó la edad de su hija, los cuatro años que había pasado con ella, los otros veinte que llevaba sin verla. Contó las tres o cuatro horas que quedaban hasta el amanecer. Contó los cincuenta y un años de la vida de su esposa. Contó sus dientes, sus pechos, sus brazos y sus piernas. Contó las catorce cartas que había recibido de ella en el curso de veinte años y contó aquellas otras, innumerables, que no le habían entregado. Contó las noventa millas que separaban a Cuba del país al que había enviado a su familia en avión veinte años atrás. Contó los días transcurridos desde que los envió en avión, los días que esperó en la habitación del hospital con su padre, que se estaba muriendo, y las horas del día en que lo encarcelaron, la semana antes de que su padre muriese. Contó la primera calle sudoeste de Miami y las otras veintidós que necesitaría cruzar para llegar a la calle Veintitrés Sudoeste, donde vivían su esposa y su hija.

Contó su pulso, que había disminuido a cien, y frenó su letanía hasta igualarla con el ritmo de los latidos. Añadió imágenes e ideas a la cuenta ahora más lenta, y movió el tiempo en grandes y fuertes bloques, en lugar de astillar el universo helado.

Añadió unos kilos al cuerpo de su esposa, edad a su andar, franjas grises a su bloque negro de cabello, que según una carta de hacía cinco años se había convertido en una melena corta y recta. Añadió unos pliegues alrededor de sus dos oscuros ojos. Añadió altura a su hija, a la que había visto por última vez a los cuatro años de edad, hasta que finalmente, al llegar a los dos metros diez, tuvo que sacar medio metro para volverla a dejar proporcionada. Añadió flores a la tumba de su padre, y confió en que estuviera junto a la de su madre, en las afueras de La Habana.

Añadió sol a la calle Veintitrés Sudoeste de Miami; un lechero por la mañana, un perro en el patio. Añadió ira; no quería hacerlo, pero le brotó del corazón y se instaló en su pulso. Qué absurda resultaba la acusación de «enemigo de la revolución» el día que lo detuvieron al dejar el hospital donde su padre se estaba muriendo. Sí, dijo en el juicio, que no fue más que una sentencia. Sí, había trabajado para un diario favorable a Batista. Pero no, no había ayudado a las potencias imperialistas, ocurría solamente que él era vendedor de publicidad de aquel diario. ¿No recibía pagos de aquellas potencias imperialistas por sus operaciones clandestinas contra la revolución? No, les dijo, lo que pasaba era que las empresas a las que vendía espacio para publicidad a veces le hacían regalos cuando él les conseguía una buena tarifa y una buena página. Y no, él no sabía si habría trabajado con tanta dedicación para un periódico revolucionario, porque él era un empleado afecto a su empresa y no se imaginaba trabajando para ninguna otra.

No, entonces no era enemigo de la revolución, pero después de veinte años como preso político se había convertido en uno de ellos. Cada año su desesperanzada cólera merecía cien sentencias más de cadena perpetua.

Se palpó el bolsillo buscando el lápiz y hurgó bajo el colchón de paja intentando encontrar papel. Decidió que al día siguiente le escribiría a su esposa una carta hermosa, una carta llena de esperanza y de vida, una carta que podría enviarle, no como las incontables páginas de desesperación que le había dirigido pero que nunca le había enviado. Él solamente le enviaba páginas que no pudieran entristecerla.

Quizá se quedó dormido sentado en el borde de la litera mientras grandes bloques de ira movían el tiempo, deshelaban el universo, hacían caer su pulso a un ritmo de setenta y seis, fuerte y constante. No lo recordaba, lo que pasaba era que nunca había visto al hombre que le sacudió el brazo para despertarlo y preguntarle si era Juan Raúl Pérez. El hombre le dijo que saliera con él inmediatamente. Y él tomó una última gran bocanada de aire, demasiado oceánico para ser real en una celda de prisión situada excesivamente tierra adentro. Siempre había sabido que, tarde o temprano, el sueño terminaría.

CAPÍTULO III

Las sombras se movían deprisa por los pasillos, bajo las bombillas sin pantalla. «Rápido, rápido», le dijo uno de los guardias.

Juan Raúl Pérez recordaba a un hombre llamado Méndez que hacía años había sido sacado de la cama de aquella manera y puesto contra el muro del patio. El muro todavía conservaba la humedad de la última ejecución. Gritaron «fuego», pero no dispararon y volvieron a llevar a Méndez a su celda mientras éste gritaba: «Disparad por favor, disparad.» Méndez se pasó varios días pidiendo a gritos que le dispararan, primero en la celda y luego en la enfermería, y después cuando lo tuvieron aislado, y más tarde se despertó de la muerte y dejó de gritar, porque había encontrado la inmortalidad. Y todo el mundo, hasta el más corpulento de los guardias, le tenía miedo a Méndez después de aquello, porque caminaba por allí con una serena sonrisa de inmortalidad y seguía las reglas sin preocuparse de lo que estaba haciendo, hasta que una noche murió mientras dormía. Fue una muerte pacífica, porque la serena sonrisa de inmortalidad de Méndez continuaba intacta en su cara a la mañana siguiente.

Y luego Juan Raúl Pérez rezó e hizo la promesa de que él también estaría presto a gritar «fuego, FUEGO», como una plegaria durante el resto de su vida si ellos accedían también a no dispararle. Si le dejaban regresar a la seguridad de su pesadilla.

«Muévete, maldita sea», le dijo el guardia, y él obedeció. Pero ni siquiera pasaron por delante del muro utilizado para las ejecuciones, sino que fueron a la parte de atrás, donde lo subieron junto con otros prisioneros a un viejo autobús. Allí pasó las tenebrosas y eternas horas que precedían al amanecer, sin saber a qué muro estaba siendo trasladado.

Vigiló en la oscuridad desde la ventana del caluroso autobús. Encontró fuerza para hallarse el pulso y registró ciento seis latidos de supervivencia. Pensó que ciento seis era un número sereno y valiente de cara a la muerte, pero luego le avergonzó pensar que ciento seis era todo lo que podía latir en aquellas últimas horas.

Pensó que si podía hacer que su pulso fuera más deprisa podría moverse más tiempo en los últimos momentos que le quedaban. El latido de su corazón siempre le había dicho lo mismo, siempre le había dicho: «Estás vivo. Eres un superviviente.» Ahora se desbocaba, soltaba carcajadas frenéticas y gritaba: «Te estás muriendo. Éstos son los últimos latidos de frenesí que te quedan.»

Dejó caer la muñeca con repugnancia. Cambió de posición e intentó imaginar lo que su esposa estaría haciendo a aquella hora. Se encontraban en la misma zona horaria, de modo que ella aún estaría en la cama durmiendo. ¡Ojalá pudiera hacer que su corazón latiera más despacio para igualarse con el ritmo a que latía el de ella a aquella hora, antes del amanecer! ¡Ojalá pudiera hacer que su velocidad bajara a sesenta o cincuenta, al ritmo a que latiera el corazón de ella! Deslizó la mano hasta la muñeca y le pareció que si se concentraba su corazón latía más lentamente, convirtiéndose en uno solo con el de ella. Por un momento —sólo por un momento, como cuando en su sueño la eternidad se detenía— sintió que los dos eran uno solo. Que él estaba con ella en su sueño. Que él había penetrado en los sueños de ella, lentamente, sin que se diera cuenta, excepto por una sensación de calor. En aquella cama donde ella se encontraba. Donde ellos se encontraban. Dormidos, juntos, en sábanas que él no había visto nunca. No eran las sábanas de lino con las iniciales bordadas a mano que su suegra les había regalado el día de la boda, sino unas sábanas blancas y suaves con pequeñas flores amarillas. Se notaba ese aire fresco, casi una brisa, que incluso las mañanas tropicales ofrecen brevemente antes del amanecer. Oyó el agudo fondo sonoro de los grillos, la perezosa y lejana bocina de un coche, un temblor ligero en la respiración de su esposa cuando ella tiró de la sábana en aquella calle Veintitrés de Miami, en aquel país a noventa millas de distancia.

CAPÍTULO IV

Ella sentía la vida como los sonámbulos. Desde hacía unos meses, todos sus movimientos, por corrientes que fueran, le parecían cruciales, aunque distantes. Se despertó de entre las sábanas estampadas amarillo pálido y se sentó junto al teléfono. Creo que el teléfono va a sonar, pensó, y el teléfono sonó. Creo que son buenas noticias, se dijo al descolgar el auricular. Creo que van a decirme que lo han encontrado y que viene hacia casa.

—¿Carmela? ¿Carmela, estás ahí? —preguntó la voz de su hermano.

—Sí, Ángel, sí.

—Han cancelado el transbordo.

Pero el transbordo marítimo de Mariel ya se había cancelado dos meses atrás y los barcos no obstante seguían pasando. En los últimos cuatro meses habían venido ciento dieciséis mil. Habían venido desde que Castro, después de tantos años de negativa, abriera las puertas, aparentemente de mala gana, porque varios centenares de personas habían irrumpido en la Embajada peruana de La Habana pidiendo asilo político y visados de salida para los Estados Unidos.

Castro no había previsto que tanta gente quisiera irse. Los Estados Unidos no habían previsto que se permitiera salir a tantos. Dicho país organizó dos aviones de transporte para traerlos. Y luego hicieron ver que no se daban cuenta, en lo posible, de los miles de barquitos que venían detrás.

Iros, les dijo Castro, si queréis marcharos de aquí es que sois escoria. Si sois escoria nosotros no os necesitamos aquí. Asimismo Fidel vació silenciosamente las celdas de las cárceles y envió también a los presos.

—Pero esta vez va en serio —le dijo Ángel a su hermana—. Ahora hay una barrera de la guardia de costas y las autoridades están confiscando los barcos.

—Gracias por decírmelo, Ángel.

Su hija, Teresa, la había llevado al médico varias veces en los últimos meses. El médico le recetó Valium, pero Carmela rompió la receta en cuanto Teresa se marchó a la escuela. Carmela no podía dormir. El médico le recetó Dalmane, pero ella también rompió aquella receta. No dormía mejor después de no tomarse el Valium o el Dalmane, pero se sentía más fuerte cada vez que rompía una receta del médico.

Cada mañana se iba a trabajar como si aquellos días no fueran distintos de otros de su vida. Vendía perfumes en una tienda de Bal Harbour. Perfumes con los que llevarse a los hombres a casa.

Un día que Ángel no estaba en Key West alquilando barcos para llevarse a Juan Raúl a casa, le regaló a Carmela un «busca». Carmela lo llevaba en el cinturón del vestido. Le daba un toque muy profesional. Pero cuando estaba en la tienda, cada vez que sonaba el teléfono, los frascos tallados vacilaban en su mano temblorosa. Lo primero que hacía al llegar a casa era sentarse al lado del teléfono. Creo que el teléfono va a sonar, pensaba, y el teléfono sonaba mil veces al día: clientes que pedían Joy y Opium, amigos de su hija que preguntaban si Teresa estaba en casa; su hermano, para decirle que no había noticias; la novia de su hermano, para preguntarle a Carmela si sabía dónde estaba Ángel.

Un día que Ángel no estaba en Key West alquilando barcos para llevarse a Juan Raúl a casa, le regaló a Carmela una pistola. Sólo era una pistola pequeña. De plata y madreperla, para guardarla en la guantera. De plata y madreperla, para guardarla en la mesita de noche. Esta vez va en serio, le decía su hermano. Ya no era como cuando se marcharon ellos de Cuba, veinte años atrás. Ella, su hijita y Ángel, que entonces solamente tenía catorce años. Recordaba la travesía en el simpático avión plateado al que su marido los había acompañado después de decirles que no se preocuparan. La había besado en la mejilla y le había dicho que no se preocupara, que él no se retrasaría mucho. Iría tan pronto como su padre se pusiera bien.

Ten las puertas cerradas, le dijo Ángel, esta gente no es como nosotros.

Luego comenzó a tener pesadillas con la pistola plateada en la mesita de noche. Soñaba, una y otra vez, que su marido iba hacia ella por la noche y ella no le reconocía. Ella esperaba en la oscuridad. Le llamaba y Juan Raúl no contestaba. Ella tenía la pistola en la mano.

—¡Dios mío! —exclamó Teresa cuando entró en el dormitorio de su madre y encendió la luz. Le había parecido oírla llorar.

—Mamá, deja eso, soy yo —dijo Teresa.

Por la mañana, Carmela metió la pistola en un cartón de leche y lo cubrió con cáscaras de huevo y posos de café. Luego puso el envase de cartón de leche en una bolsa de papel y lo cubrió con más basura. Después colocó la bolsa de papel en una de plástico de color verde y la llevó a un contenedor de basuras que estaba camino del trabajo. Teresa concertó otra cita para su madre con el médico. El doctor le recetó un tranquilizante más fuerte y Carmela se sintió más vigorosa rompiendo la receta.

El lunes por la mañana Ángel le dijo que el transbordo marítimo estaba definitivamente cancelado. Ella se vistió y se fue a trabajar, como cualquier otro lunes por la mañana. Entonces le preguntaron: «¿Ha venido? ¿Ha venido? Tienes un aspecto tan radiante que debe de haber venido.»

Carmela se había vuelto más hermosa con la espera. No había sido su intención que así ocurriera.

CAPÍTULO V

Los sacaron del autobús. La comprensión le llegó, como el amanecer, en chorros discontinuos por la mañana tropical.

Juan Raúl Pérez preguntó si podía ir a orinar. El soldado que llevaba el fusil le dijo que hiciera lo que le diera la gana porque ya no tenía que pedir permiso suponiendo que todavía fuera capaz de mear sin que nadie se lo ordenara. Así que lo hizo. Mearon todos en los arbustos que había al borde de la oscura carretera. Una última meada de frío temor, de mil días y mil noches en pequeñas celdas grises. Mil sueños que olían a mar demasiado tierra adentro.

Luego los llevaron a las barracas donde varios centenares de personas estaban esperando pasaje para los pocos botes que aún quedaban. Juan Raúl Pérez siguió las indicaciones sin preocuparse, aspirando el aire marino. El olor a sal del aire cortaba como una navaja; el sol todavía no había empezado a suavizarlo, y los colores del amanecer todavía no habían empezado a distraer los sentidos. Un hombre le preguntó su nombre, lo buscó en un bloc y lo condujo hasta otra cola. Delante de él, una joven cantaba suavemente con acento muy marcado «Welcome to the Hotel California».

—¿Nos llevan a California? —le preguntó Juan Raúl Pérez al hombre del mostrador cuando lo llamaron.

—No —dijo el hombre—. A Miami. Adonde te vayan a mandar después es cosa de ellos.

Le dijeron que pasara a otra cola y lo hizo, aspirando el aire cortante, observando el agua desde lejos, esperando a que el agua comenzara a alejarse de la orilla.

Una palmera desprendió un trozo de azul, y el azul se fue extendiendo por el cielo. El sol empezó a jugar con el agua, cambiándola de azul a turquesa, danzando con diminutos pasos de diamante por la superficie.

Fue conducido junto con otros treinta a un impecable barco de pesca que olía a diésel y aceite antes incluso de que los motores se pusieran en marcha con un rugido. El «Penn-Yan» iba cargado por encima de su capacidad y se hundía por debajo de la línea de flotación; la bomba de achique trabajaba para mantenerlos a flote. Juan Raúl Pérez se sentó hacia atrás, tal como le dijeron, en el lado izquierdo, y observó los colores cambiantes de la Corriente del Golfo. Se volvió hacia un viejo que estaba sentado a su lado, calvo y sin dientes, y le dijo que tenía que mear. El viejo dejó escapar una rápida sonrisa desdentada que arrugó su cara en mil hendiduras.

—Pues mea, eres un hombre libre. Pero no me lo hagas encima.

Juan Raúl Pérez caminó hasta la parte de atrás de la embarcación y orinó en el océano, de un azul magnífico. Y entonces, cuando su cálida orina dibujó un arcoiris en el cielo marino, supo que no iba a ser fusilado al amanecer. No por el hecho de que fuera de día, sino porque el amanecer había llegado y pasado, y él estaba meando por la borda de una barca de pesca como si estuviera vivo.

Juan Raúl Pérez se sentó silenciosamente en su lugar. Fue una larga travesía. Creía que debía sentirse feliz, pero no quería pensar en nada que pudiera romper el frágil embrujo de la realidad. Había agua fresca para beber que iba circulando regularmente. Hacía calor y él estaba mareado, pero no quería moverse para vomitar. El viejo que estaba sentado a su lado le dio la mitad de un puro oscuro y delgado y le acercó una cerilla.

—Por la libertad —dijo el viejo, y esbozó una desdentada sonrisa.

—Por la libertad —replicó Juan Pérez.

Pensó que el puro le haría vomitar, pero no fue así. Tenía un gusto lejano y encantador y de algún modo su náusea desapareció a medida que lo fumaba.

Por la tarde, mientras volvía a su lugar después de orinar otra vez por la borda del barco como si todavía estuviera vivo, una mujer que llamaban Dottie, con grandes caderas de matrona cubana y una magnífica cabellera negra, se arrimó a él y se puso a bailar. Había poco espacio para moverse sin tropezar con los demás, cosa que hacía infundir más energía a las violentas caderas de Dottie. Su vestido, azul, de La Habana, aproximadamente de 1960, atiborrado de topos blancos ondeaba movido por la brisa del mar. Había música procedente de una radio, que nadie podía oír porque estaban dando palmadas y llevaban otro ritmo. Juan Raúl Pérez apenas tenía que moverse, bastaba con dejar que ella lo moviera con sus caderas de matrona cubana cubiertas de topos ondulantes. Bailaba samba y salsa. Bailaba con libertad y violencia. Se volvía más frenética a medida que los demás hacían palmas cada vez más fuertes y reían y gritaban.

—¡Rock-n-roll! —les gritó ella.

—¡Libertad! —le respondieron ellos. Y él debía de estar riendo también cuando ella se volvió a sentar a su lado.

—¿Cómo te llamas? —le preguntó Dottie.

Y él no contestó, porque su cara de superviviente no quería abrir la boca para mostrarle a ella que no tenía dientes; no quería sonreír y romper la superficie de su supervivencia en miles de diminutas hendiduras.

—Me llamo Dottie —dijo ella al ver que él no contestaba—, Dorita se acabó. —Él hizo un gesto de acuerdo. Dottie le dijo—: Me he pasado el día mirando cómo meabas, te llames como te llames.

CAPÍTULO VI

Dorita, alias Dottie, estaba decidida a aprovechar aquella oportunidad. Lo había pasado demasiado mal durante demasiado tiempo, y no iba a permitir que algo tan corriente como la edad la pusiera a raya. No se había inventado todavía el gobierno que pudiera haber detenido su sueño de libertad y de hombres como John Wayne, aunque no se había inventado todavía el gobierno que no la hubiera jodido de alguna manera. La había jodido el patriarcado por el hecho de ser hija natural. La había jodido la aristocracia, por el hecho de ser hija de una sirvienta. También la había jodido la dictadura militar, porque su marido de hecho había muerto luchando por Batista, y su siguiente amante —partidario de Castro: ella no estaba para correr riesgos— murió en la invasión de la Bahía de Cochinos. La había jodido el capitalismo, porque los Estados Unidos se habían llevado la mejor parte de Cuba antes de la revolución. Y el que la había jodido más hábilmente era el comunismo porque éste había prometido cosas. Y prometido. Y prometido. Y prometido. Y prometido.

Y la habían jodido bien. La habían jodido sin su permiso y luchó. La habían jodido sin su permiso cuando se sentía demasiado cansada para luchar. Y jodió cuando estaba demasiado cansada de que la jodieran. Jodió para ganar favores y posición. Jodió para que la dejaran tranquila. Jodió para conseguir el billete de autocar que la llevó a la Embajada peruana, cuando oyó rumores de un transbordo marítimo. Jodió para que nunca la volvieran a joder.

Encontró la puerta de la Embajada ya cerrada y sin que quedara nadie para joder. Las autoridades leyeron la nota de veinte años atrás que figuraba en sus documentos según la cual era «sospechosa de prostitución». Las acusaciones nunca fueron más allá de la «sospecha» pero eso no la había librado de verse forzada a trabajar en la plantación de azúcar, un campo de readaptación con manga ancha del cual se había marchado muchas veces al principio, antes de darse cuenta de que no había ningún lugar adonde ir, al menos en Cuba. Sin embargo, su historial a partir de entonces decía que ella no era ni disidente ni malhechora, sino una trabajadora ejemplar y con un buen polvo. No tenía dinero para el pasaje ni parientes en los Estados Unidos. Las autoridades le dijeron que no, que no podía obtener visado de salida ni para el transbordo marítimo ni para ninguna otra emigración. Le preguntaron qué era lo que la llevaba a pedir semejante cosa después de que la revolución la hubiera reformado de ser sospechosa de prostitución a ciudadana trabajadora ejemplar.

Y ella les dijo, casi sin esperanza, casi sin sueños, casi perdida su segunda oportunidad: «John Wayne, Elvis Presley, rock and roll, tejanos, esmalte de uñas. Quiero todas las cosas que según vosotros no me corresponden.» Luego les dijo que odiaba sus jodidos uniformes y que odiaba a los hombres de uniforme. Las autoridades la etiquetaron como «inútil» y la despacharon de la bahía de Mariel en una de las últimas embarcaciones.

Veía Key West desde la barca. Había llegado, con una bolsa de lavandería que contenía todas sus pertenencias importantes: una toalla que se había llevado del Havana Hilton en 1959; un par de zapatos de charol negro con tacones altos que había comprado aquel mismo año; un frasco de laca que había comprado en 1974 en el mercado negro; una foto de su madre y de su hermana tomada en 1958 en el mismo Havana Hilton, en la que ambas llevaban sus uniformes y cofias de doncella, y un lápiz de labios Revlon muy usado (un rojo brillante mal llamado Malva mística), también comprado en el mercado negro; un clip de cabello que utilizaba para sacar lo poco que quedaba de color del lápiz de labios; una combinación de encaje (regalo de un amante reciente); un traje de baño de una pieza estilo Esther Williams, que su madre había hurtado del hotel en el que las dos habían trabajado antes de que abriera el Hilton. Había dejado sus trajes de trabajo ejemplar en Cuba, donde opinaba que debían quedarse.

Hurgó buscando el lápiz de labios, se cambió las sandalias marrones que llevaba por los zapatos de vestir de charol y se alisó el vestido. El poco dinero que Dottie había ahorrado trabajando se lo había dado a un mendigo de la calle antes de marcharse. Los pesos cubanos no tenían valor fuera de Cuba.

Buscó algún cromado del barco para ponerse el lápiz de labios y la laca, tambaleándose con sus tacones de aguja. La embarcación vacilaba en el agua.

—¡Ojalá tuviera un espejo! —le dijo a Juan Raúl Pérez—. Voy a tener un espejo pronto, y una pequeña polvera con oro en el fondo y concha en la parte superior.

Y loción, pensó. Iba a comprar una loción que transformaría en seda sus manos de plantación de azúcar administrada por el estado. E iba a tener una segunda oportunidad de vivir de la manera que soñaba que la vida debería ser, y no de la manera que había resultado ser.

Los exiliados saludaron a la nueva orilla con estallidos que surgían de bocas quemadas por el sol, y manos agrietadas por el sol, y lloraron por la tierra olvidada. Cuando dejaron atrás el mar abierto y franquearon la amplia entrada del anexo a la Bahía Truman, Juan Raúl Pérez se olvidó del azul y el blanco del vestido de Dottie, y se olvidó también de los gráciles gestos que le había ido observando —mujer peinándose el cabello oscuro, mujer poniéndose lápiz de labios ante reflejo plateado— y recordó que estaba vivo. Se puso la mano en la muñeca izquierda para tomarse el pulso. Después de colocar los dedos no pudo sumarse a la alegría de todos los demás que estaban gritando. Cuando Dottie se volvió hacia él, Juan Raúl seguía sentado, vigilándose el pulso y llorando. Dottie lloraba también por tener su nueva vida tan a mano. Porque nunca tendría que volver a cosechar caña de azúcar con sus manos de matrona cubana y porque nunca más tendría que separar sus muslos de matrona cubana excepto por amor y para hombres como John Wayne.

—Mire, señor —le dijo Dottie a Juan Raúl Pérez—, levántese y mire. Es muy hermoso. ¿Por qué no quiere usted levantarse y mirar?

Pero cómo podía él explicarle que no quería volverse hacia el otro lado porque sin duda el mar empezaría entonces a retirarse de la playa. Procuró ponerse en pie, pero sólo logró arrodillarse, antes de detenerse para comprobar de nuevo su pulso.

—No creo que lo consiga, señora —dijo—. No creía estar tan viejo.

Dottie no pudo oír sus palabras, pero, al verlo de rodillas con las manos fuertemente agarradas delante del cuerpo, volvió a rogarle que se levantara.

—Ya tendrá tiempo más tarde para rezar, señor —le gritó.

Pero Juan Raúl Pérez no estaba rezando. El dios al que rezaba de niño ya no existía para él. Y la única plegaria que podría ofrecer después de veinte años de prisión se dirigía a la imagen de su esposa, cuidadosamente conservada. Juan Raúl la había esculpido, la había adorado, la había venerado. Era el santuario bienamado del cementerio de sus sueños. No se sentía lo bastante fuerte para poner a prueba la única plegaria que le quedaba. Sólo quería sentirse el pulso para estar seguro de que no estaba muerto.

—¡Levántese, señor! Ya casi hemos llegado —dijo Dottie. Se había inclinado hacia él para que la oyera, procurando con dificultad no perder el equilibrio por culpa de sus largos tacones.

—Ni siquiera me quedan dientes para besar a mi mujer —dijo él.

Debió de ser por la excitación del momento, ya que el muelle estaba sólo a quince metros de distancia, por lo que Dottie se arrodilló al lado del hombre lloroso y le besó, y sintió con su lengua de señora cubana los dos dientes podridos que le quedaban en el fondo de la boca.

—No necesita dientes para besar a su mujer —dijo ella— pero yo noto una punta o dos al fondo. Probablemente necesitará usted que se las extraigan para que le pongan una prótesis en los Estados Unidos. ¿Su mujer está en los Estados Unidos? ¿Va a venir a recibirlo?

—No lo sé —susurró él; se soltó la muñeca para palparse la boca con la mano. Era la primera vez tras veinte años que alguien le besaba, y la sensación la tenía tan olvidada que ni siquiera le pareció que fuera su propia boca—. No estoy seguro de comprender lo que está ocurriendo —dijo—. Me han sacado de la cárcel en un autocar esta mañana, pero no he visto a ninguno de los que han liberado conmigo en esta barca.

Pero Dottie ya no prestaba atención a Juan Raúl Pérez. La embarcación estaba meciéndose en el agua y la libertad tardaba en llegar. Ella se sacó los zapatos de charol y se los pasó a Juan Raúl Pérez junto con la bolsa de lavandería que contenía sus cosas. Luego se alzó por encima de la borda con una sonrisa y se oyó un ruido de agua.

Juan Raúl Pérez miró con incredulidad al espacio vacío del universo que Dottie había ocupado un momento antes. Solamente podía ser un sueño, pensó; no había caído en la hendidura oscura y sibilante que separaba el mar y la tierra, sino que había saltado.

CAPÍTULO VII

La entrada a la luz del ocaso en el anexo de la Bahía de Truman sorprendió a Dottie; no tenía planeado hacer nada excepto caminar hacia la libertad. Pero tan pronto como aterrizó en la dulce agua clara, supo que era mejor nadar hacia la libertad; llegar, al menos simbólicamente, por sus medios. Nadó al estilo perro los seis metros hasta la rampa inclinada para las embarcaciones, surgió triunfalmente del agua, se arrodilló sobre el cemento y besó el suelo.

Los pocos agentes que quedaban en el muelle ya habían visto aquel comportamiento otras veces y le señalaron amablemente la cola que había delante del mostrador de trámites. Dottie, sin embargo, no estaba del todo decidida a moverse. Se quedó de pie, con las manos en las caderas contemplando la magnífica expansión del cielo, el cielo nuevo de su país nuevo. Luego cerró los ojos y respiró profundamente. Cada respiración era tan dulce como había imaginado que sería.

—Hola, Elvis Presley —suspiró suavemente— aunque estés muerto, hola.

—Señora —dijo un guardia dándole golpecitos en el hombro—, le han dicho que espere en la cola. ¿Está aquí con alguien?

—Sí —contestó cuando vio a Juan Raúl Pérez en la cola—. Él tiene mi bolso.

Dottie alisó los topos sobre sus caderas y confió en que su chapuzón no hubiera dañado el vestido que había guardado durante veinte años para aquella ocasión justamente.

—Bien, vaya, pues —le dijo el guardia y ella caminó hasta la cola.

Según los cánones de los anglosajones Dottie pesaba unos buenos veinte kilos de más. Según los cánones latinos estaba perfecta. Dottie no caminaba exactamente, sino que fluía de un sitio a otro y no toda ella en una sola dirección: la carne de sus muslos no iba al ritmo de ninguno de sus pechos, y sus ondeantes brazos no concordaban en absoluto con su paso vivaz. Su cuerpo era corto y no compacto, y el efecto, especialmente en un vestido de algodón que chorreaba humedad y que se le adhería era feo y hermoso a la vez. Su cuerpo se movía en muchas direcciones musicales al mismo tiempo. Su cara sonriente, su vestido azul marino y el cabello negro chorreante de matrona daban una nota de frescor al caluroso atardecer.

Juan Raúl Pérez era probablemente el único hombre del muelle que no seguía el fluir vivaz de Dottie. Él sostenía la bolsa y los zapatos de ella en una mano, y con la otra se protegía los ojos del resplandor del crepúsculo y de su creciente pánico. ¿Dónde estoy?, repetía mentalmente una y otra vez. La única razón por la que conservaba la calma era que todos los otros que había a su alrededor parecían tranquilos. No se dio cuenta de que Dottie estaba a su lado hasta que ella le arrancó de un tirón los zapatos de charol.

Apoyó la mano en el hombro de él para guardar el equilibrio mientras luchaba por volver a meter sus pies húmedos en los zapatos de tacón.

—Señor, ¿le importa —preguntó ella— si me pongo en la cola aquí con usted?

—Encantado, señora —contestó él—. Me alegro de que siga con vida. No creí que lo consiguiera.

—Sólo he nadado unos cuantos metros, señor, no vengo de Cuba.

Ya no iban ni fotógrafos ni periodistas por el puerto, ni siquiera un simple turista con una Instamátic mirando a través de la reja. El puente marítimo cumplía ya entonces cuatro meses; la curiosidad, y sobre todo la bienvenida, habían quedado agotadas meses antes. Solamente habían atracado dos embarcaciones de refugiados aquella tarde. Menos de ochenta refugiados permanecían en la cola para ser examinados por el servicio de inmigración, un vestigio lejano de los miles que habían llegado diariamente durante los meses anteriores. Las familias ya no podían ir a recoger a los parientes que llegaban hasta que el procedimiento fuera completado en Miami.

—Su esposa, señor, ¿ha visto ya a su esposa? —le preguntó Dottie a Raúl Pérez.

—No, señora, pero yo no esperaba que mi esposa estuviera aquí.

Y era verdad; fuera el que fuera aquel sitio, no era el lugar donde él imaginaba a su esposa, situada a su lado, oliendo a agua salada y a sudor como Dottie. En cuando desembarcó tuvo la certeza de que su esposa estaba esperándolo en algún otro lugar, en algún lugar fresco y sombreado.

—Necesito sentarme —le dijo a Dottie, y se sentó allí mismo.

—Me gustaría escupir —afirmó Dottie, y tosió—. Creo que he tragado un poco de agua de mar, pero nunca he sido hábil en escupir.

La cola no avanzaba deprisa y Dottie tampoco fue capaz de escupir. Estaba sentada sobre su bolsa de lavandería al lado de Juan Raúl Pérez mientras el ocaso de Key West le caía sobre la cabeza, quemada por el sol. Los que conocen las puestas de sol dicen que las de Key West no tienen rival. Los tonos anaranjados y fucsia se esparcen como fuegos llameantes por la eternidad en suspenso. Los colores azules se retorcían y revolvían entre cintas de púrpura y nubes blancas.

Juan Raúl se encontraba entre el agotamiento y el sueño, con la cabeza en las manos, cuando Dottie lo sacudió.

—Mire, señor —dijo—. ¡Mire! Es nuestra primera puesta de sol en los Estados Unidos.

Pero cuando levantó la cabeza se sintió cegado por los colores. Los colores ya no se parecían a los de su sueño, como en el amanecer de aquella mañana. Los colores ya no eran entre adormecedores y animantes como lo habían sido durante la travesía de diez horas desde el puerto de Mariel. Los colores del primer crepúsculo de los Estados Unidos eran dolorosos y reales, como los dos dientes podridos que le quedaban en la boca. Estaba acostumbrado a vivir entre sombras. Bajó la cabeza para protegerse los doloridos ojos. Dottie tuvo que cogerle de la mano y tirar hacia delante cuando el hombre del mostrador finalmente, les hizo el gesto de que se acercaran.

—Dorita Evita Pérez, cuarenta y cuatro años —dijo el agente superior Orlando Rivera al tomar los papeles de Dottie, y buscó su nombre en la lista.

—No —negó Dottie.

—¿No qué? —dijo Rivera.

—Dorita no, nunca más. Dottie.

—¿Son éstos sus papeles, señora?

—Sí, pero no me llamo así. Me llamo Dottie Pérez. Tampoco me gusta Evita.

Dottie había dejado atrás el pasado. No iba a llevar sus nombres antiguos, «Dorita» o «Evita», consigo en su nueva vida.

—Señora, no estoy hablando de que le guste o le disguste. ¿Es usted Dorita Evita Pérez?

Rivera estaba cansado. Era lunes. No había tenido ni un día libre en todo el mes y el día había sido muy largo. Cierto, había mucho más trabajo al principio del puente marítimo, cuatro meses atrás, pero también había sido más emocionante. Lo habían entrevistado los de la televisión. Lo habían citado los periodistas de Nueva York y de Dakota del Norte. Y había sido mucho más consciente de que participaba en un momento histórico. El momento había durado cuatro meses y ahora lo único que quedaba eran los rezagados guiados por el puerto por la guardia costera. Rivera estaba cansado de refugiados. Estaba cansado de cada una de sus caras, de las mejillas hundidas y de los ojos cavernosos, caras que no sabían dónde estaban, caras ya añoradas y arrepentidas de su viaje. Cuando Dottie llegó a su mesa, le gustó la cara de ella, un poco demasiado mayor, un poco demasiado gordinflona, pero agradable. Tenía una cara bonita, pero ahora él se sentía también cansado de su cara. El hombre cuya mano estaba asiendo ella tenía un aspecto cansado y confuso. Rivera sintió una repentina y profunda simpatía hacia Juan Raúl Pérez, aunque tampoco le gustaba su cara.

Oh, Dios mío, pensó Rivera, constatando las fatigas de la cárcel en Juan Raúl Pérez. El pobre hombre sale de la prisión y tiene que vérselas con su esposa loca.

—Bien, sí, ése era mi nombre —dijo Dottie, dejando caer la mano de Juan Raúl Pérez para enfatizar su afirmación haciendo gestos con ambas manos—. Pero en el mismo momento en que entro en los Estados Unidos, soy una mujer nueva. —No la mujer nacida bastarda en un régimen patriarcal, no la mujer de las caderas violadas por interés, la de las manos de matrona violadas por la caña de azúcar.

—Señora, por favor, hable más bajo. Ésta es una oficina del

gobierno. Usted se encuentra aquí para pedir asilo político, puede cambiar su nombre en otro momento.

—Yo no estoy aquí para pedir asilo político. Ésa es la razón por la que dejé Cuba, para irme del asilo político. Y esto no tiene nada que ver con el gobierno —añadió Dottie—. He venido aquí para marcharme del gobierno, en busca de esmalte de uñas y rock and roll —Dottie se preguntó si aquel hombre sabía exactamente cuánto costaba un frasco de esmalte de uñas en el mercado negro cubano, cuando lo tenían— y en busca de hombres como John Wayne.

Su explicación habían funcionado con los agentes cubanos, y no veía ninguna razón por la cual no tuviera que funcionar con aquéllos. Estaba todavía explicándose, cuando Rivera pidió los papeles de Juan Raúl Pérez.

¿John Wayne?, pensó Rivera mirando al viejo huesudo. Rivera vio que en sus papeles constaba que tenía cincuenta y siete años, pero parecía mucho más viejo. Interrogó a Juan Raúl Pérez acerca de su encarcelamiento y luego le preguntó su lista estándar de temas de preso político. Las respuestas de Juan Raúl Pérez fueron satisfactorias. Si había algunas discrepancias que le faltaran a Rivera, éstas tendría que tratarlas el servicio de inmigración de la avenida Krome.

—Lo seguirán interrogando en Miami —le dijo Rivera—. ¿Tiene algún otro familiar en los Estados Unidos?

—Sí, naturalmente —contestó Juan Raúl Pérez—. Los Pérez. Si usted necesita que le hagan cualquier cosa en la vida, pregunte por un Pérez, hay muchos de nosotros.

Rivera rió al oír la gastada y vieja broma cubana, ya que el nombre de soltera de su madre era también Pérez. Rivera se sentía maravillado de que un hombre que acababa de salir de la cárcel, con una esposa como aquélla, tuviera todavía tiempo y ganas para colar una pequeña broma. El agente los dejó pasar. Se quedaron durante la noche en una zona de control del gobierno en el campo de deportes de la Junior League, porque era ya demasiado tarde y no encontrarían plazas libres en el autocar de la línea Greyhound hasta el día siguiente.

CAPÍTULO VIII

Los focos blindados del campo de la Junior League proyectaban largas sombras por la noche. Los focos zumbaban como mosquitos. Los mosquitos zumbaban como los focos.

—Es una simple demora —le aseguró un guardia armado con un rifle a Dottie en la verja la tercera vez que ella intentó salir del parque—. Pronto podrá marcharse.

Ella le echó una maldición sin dejar de sonreír y se apartó volviéndole la espalda. Dottie había vivido en la convicción de que pasaría su primera noche de libertad en un club nocturno o en una de las discotecas cuya publicidad había oído por la radio de Miami cuando estaban en Cuba. Aunque el retraso de la libertad no era nuevo para ella, sí que le estaba costando mucho conservar la calma. El campo de deportes era demasiado reposado para ella. Diez horas sobre el mar abierto habían agotado a todo el mundo. El único síntoma de vida provenía de un comité autoinstituido de bienvenida compuesto por un solo guajiro con su guitarra.

«Ah, Cuba», cantaba, «tierra de mi corazón. Tierra de blancas palomas que vuelan y montañas verdes bañadas por el sol. Fue tan fácil olvidarme, cuando yo recuerdo tan bien, Cuba...». Aquel hombre llevaba veinte años en los Estados Unidos, pero todavía era guajiro, «country», y no lo había olvidado. Dottie le preguntó si conocía «Hound Dog», pero él meneó la cabeza negativamente sin interrumpir su canción. Los mosquitos se alegraban de que sus zumbidos quedaran disimulados por la aguda melodía. Dottie volvió su larga sombra suspendida sobre los tacones de aguja y se marchó de allí cantando suavemente para sí misma: «You ain nutin but a houn dog.» No tenía ni idea de lo que significaba.

Juan Raúl Pérez se sentó en su catre, debajo de los reflectores a prueba de balas, y se tocó el cuerpo para cerciorarse de su supervivencia. ¡Seguía con vida! E iba a ser liberado, quizás. El agente que estaba en el puerto les había dicho a todos ellos que todavía no estaban libres, que primero debían pasar por el servicio de inmigración de Miami. Aquel hombre no había dicho lo que sería de ellos si no pasaban la inmigración. Quizás él no se había librado aún de su ejecución. Pero ya había pasado la inmigración de Key West como marido de la mujer que había sido tan amable de bailar con él y de hablarle en la embarcación. Un error bastante normal, pensó, ya que los dos tenían el mismo apellido e iban cogidos de la mano. Su «matrimonio» con Dottie Dorita Evita Pérez le había procurado dos catres juntos en un selecto rincón del campo.

Por entonces los agentes sospechaban de los solteros, especialmente de los hombres, que constituían el grueso del éxodo marítimo, como sospechosos de delitos, homosexuales, y locos sacados de las cárceles de Castro. A las familias y parejas se les daba un trato preferente. No es que Juan Raúl Pérez conociera aquella situación. Él sabía que Dottie había sido lo bastante amable para llevarle hasta un catre antes de marcharse.

Lo que no entendía era que su esposa auténtica no parecía tener nada que ver con su liberación de la prisión. Todas las cartas que había recibido de ella hablaban de lo duramente que ella y su hermano estaban trabajando para obtener su puesta en libertad. Si su esposa hubiera influido en su liberación, seguro que alguno de los agentes de inmigración la habría mencionado. «Su esposa le está esperando en un lugar fresco y sombreado, en Miami», le dirían.

O quizás ella ya había dejado de esperar.

Quizás había muerto.

Un escalofrío atravesó su sensación de supervivencia. Se buscó el pulso. Como si el latido de su corazón pudiera confirmar la existencia de su esposa. No había recibido ninguna carta de ella en dieciséis meses. Este hecho en sí mismo no dejaba de ser normal. El correo era interceptado a menudo y siempre censurado. No podía soportar la idea de que de su existencia pudiera estar muerta ahora que él, finalmente, estaba vivo. El miedo se extendió como el hielo por su cuerpo.

Juan Raúl Pérez se estremeció de nuevo. Si realmente se encontraban en los Estados Unidos, ¿por qué todo el mundo hablaba español tan bien y todos con acento cubano? Incluso sus caras le parecían cubanas. ¿Y por qué todos los guardias de uniforme llevaban pistolas? ¿Y por qué, si él finalmente estaba vivo, había momentos en que se sentía tan viejo y cansado?

Se levantó del catre y empezó a caminar por el campo. Encontró una bolsa de papel vacía y volvió a su camastro. Cuando se serenara un poco le escribiría una carta a su esposa, una carta alegre.

Al volver a su catre, Dottie encontró a Juan Raúl Pérez garabateando furiosamente en la bolsa de papel. Ella le dio una bandeja con comida preparada que había conseguido de un voluntario de la Cruz Roja: arroz con pollo y un rollo de pastelería.

—¿Qué hace usted escribiendo en ese trozo de bolsa de papel, señor? —preguntó.

—Estoy escribiendo a mi esposa, señora.

—Está bien. Pero no tiene por qué hacerlo. He estado hablando con algunas personas para conseguir información. Los agentes intentarán contactar con su esposa por usted cuando lleguemos a Miami.

Aquellas palabras lo animaron. Si ella seguía con vida sabría que él estaba allí.

—Y no tiene por qué escribir en un trozo de bolsa. Aquí tienen papel. Puedo conseguirle un poco.

—Estaría muy bien, señora.

Dottie, obtuvo una docena de hojas amarillas de papel de oficina que le dio un voluntario de la Cruz Roja y un bolígrafo para remplazar su resto de lápiz. Juan Raúl Pérez le dio las gracias y alisó el papel a su lado sobre el catre.

—¿No se va a comer la cena, señor?

—Sí, señora, naturalmente. Gracias. —Pero no probó bocado. De pronto se le ocurrió pensar que la comida podía estar envenenada. Se había sentido tan cerca de la muerte aquella mañana, que no podía entender que estuviera tan lejos entonces.

—Sé que es una pregunta delicada, señor, perdone —dijo Dottie—, pero ¿cuándo fue la última vez que vio a su esposa?

—Hace veinte años.

—¿Ha sabido de ella desde entonces? Veinte años es mucho tiempo. Quizás se ha vuelto a casar.

—Tengo cartas de ella, señora. Pero naturalmente todavía es posible.

Sólo que la posibilidad no se le había pasado por la cabeza, al menos recientemente. Volvió a estremecerse. El pensamiento de que ella se hubiera vuelto a casar le hizo sentir más frío que el pensamiento de que hubiera muerto.

—Señor, si no le importa, creo que de momento deberíamos seguir casados, por decirlo así. Será más fácil pasar por el servicio de inmigración de ese modo. A menos que, naturalmente... Perdone. Tengo otra pregunta delicada para usted, si no le importa.

—Adelante, señora.

—Bien, ¿por qué lo metieron en la cárcel?

—Soy preso político.

—¿Es usted una especie de héroe?

—No, seguro que no.

—Ah, lástima. Pero aun así ayudará a ponernos las cosas más fáciles. Quiero decir para usted. Le dejarán entrar más fácilmente en este país si se ha mostrado contrario a la política comunista de Cuba. Y si su esposa viene, ¿querrá llevarme con usted? Yo no tengo parientes en este país. Puede decir que soy su prima perdida hace tiempo o algo parecido.

—No entiendo, señora.

—Señor, he estado hablando con algunas personas y no estamos exactamente libres todavía. Incluso después de que hayamos pasado por inmigración, a menos que uno tenga parientes o un padrino, no nos dejarán simplemente sueltos en la calle. Espero que esto sea sólo una norma temporal, pero no sé cuánto durará.

El pensamiento de estar suelto en la calle después de veinte años de cárcel envió otra ola fría de temor a través de Juan Raúl Pérez. No había pensado en aquella posibilidad en los veinte años que soñó con la libertad.

—Yo les compensaré por el favor, señor, si me llevan con ustedes —continuó Dottie. Estaba comiendo su pollo con arroz y hablando entre bocado y bocado—. Y si ella no viene, seguirá siendo más fácil permanecer casados, por decirlo así. Se necesita un padrino dentro de la comunidad, y según dicen es más fácil conseguirlo si se está casado.

—Usted parece saber muchas cosas, señora.

—He hecho un montón de preguntas.

Dottie mordisqueó un hueso de pollo y se lamió los dedos.

—¿Qué aspecto tiene su esposa, señor?

El suelo se deslizó por debajo de sus pies helados. Si su esposa se había vuelto a casar, si estaba muerta, ¿cómo podría él permanecer vivo? Era la cara de ella la que le había mantenido vivo durante viente años. Respiró hondo y con valor recordó su imagen, la imagen que él había guardado cuidadosamente cada día en la cárcel. Intentó recordarla no como veinte años atrás, cuando el tiempo se había congelado, sino tal como la había envejecido, tierna y cuidadosamente, cada día.

—Se cortó el cabello hace cinco años —dijo él—. Ahora es gris en su mayor parte, casi blanco. Y se ha engordado un poco. Hay mucha comida en los Estados Unidos, ¿no? Ahora camina más despacio. Ha tenido una vida difícil. Lleva un vestido con flores, una falda ancha. Trabaja en una tienda. Una pequeña tienda junto al puerto.

—¿Sabe si venden esmalte de uñas?

—Lo siento, no lo sé —contestó él.

—¿Cuánto tiempo ha pasado en la cárcel, señor?

—Veinte años.

—¿Ha visto alguna foto de ella desde entonces?

Si le hubieran mandado una foto, ésta sería una de las cosas censuradas en una carta. No resultaría nada bueno mostrarles fotografías de propaganda norteamericana acerca de la abundancia capitalista a los presos políticos.

—No, señora. No he visto ninguna foto.

Su sensación de supervivencia todavía vacilaba. Dottie no vio entonces al hombre que había observado mear tan atrevidamente por la borda de la embarcación, como un hombre libre, toda la tarde, sino a un hombre viejo y cansado. Quizá sea mejor así, pensó; la dejaría tranquila por la noche. Pero convenía aclarar las cosas desde el principio.

—Estaríamos casados sólo de nombre, señor. Y solamente para la inmigración.

Por favor, no me deje, quiso pedirle él. Por favor, no deje que me devuelvan. Por favor, no me deje solo en las calles si mi esposa no viene.

—Sí, señora —convino.

—Bien. Pero por favor, entienda que es solamente de nombre, que aquí soy una mujer libre. Necesito poner esto en claro. No tengo que joder con usted ni con ningún otro si no quiero.

Juan Raúl Pérez la miró con incredulidad. Lo último que se le habría podido ocurrir era joder. La razón de su existencia podía estar muerta o casada de nuevo. O quizás ella nunca reconocería al viejo sin dientes en el que se había convertido. Quería reír a carcajadas ante la suposición de Dottie, romper su cara en mil hendiduras diminutas. Pero se contuvo y le aseguró que podía estar tranquila.

—Gracias —dijo ella, y se marchó.

Él comió su cena preparada y vio que no se moría todavía. A lo lejos oyó el triste estribillo del guajiro, que se extendía por la oscuridad.

Oh, amor mío, estoy vivo. Recorro mi cuerpo con las manos. Me miro los pies mientras camino. Soy consciente de cada uno de mis movimientos, de cada aliento. Así es como respiro. Así es como muevo la mano para escribirte. Ya no puedo recordar lo que es soñar. No hay necesidad.

Todas las cosas a mi alrededor ruedan con un color intenso.

¡Oh, amor mío, estoy vivo! Lo digo una y otra vez. Te deseo como te he venido deseando durante veinte años, sólo que ahora te ansío como lo hacen los vivos y no como ansían los muertos la vida.

CAPÍTULO IX

Juan Raúl soñó que estaba muerto, y oyó el terrible crujir de dientes en el infierno. Intentó animarse a sí mismo en su sueño, incluso en su muerte. No estás en el infierno, se dijo. Ese rechinar es solamente el zumbido de los mosquitos, el zumbido de las luces.

Cuando se despertó se encontró vivo, acariciando su cuerpo como una madre consuela a su hijo, confirmando su carne. Pero el sonido persistía, y, al volverse, vio que estaba en la celda de la cárcel y que su esposa estaba en la celda con él, de pie junto a los barrotes. Tenía el cabello largo y oscuro. Llevaba una amplia falda floreada. Pensó que ella estaba bailando, por el modo en que su falda se balanceaba rítmicamente de lado a lado. Era encantador observarla. Pero luego vio que ella tenía una lima de dentado grueso y que estaba serrando los barrotes de su celda.

—Será mejor que lo dejes —le dijo él—. Ese sonido es muy fuerte y atraerá a los guardias.

—No —respondió ella—. ¿No oyes que estoy canturreando para disimular el ruido? No lo oirán. Te preocupas demasiado. —Estaba absorta en su tarea y sonreía.

—Creo que no deberías hacerlo. Será mejor que lo dejes.

Ella ya casi había atravesado el barrote.

—¡Para! —le gritó él—. Ya lo hice yo ayer. Prefiero que me dejes descansar aquí un poco más. Para.

—Muy bien, ya lo he dejado —dijo Dottie—. ¿Siempre se despierta tan alterado? —Estaba sentada en el catre de al lado, limándose las larguísimas uñas con una lima que había conseguido de un voluntario de la iglesia.

—¿Quién es usted? —preguntó Juan Raúl Pérez.

Ella le pasó una taza de plástico medio llena de café cubano, oscuro y dulce, y rió.

—Estaba a punto de hacerle a usted la misma pregunta, señor. Si tenemos que estar casados hasta que venga su esposa, necesitaré saber su nombre. Ha sido bastante suerte tener los mismos apellidos.

—Juan Raúl Pérez —dijo él.

—No tiene usted cara de llamarse Juan —comentó ella— pero yo tampoco tengo cara de Dorita. Soy Dottie, ¿no recuerda? No quiero que nadie me vuelva a llamar Dorita.

El agua salada procedente del chapuzón que se había dado Dottie el día anterior había atiesado su vestido, ajustándolo a cada una de sus curvas. No eran todavía las siete y el guardia le había dicho que el vehículo que les transportaría no llegaría hasta pasadas las ocho, sin embargo ella llevaba ya varias horas preparada para el viaje hacia la libertad que habían de hacer en el autocar de las líneas Greyhound. Había colocado cuidadosamente en su catre, al lado de ella, unas ropas para su caballeroso esposo, el cual había tenido la amabilidad de dormir toda la noche sin molestarla, aun cuando se despertó desbaratado como hacían todos los hombres que ella había conocido. Dottie le había comprado a Juan Raúl Pérez una camisola hawaiana demasiado grande, unos tejanos con piernas acampanadas y un par de zapatos con cordones hechos de imitación de cuero. Cuanto antes se librara él de sus vestiduras, antes dejaría de proclamar su condición de preso.

—Tiene que darse prisa —dijo Dottie—. Aquí está su ropa para el viaje. Me he olvidado de la navaja de afeitar. Tiene usted un aspecto tremendo. Veré si puedo procurarme una.

Juan Raúl Pérez tenía un aspecto tremendo, ciertamente. La barba de dos días que llevaba era como un parcheado de mechones blancos y negros. El sol del día anterior había convertido la parte superior de su cabeza en una especie de casco colorado e irritado. Juan Raúl bebió el café lentamente. Era la primera taza de café fuerte, de auténtico café cubano, que bebía en muchos años. Cada sorbo le trajo un recuerdo y todos los recuerdos eran gratos y cálidos. Era como beberse la mañana después de veinte años de noche. Tomó un sorbo final y se echó en el catre, contento de la distancia que había ganado. Encima de él el cielo estaba azul. Lo adecuado parecía ser que él se despertase al aire libre el primer día que pasaba fuera de la cárcel; sin embargo, no podía acordarse de haber dormido nunca al aire libre en su vida anterior a la prisión. Sí que recordaba ventanas, muchas ventanas por donde se adentraba el sol cuando él se despertaba. Había una gran ventana salediza en su dormitorio, con cortinas beige plisadas. Su esposa se levantaba antes que él para hacer café.

—Tendrá que despabilarse, señor —le dijo su mujer. No, su mujer nunca lo llamaba señor—. Los autocares llegarán pronto —añadió Dottie—. Aquí tiene una navaja de afeitar. Es de plástico y la puede tirar cuando haya terminado. Nunca he visto nada parecido, pero es lo mejor que he encontrado.

En el interior de la cabina de aluminio con la marca Peterson Portapottie, Juan Raúl Pérez se quedó de pie mirando el tramo de pared vacío de encima del pequeño lavabo y se afeitó con el vago reflejo de su imagen, ayudándose del tacto.

La libertad es una palabra relativa y Juan Raúl Pérez era todo lo feliz que se podía ser pasadas poco más de veinticuatro horas desde su liberación. Se desprendió lentamente de su traje de faena y se puso, vacilante la ropa que Dottie le había dado. En un primer vistazo a la pared sin espejo vio reflejada la imagen de un joven sonriente, trajeado, lleno de esperanza ante toda una jornada de posibilidades. Pero al entrecerrar los ojos para enfocar con más claridad, vio a un anciano, a un extraño.

Los tejanos acampanados le flotaban por encima de los tobillos. La camisa hawaiana le llegaba casi hasta las rodillas y las mangas le rebasaban largamente los codos. La camisa estaba chillonamente atravesada por un gran estampado de loros de color naranja y verde. Dejó sus harapos amontonados en un rincón. Frotó las chanclas de goma con la mano. Es como un disfraz, pensó. Esto es casi como un disfraz.

Tampoco fue un Greyhound lo que los transportó a ciento sesenta millas hacia el norte desde los Keys, sino un sólido y viejo autobús escolar en forma de rectángulo amarillo que serpenteó a través de las grandes cintas de turquesa y luz, mangle y carretera.

Dottie estaba furiosa porque habían perdido el Greyhound porque Juan Raúl Pérez había tardado mucho en vestirse y estar listo.

El autobús escolar no tenía aire acondicionado, y la última semana de julio de 1980 estaba batiendo el récord de temperaturas altas en todo el sur. El conductor del autobús escuchaba música country, que procedía de un pequeño transistor pegado a la solapa protectora del parabrisas. Dottie pensó que era la peor música que había oído nunca, peor incluso que la música guajira. Le pidió dos veces que cambiara de emisora antes de darse cuenta de que el conductor no hablaba español. Eso la irritó más aún que aquella quejumbrosa música dado que ella había planeado sentarse para mantener una conversación amistosa con el conductor a fin de completar la información que había reunido la noche anterior. En lugar de éso, tuvo que sentarse al lado de Juan Raúl Pérez, que observaba por la ventana como si estuviera en otro universo, en vez de en un país extranjero.

—Por culpa suya hemos acabado en este autobús viejo —dijo ella—. ¿Cuánto tiempo necesita para vestirse? Usted no tiene cabello para peinarse ni maquillaje para ponerse.

Si Dottie hubiera sabido el destino del autobús, no se habría enojado tanto. Dottie quería ir a Miami, que es adonde se dirigía el autobús en el que se encontraba. A causa del apiñamiento existente en el centro de procesamiento de Miami, el Greyhound que habían perdido se había ido a un base militar en Arkansas.

—Debería haberse marchado sin mí, señora —le dijo, siempre agradecido de que ella no le hubiera dejado. Él no sabía dónde estaba. No sabía adónde iban.

Pero ella no le habría dejado. Ella había diseñado ya sus planes para el día y éstos comprendían a Juan Raúl Pérez.

—Cuando le interroguen —le explicó ella—, limítese a decir que su esposa es una pariente; no les diga cuál, por si ella no viniese y tuviéramos que seguir casados.

Dottie estaba segura de que cuando la esposa de Juan Raúl Pérez llegara, se la llevarían con ellos, agradecidos por haber ayudado a aquel viejo durante el viaje. Estaba segura de que la esposa de Juan Raúl Pérez sería rica, sólo por el acento y los modales de clase alta de su marido. Ella se daría un baño de burbujas en su casa, cenaría maravillosamente y luego se iría a un club nocturno.

—Asegúrese de subrayar que usted era preso político y no ladrón ni asesino.

—Sí, señora, seguro que lo haré.

En el club nocturno, ella bailaría y bebería champaña. También encontraría varios hombres ricos y guapos que la amarían. Y dado que era entonces verdaderamente libre, *ella* decidiría exactamente a cuál amaría desesperada y apasionadamente.

—Y si resulta que su esposa se ha vuelto a casar o algo así, señor, y no viene a buscarnos, no se preocupe. Solamente les ha dicho que era una parienta. Simplemente seguiremos casados y conseguiremos un padrino.

Dottie no estaba completamente segura de lo que era un padrino. Alguien rico, amable y con influencia que les llevaría a su casa. No importaba, siempre que ella pudiera ir a un club nocturno aquella noche.

—Y cuando lo entrevisten no olvide decirles lo mucho que odia el comunismo, aunque no sabe nada acerca de él, dado que usted ha estado mucho tiempo en la cárcel, ¿de acuerdo?

—Sí, señora.

Si ellos hubieran terminado en el Centro de Procesamiento de la avenida Krome donde deberían haber ido, habrían sido entrevistados. Pero el conductor del autobús se dirigió hacia el Orange Bowl, que no era centro de clasificación de refugiados desde hacía meses. Él sólo trabajaba a tiempo parcial para la empresa de autobuses, y nadie le había dicho que ahora el Orange Bowl era un refugio para exiliados sin hogar que ya habían sido clasificados por inmigración. Y si se lo habían dicho, no había sido en inglés.

CAPÍTULO X

Al sol de la tarde, Miami es una ciudad pastel y reluciente. Es como el dibujo de un niño: coloreada con mucha imaginación y torpemente desproporcionada. Unas esbeltas palmeras se alzan, incrédulas, frente a gigantescas construcciones plateadas semejantes a castillos de juguete. Finas nubes pasan flotando por encima de los chillones bloques de cemento. Unas filas de casas de color azul marino y rosa insultan al mar y al cielo que enmarcan. Hasta las calles corren en paralelo y se cruzan con la sencilla lógica de un tablero de juego infantil.

Miami se adaptaba perfectamente a la idea que Dottie se había hecho de la libertad: algo sencillo, jubiloso e inmediato. Para Juan Raúl Pérez no se asemejaba en absoluto a las veintitrés calles que mediaban hasta la casa de su esposa y que él había imaginado en los veinte años de cárcel.

—No me había figurado que estas calles tuviesen este aspecto —le dijo a Dottie.

—Ya no tiene usted por qué imaginar nada —opinó Dottie—. Ya hemos llegado.

CAPÍTULO XI

Ángel Díaz tenía un cuerpo cuadrado y una cuadrada mandíbula. Su novia, Flavia Unzueta, le hacía vestir según una moda de corte francés que en vez de alargar su figura, le hacía reventar las costuras. Un Rolex de oro rodeaba su musculosa muñeca. Ángel Díaz se complacía en verse a sí mismo como un hombre que no desperdiciaba el tiempo. El dinero, sí, a veces lo derrochaba un poco, y no le importaba que la gente supiera que él podía permitirse comprar un Rolex y una camisa blanca de corte francés. Pero el tiempo debía ser utilizado con talento, lo cual representaba para Ángel conducir a toda velocidad perforando cada minuto del día como si el tiempo fuera un fluido espeso y pegajoso que a veces le cerraba el paso en un semáforo rojo o en un atasco. Ángel Díaz había ideado rutas alternativas alrededor de la ciudad que no le ayudaban a llegar antes a los sitios, pero que, por lo menos, le mantenían en movimiento. Le ponían nervioso los clientes indecisos que iban a su tienda. Si la gente no quería los muebles que vendía, vale, bueno, pero ¿para qué tenían que quedarse allí sonriendo y meneando la cabeza, mirándolos de esta manera y de la otra, haciéndole perder el tiempo? Ángel agitaba la mano delante de su cara para despejar de ella aquellas pegajosas partículas de tiempo creadas por la gente que hablaba demasiado despacio, que conducía a paso de tortuga y que se cruzaba en su camino con su incapacidad para poner en orden sus malditos cerebros.

Ángel Díaz no era un hombre que, enfrentado a un semáforo rojo, aprovechase el momento para respirar hondo o canturrear al son que se oía en la radio.

—¿Por qué le tocas el claxon a una luz roja? —le preguntó Flavia una vez—. ¿Crees que te oye?

—Tu sarcasmo está fuera de lugar —contestó él, y agitó el tiempo que le hacía perder la luz roja.

Esta vez Ángel pensó que había conseguido luz verde. Cuando comenzó el éxodo marítimo de refugiados, Ángel estaba seguro de que esta vez podría sacar a su cuñado de la cárcel de

Cuba y entregárselo a su hermana sano y salvo. Castro estaba dejando marchar a los presos. Y parecía muy fácil al principio; si uno tenía algún pariente en Cuba que quisiera salir, le enviaba una embarcación al puerto de Mariel para recogerlo. Pero no funcionaba así. Las embarcaciones enviadas para recoger a la abuela volvían atestadas de extraños. Las embarcaciones enviadas para recoger presos políticos volvían con partidas de ladrones. Eso es lo que sucedía cuando uno contrataba gente para hacer el trabajo que era mejor hacer uno mismo, decidió Ángel después de haber pagado mucho dinero y contratado una amplia variedad de yates, embarcaciones de regatas y barcas de pesca para llevar a su cuñado a casa de su hermana. Finalmente alquiló una lancha de carreras y se acomodó en el asiento delantero. El capitán era un *anglo* que llevaba una gorra de béisbol de los Miami Hurricanes y bebía cerveza Coors mientras estampaba la barca contra las olas como si estuviera en las quinientas millas de Indianápolis. Oh, la velocidad era estimulante.

Ángel se había imaginado que Cuba tendría un aspecto distinto, que estaría rodeada de alambre de espino, y con sangre todavía en las playas. Pero en lugar de eso tenía un aspecto más brillante que lo que recordaba de su infancia y más calmado de lo que había pensado. Había franjas de agua turquesa cambiante que contrastaban con el esmeralda pálido de la orilla. Había hierba verde y palmeras, un muelle, edificios, y la civilización allí mismo. Se parecía más a las islas del Caribe de los folletos de viajes que al húmedo y gris Moscú. No averiguó nada acerca de su cuñado. La estrecha embarcación había sido construida para correr, no para esperar. Durante dos días aguardaron en el puerto de Mariel, quemados por el sol y mareados, sentados y sudando. Ángel espantaba las moscas y el tiempo perdido que flotaba ante sus ojos. Después embarcaron a una familia de ocho extraños y se dirigieron de nuevo a Key West. ¿Quién coño se creía Fidel Castro que era?

Ángel se despertó a última hora de la tarde en la habitación color pastel del Pier House de Key West. La espera le había producido sueño. No era hombre que supiera qué hacer cuando no tenía nada que hacer. Lamentaba no estar cansado ya. Encendió el televisor. Apagó el televisor. Observó la habitación. ¿Quién demonios era Fidel Castro para hacerle perder el tiempo? ¿Y por qué los Estados Unidos no habían tirado una maldita bomba sobre la casa de Fidel?

Ángel agitó la mano delante de su cara y toqueteó la radio buscando el noticiario en español que se emitía desde Miami. Éste anunciaba que el transbordo marítimo estaba definitivamente cancelado y acusaba a Fidel Castro de ser un enviado del diablo. También anunció que Castro se estaba muriendo —la gran primicia que llevaba veinte años circulando.

Malditos soñadores —dijo Ángel en voz alta. Pero ante sus ojos pasaba el mismo sueño que siempre le venía cuando se imaginaba a Castro muerto. Ángel volvería a Cuba. No, en Cuba no sería propietario de una tienda de muebles. De algún modo recuperaría los años que le habrían convertido en un hombre instruido. Sería médico, abogado, o por lo menos dueño del periódico donde su cuñado había trabajado tanto tiempo. Compraría para Carmela y Juan la casa en que vivían hacía veinte años. Enviaría a Teresa a una universidad selecta. Él y Flavia se casarían y vivirían en una mansión desde la que se vería el agua. Pobres soñadores. Apagó la radio.

Ángel pidió línea y llamó a Flavia a Miami. Diecisiete, las contó, diecisiete llamadas antes de que ella lo cogiera.

—El teléfono ha sonado diecisiete veces —protestó Ángel—. ¿Dónde estabas?

—En la ducha —cotestó Flavia—. Estoy chorreando. ¿Hay alguna noticia? Tengo que arreglarme para ir a trabajar.

Se imaginó a Flavia desnuda al otro extremo de la línea, chorreando junto al teléfono del dormitorio.

—El puente marítimo está cerrado —dijo finalmente—. Estaré de vuelta esta noche.

—Bien, Ángel, pero ayer me dijiste lo mismo.

—Pero esta vez va en serio. ¿Algo nuevo?

—No, Ángel. Tengo que aclararme el pelo. Ahora no puedo hablar. Adiós.

Su propio adiós apenas le había salido de los labios cuando oyó que ella colgaba.

Jabón en el pelo. Agua en la piel. Pero aun así la rebajaba de categoría en su sueño de una Cuba liberada. No, cuando volviera a Cuba y viviera en aquella hermosa villa desde donde se veía el agua, no se casaría con Flavia. Ella sería su querida chorreante. Él se casaría con una mujer más seca, que fuera vestida, que estuviera sentada en un salón como dios manda. Se casaría con una mujer más cubana, no de segunda generación y nacida en Nueva Jersey, como Flavia. Una mujer que no dejara sonar el teléfono diecisiete veces antes de contestar.

Ángel pagó la cuenta de la habitación y dirigió su coche Eldorado beige hacia el puerto. No iría mal investigar una vez más antes de dejar Key West para siempre. Habían suspendido el puente, definitivamente y Ángel no había encontrado a su cuñado.

Un cielo rosado se entretuvo en el epílogo del atardecer. El puerto estaba casi vacío.

—¿Ha llegado alguien llamado Pérez? —le preguntó Ángel al agente de inmigración.

—Todo el mundo se llamaba Pérez.

—¿Alguien llamado Juan Pérez?

—La mitad de ellos se llamaba Juan Pérez.

Ángel apretó las mandíbulas. El mismo agente de inmigración le había estado dando las mismas contestaciones desde hacía cuatro meses. Pero ahora Ángel ya no tenía por qué ser amable, ya no iba a tener que preguntárselo nunca más.

—Mire —le dijo Ángel—. Yo lo pregunto amablemente cada día, y cada día usted se empeña en hacer su bromita. A mí no me hace gracia. Es por el marido de mi hermana por quien estoy preguntando, un hombre que fue preso político durante veinte años. Él no es ningún chiste. Y a mí no me hace ninguna gracia que usted lo convierta en un chiste. A ver, ¿ha habido alguien llamado Juan Pérez?

—Cálmese, ¿vale? Ya le he hablado del Juan Pérez de dieciséis años que llegó al amanecer y el de ochenta años de ayer y de aquella gorda llamada Pérez de ayer con el marido llamado Juan.

—Gracias. Es todo lo que quería saber. ¿Le he dado mi número de Miami?

—Me lo sé de memoria.

Ángel se dirigió al campo de la Junior League por última vez. Odiaba aquel sitio con las hordas zumbantes de mosquitos y las luces cegadoras. Quedaban muy pocos refugiados, comparado con los miles de hacía unos meses. Un guardia educadamente contestó las preguntas de Ángel por enésima vez. Tres guajiros comenzaron a cantar acompañándose con una guitarra aguda. El tañido hizo rechinar los dientes de Ángel. «Yo soy un hombre sencillo», cantaba la boca desdentada de una cara demacrada, «que usa simples palabras de una tierra sencilla. Pero estas palabras salen de mi corazón y vuelan como una paloma adonde mi corazón no puede ir».

Ángel ofreció a aquel hombre veinte dólares para que dejara de cantar. El hombre no entendía la petición de Ángel.

—Gracias, pero yo no hago esto por dinero —dijo y le devolvió a Ángel el billete doblado.

Ángel regresó a Miami sin aminorar la marcha. Era ridículo perder el tiempo de aquella manera.

CAPÍTULO XII

Carmela Pérez se sirvió una taza de té helado, puso el Canal 6 y se acomodó para ver el último programa. Teresa tenía sueño, ya que había pasado toda la tarde estudiando para sus clases de la Universidad Internacional de Florida. Al cabo de dos semestres, Teresa conseguiría su master en administración de Empresas. Como su padre tenía el don de los números y trabajaba a tiempo parcial para una empresa de contabilidad.

El puente estaba cerrado. Había algún que otro rezagado, todavía llegaban algunos barcos, pero a efectos prácticos, esta vez el puente estaba cerrado. Carmela había oído confirmar el hecho en las noticias de las once y otra vez en el resumen de noticias de medianoche. El puente estaba cerrado y su marido no había llegado. Pero su corazón todavía no lo había asimilado. Lo había intentado el día anterior por la mañana, cuando Ángel la llamó y dio la noticia con aquella calma exasperante en su voz. Ella dejó que la voz de él acometiera contra su realidad y se la sacudió. No aceptaría el hecho hasta que estuviera preparada. Hasta que ya no corriera cuando sonaba el teléfono. Hasta que Teresa dejara de tratarla como a una inválida, quedarse rondando por allá los fines de semana en lugar de salir con sus amigos, y de concertarle citas con el médico en cuanto la veía fruncir el ceño. Hasta que sus compañeros de trabajo no saltaran sobre ella con preguntas cuando cometía la equivocación de llegar a la tienda con una sonrisa en la cara. Hasta que Ángel se volviera a pasar de vez en cuando por la noche, cuando salía del trabajo, para cenar con ellas o tomar una taza de café, tal como acostumbraba hacer antes. Hasta que se fuera apartando gradualmene del busca que Ángel le había dado. Ella incluso lo llevaba en casa, atado al cinturón de la bata, mientras miraba la televisión, aunque el teléfono estaba sólo a unos centímetros de su silla.

El puente marítimo estaba cerrado y su marido no había llegado. Solamente necesitaba mantenerse firme un poco más hasta que la vida volviera a la normalidad. Desde que Ángel le dijo que habían cerrado el puente definitivamente, se había guiado a través de su pena como una segunda persona que le cogiera su propia mano. La rutina diaria se hizo más sagrada, entró en el reino de lo ritual. Tienes que ir a trabajar, se dijo. Ponte los zapatos. Mírate en el espejo y arréglate el pelo.

Pero el busca se había disparado en el trabajo y ella había dejado caer la botella de Crimes of Passion de treinta dólares que le estaba enseñando a un cliente. Cayó todo sobre sus zapatos y el suelo. El cristal crujió bajo sus pisadas y la tienda olió a Pasión toda la tarde. No pasa nada, le dijeron los que trabajaban con ella. No pasa nada, sabemos que estás alterada por lo de tu marido. Vete a casa. Come deprisa. Ve esta noche a la escuela como cada miércoles por la noche, hazlo todo normalmente. Normalmente.

Después del trabajo se fue a sus clases para adultos, costumbre que mantenía desde que acudió a cursos nocturnos de inglés hacía muchos años. Desde entonces había tomado clases de historia de los Estados Unidos, cocina oriental, astronomía. Aquél era su segundo semestre de bridge para principiantes. Le gustaba aquel juego y jugaba bien cuando no declaraba menos de lo adecuado. Pero en aquel momento sólo importaba cumplir con la rutina, no dejarse vencer por la desilusión. Había una distancia agradable simplemente por ser un estudiante entre otros que ignoraban que ella tenía marido. No sabían que había esperado veinte años. Lo único que tenía que hacer era jugar a las cartas. Pero su mente comenzó a ir a la deriva. ¿Por qué tantos corazones?, se preguntó tomando las cartas que le habían dado, y que aparecían ante sus ojos como tarots que interpretar. ¿Y por qué la reina de corazones estaba tan lejos del rey? Los acercó, eligió los palos. El as de diamantes: Ángel, naturalmente. ¿Y la sota de diamantes? Flavia. No, las sotas eran hombres. Difícil de decir con el cabello largo y rizado y esos complicados atavíos. No tenía bigote como el rey. ¿Las sotas son masculinas o femeninas?, musitó y entonces se puso pálida de turbación cuando se dio cuenta de que había hablado en voz alta.

—Masculinos —contestó su compañero—. ¿No estarás eligiendo las cartas por el sexo?

Se rieron. Ella intentó reír también. La mano ya estaba medio jugada cuando se dio cuenta de que había pasado, cuando debería haber declarado un pequeño slam de corazones. Su compañero gruñó cuando dejaron caer las cartas. El profesor, que iba de mesa en mesa, le susurró al oído:

—Parece distraída esta noche. ¿Está usted bien?

Sí, estaba bien. ¿No estaba cumpliendo la rutina diaria? ¿No se había levantado, ido a trabajar, asistido a clase? Suerte que no había hecho el curso de submarinismo como su amiga Ileana aquel semestre. Si la mente le divagaba mientras estaba debajo del agua profunda, ¿aparecería su cuerpo en una orilla de Cuba? Tuvo que sacudirse esos pensamientos. Mejor no pensar en nada arriesgado como el submarinismo. Ángel se enteraría de algún modo y la sermonearía sobre su edad, su familia, su seguridad. Quizá tomara clase de análisis cinematográfico el semestre siguiente, pensó mientras estaba sentada sorbiendo su té helado. En el Canal 6 daban un ciclo de Audrey Hepburn aquella semana; la luz de la luna de *Desayuno en Tiffany's* llenaba su salón. En análisis cinematográfico no tendría que declarar, jugar, poner atención. Simplemente tendría que sentarse allí tranquilamente, como ahora, y esperar al final de la película.

Llevaba veinte años esperando.

Veinte años atrás la espera le producía dolor todas las noches. Se levantaba por la mañana con lágrimas en los ojos y ansiando tener alguien al lado. Le ponía a su hijita unos vestidos bordados preciosos (sólo por si él aparecía ese día), aunque apenas podía pagar el alquiler del pequeño apartamento con su sueldo de cajera de supermercado. Entonces tenía treinta y un años y una hijita de cuatro años que alimentar y un hermano huérfano de catorce que trabajaba de repartidor en el mismo supermercado. Ella venía de una familia bien situada, se había casado con un hombre de buena posición y hasta entonces nunca había tenido que ganarse la vida.

Luego la espera se hizo confusa, como una película desenfocada. Se despertaba de un sueño profundo, asustada de no poder recordar con precisión las facciones de su marido, asustada de que su amor por él fuera sólo una ilusión: un recuerdo de amor dentro del amor a un recuerdo. Se levantaba a media noche y sacaba viejas fotografías del cajón. En el desayuno, inspeccionaba la cara de su hija que crecía, buscando un rastro de las facciones de su marido y viendo solamente las de ella: la nariz delicadamente modelada, los grandes ojos de gacela ¿Había existido él realmente?

Y luego la espera se había enraizado como un viejo amigo al cual se habla en busca de consulta para recibir consejo, se le explican los sucesos del día en la cena, se le besa suavemente en la mejilla antes de acostarse.

Hasta que se estableció el puente marítimo, hacía cuatro meses.

En abril despejó la mitad de su armario. En mayo, vació la mitad de los cajones de su tocador. En junio se entrenó a dormir en un lado de la cama. Para hacer sitio. ¿Cómo había podido llegar a sentirse tan segura de que él vendría? Era finales de julio. El puente estaba cerrado. El enemigo ya no era Fidel Castro. El enemigo ya no era el tiempo. La esperanza se había convertido en el enemigo. La esperanza la había llevado volando alto con fuertes y seguras alas por encima del océano hasta mitad del camino entre el pasado y Miami. Ella había volado hasta estar demasiado cerca de su sueño y ahora estaba cayendo.

En la superficie del agua no había ningún reflejo lunar que uniera Miami con Cuba. La superficie del agua estaba oscura.

En la ribera de Miami había un anuncio de la Bennie's Steakhouse. Carmela tuvo la sensación de que Ángel estaba de camino. Se levantó y puso agua para hacer café. Sacó sus zapatillas del dormitorio y quitó los cerrojos de la puerta principal cuando oyó que el coche de él se metía en el camino que conducía a la casa. Luego volvió a sentarse en su sillón. Carmela sabía que no había buenas noticias. Sabía que no había noticias de ninguna clase, pero se alegró de que Ángel pasase por allí, aunque sólo fuese para tomarse una taza de café, aunque no hubiera noticia alguna. ¿De qué hablaban antes de que se abriera el transbordo marítimo? De bagatelas rutinarias acaso, de cosas cómodas y desprovistas de tensión. Ella estiró los pliegues de su bata y esperó que quedara alguna posibilidad de que la vida volviese a sus cauces.

Ángel franqueó la puerta de la sala de estar. Carmela vio que tenía la cara colorada y se preguntó si le habría quemado el sol en Key West. ¿O es que estaba enojado?

—Hola —dijo ella, y sonrió.

Ángel no contestó. Por toda respuesta se volvió y golpeó la pared con el puño derecho. Tanto el yeso como el hueso se partieron. Carmela se llevó la mano a la boca. En la cocina silbó la olla. Teresa salió corriendo de su dormitorio y vino por el pasillo.

—¿Qué pasa? —preguntó Teresa.

Entre la cólera y el dolor, Ángel tardó un momento en encontrar palabras. Hizo un esfuerzo para dirigir su mano fracturada hacia Carmela.

—¡Ni siquiera has cerrado la puerta!

—Te oí venir. Saqué los cerrojos cuando te oí llegar.

—¿Cómo sabías que era yo? Tenías que haber estado sentada ahí con la pistola que te di apuntando hacia la puerta, Carmela. Y no deberías haber sacado los cerrojos sin estar segura. Me pasé una tarde colocando cerrojos suplementarios en la puerta y no había ni uno echado.

La olla seguía silbando en la cocina.

—Mírate la mano, estás sangrando —le dijo Teresa.

—¿Dónde está la pistola, Carmela? —gritó Ángel.

—La he tirado —contestó Carmela.

—La tiré yo —mintió Teresa—. Me apuntó con ella una noche creyendo que yo era un ladrón y la tiré. Ahora déjame que te lleve al hospital.

—¿Es que no comprendes? ¿No lees los periódicos? ¿Cuántas puñeteras veces os he prevenido acerca de los delincuentes que han venido de Mariel y merodean por aquí? ¿No lo comprendéis? Castro soltó sus letrinas sobre nosotros, vació sus cárceles en este lugar.

—Yo creo que se olvidó de vaciar una letrina —dijo Teresa—. Supongo que se olvidó de mandarme a mi padre acá.

—No quiero decir esto, y tú lo sabes —le dijo Ángel a Teresa, y luego, volviéndose hacia Carmela, añadió—: Como si yo no hubiera hecho todo lo posible para sacar a su padre. Como si yo no hubiera ido personalmente a Cuba. Como si no hubiera echado por la ventana bastante dinero y perdido todo mi tiempo durante los últimos cuatro meses.

Carmela se puso en pie y se fue a la cocina. Sacó la olla del fogón y se sentó ante la mesa de la cocina, a oscuras, mientras Teresa y Ángel gritaban en el cuarto de estar. Carmela se acordó de cuando Teresa tenía siete u ocho años y se negó a dirigirse a Ángel llamándole tío. Ángel acudió a ella y se quejó. Carmela le dijo que no le diera importancia, que él y Teresa habían crecido como hermanos y que si ella no quería llamarle tío, que no se lo llamase. Carmela estuvo meditando sobre si volver a poner la olla en el fuego para no oírles. No les había oído discutir de aquella forma desde que eran niños.

Carmela volvió al cuarto de estar.

—¿No tienes clase mañana, Teresa? —preguntó—. Oye, Ángel, voy a ponerme algo encima y te acompaño al Hospital Coral Gables, que está aquí cerca.

—Puedo arreglármelas yo solo —gruñó Ángel.

Carmela tenía aspecto fatigado. Él quería decirle que lo sentía, pero ante todo quería convencerla de que estaba equivocada. De que debía tener siempre echados los cerrojos de las puertas. De que había unos perturbados por allá afuera de los cuales ella tenía que protegerse. Así, pues, Ángel no dijo nada y agitó la mano delante de su cara para aventar el tiempo que había perdido tratando de convencerla. El dolor recorrió todo el brazo, hasta el hombro. Tuvo que agarrarse la mano lesionada con la otra para llegar hasta el coche.

Delante del césped de la fachada de la casa apareció la policía, sin hacer sonar la sirena pero con las luces de destellos. Carmela y Teresa no habían tenido tiempo de limpiar el yeso pero por lo menos Ángel ya se había ido.

—Lo lamento, mamá —dijo Teresa cuando vio las luces de la policía, y dejó la escoba—. Lo siento, no me di cuenta de que estábamos discutiendo tan alto.

—No te preocupes —suavizó Carmela—. Lo único que me duele es que no hayas conocido nunca a tu padre.

Estaban dando una película del oeste; la de Audrey Hepburn ya se había acabado. A nadie se le había ocurrido apagar el televisor. El agente González apuntó cuidadosamente todas las mentiras de Carmela referentes a la penosa equivocación que había inducido a una de sus vecinas a llamar a la policía. Incluso firmó la declaración según la cual el agujero de la pared del salón ya estaba allí cuando compraron la casa hacía doce años, a pesar de que se veían a sus pies los fragmentos de yeso y que tenían al lado, en el suelo, la escoba y la pala. El agente González se sentó con agrado a tomar la taza de café que Carmela le ofreció. Él nunca discutía con los protagonistas de un «caso doméstico»; siempre eran situaciones delicadas. Estaba sorprendido de que el incidente se estuviera resolviendo con tanta facilidad. González había tenido buena suerte toda la semana: no había habido armas ni muertes ni accidentes de tráfico. Incluso le habían puesto un compañero aquellos dos últimos días. El departamento de policía de Miami se había quedado corto de personal y no podía proporcionar agentes acompañantes desde hacía meses para los servicios rutinarios de patrulla. Sin embargo, el gobierno federal le había suministrado un agente, John Pirelli, que estaba recopilando estadísticas e informes de delitos sobre el terreno. Pirelli, el estadístico delictivo, pensó que Carmela era la embustera más bonita que jamás había visto. Ella mantenía el aplomo en el curso de las más prolijas explicaciones, sin pestañear apenas los grandes ojos oscuros.

Carmela se sentía cada vez más apartada de la conversación a medida que ellos la tiroteaban con sus preguntas. Deseó haber tomado las clases de submarinismo aquel semestre. Carmela se imaginaba en aquel mismo momento mar adentro. El agua estaba tranquila y ella iba a la deriva bajo la luz de la luna. Había tanta calma, se oían las olas y se veían brillar las estrellas.

—Perdone —dijo Pirelli.

¿Por qué la miraba aquel hombre a los ojos con tanta intensidad? Carmela se preguntó si él la había visto ir a la deriva bajo la luz de la luna, tan alejada de las preguntas que le hacía.

—Perdone —volvió a decir Pirelli—. Si no le molesta mi pregunta, ¿por qué lleva usted un busca en la bata?

Carmela respiró hondo y regresó del mar.

—Oh, pensábamos que mi marido vendría en el puente marítimo —dijo—. Por eso mi hermano me dio este aparato, por si llegaba mi marido y yo no tenía cerca un teléfono.

Era la primera respuesta veraz que había dado a sus preguntas y ellos la miraban como si estuviera mintiendo. Incluso Teresa.

—El servicio marítimo de transporte ha sido cancelado —afirmó Pirelli.

—Ya lo sé —dijo Carmela. El teléfono estaba en la mesa, a su lado. Carmela sintió el peso del busca en la bata, pero no se lo quitó. Mañana quizá tendría la fuerza suficiente para vivir sin el busca.

—No ha venido —comentó Teresa.

—Lo siento —dijo Pirelli.

—Nos vamos —manifestó el agente González—. Gracias por su ayuda, y por favor, llámenos, si tienen algún otro problema.

—No ha habido ningún problema, agentes —respondió Carmela—. Pero gracias por comprobarlo. Buenas noches.

—Me parece que nunca te había oído decir mentiras —le dijo Teresa. Estaba barriendo el yeso.

—¿Qué querías que hiciera? —se justificó Carmela—. ¿Denunciar a mi hermano a la policía? Es la primera vez que hace una cosa así.

—Pero no tenía ningún derecho a entrar aquí y comportarse de este modo.

—Él se ha esforzado mucho para traer aquí a tu padre, Teresa. Incluso antes del transbordo marítimo. Ya lo sabes.

—Lo sé —contestó Teresa—. Buenas noches.

A la película del oeste le siguió una reposición de *Yo, espía*. Carmela no trabajaba al día siguiente; podía mirar la televisión hasta el himno nacional si quería. No se había tomado un día libre desde que se abrió el puente marítimo. Había tenido la sensación de que si dejaba de hacer un solo día su rutina se desmoronaría en más pedazos de los que podría reconstruir luego. Ahora ya no importaba. Necesitaba un poco de tiempo para ella. Tiempo libre de indagaciones. Tiempo para estar sola, para descansar, para curarse.

CAPÍTULO XIII

Flavia Unzueta era cantante de cabaret del prestigioso Club Macumba, de la calle Ocho. Llevaba los trajes de salir a escena con gracia, y ahora, a las tres de la mañana, de nuevo en su apartamento, seguía ataviada con el recargado vestido de lentejuelas y el sombrero de plumas plateadas. Tenía presencia en el escenario, y bailaba bien. Lo mejor que se podía decir de la voz de Flavia, sin embargo, era que sonaba sincera. A veces cuando le cantaba «cumpleaños feliz» a alguno que lo celebraba en el club, le saltaban las lágrimas de los ojos. Realmente les deseaba felicidad. Y cuando cantaba su versión disco de «Nacida libre» todos los que en aquel momento se encontraban en el club sabían por qué habían ido a los Estados Unidos. Había veces en que le hubiera gustado cantar rock and roll, o salsa, pero su fina voz de soprano era más adecuada para el pop ligero que su manager le arreglaba. Además, los profesionales cubanos de edad mediana que frecuentaban el Club Macumba consideraban la salsa demasiado primitiva y el rock demasiado moderno. Flavia llevaba tres años actuando en aquel club. Era la estrella del local. La única razón de que ella consiguiera alguna gala fuera del club era la insistencia de su mánager en que actuara para lucirse, generalmente gratis. Se había programado que interviniera en el próximo Festival de Varadero y la esperanza de cantar en un concierto tan importante, encabezado por la famosa cantante de salsa Celia Cruz, era lo único que le había ayudado a pasar aquellas semanas de soledad sin Ángel. Ella y su banda de apoyo de ocho personas, conocida colectivamente como «Flavia», practicaban diligentemente. Flavia ya había olvidado para su bien que no le iban a pagar y que ella era una de las once teloneras de Celia Cruz. En lugar de eso, ella y Cruz estaban juntas en el escenario casi pasándose el micrófono la una a la otra.

Pero ahora estaba sentada fumando un cigarrillo con las plumas inflamables puestas, tarareando «Yesterday». Echaba de menos a Ángel. Habría preferido que la idea de éste de sacar a su cuñado de la prisión fuera un entretenimiento y no una obsesión. Flavia habría sido entonces su obsesión. Llevaban cinco años comprometidos y renovaban su noviazgo cada Navidad con champaña y un intercambio copioso de joyería. Antes de que se estableciera el puente marítimo Ángel pasaba la mayoría de las noches en casa de Flavia, y volvía solamente a su apartamento de Kendall para buscar ropa limpia y el correo. Le gustaba conservar impecable su caro apartamento y le parecía que la mejor manera de conseguirlo era no vivir allí. Pero ahora pasaba la mayoría de las noches en Key West. Ella le echaba de menos especialmente por la noche, cuando volvía del trabajo y encontraba el apartamento vacío.

Ángel era su tesoro. No se parecía en absoluto al batería norteamericano con el que había estado casada once meses, cuando tenía diecinueve años. Ángel era muy trabajador, generoso y honrado. A veces le molestaba esa parte honrada: él la engañaba cada cierto tiempo y siempre se lo contaba. Pero al menos, siguiendo la línea de razonamiento de Ángel, eso era mejor que ponerla en ridículo a sus espaldas, como le había ocurrido con su ex marido.

Flavia apagó el cigarrillo y se dirigió a la ducha. Él le había dicho que estaría de vuelta por la noche, pero si no había llegado a las tres de la mañana, dudaba de que lo hiciera. Realmente no creía que el puente marítimo estuviera cerrado definitivamente. Se había abierto y cerrado muchas veces en los últimos cuatro meses. Esperaba que sí lo estuviera. Sería agradable volver a tener a Ángel en casa. Además no podía imaginarse a Carmela con uno de aquellos Marielitos huesudos que veía vendiendo fruta y flores en las esquinas de las calles. Dejó la ropa amontonada en el suelo del cuarto de baño. A Ángel le encantaba observar cómo ella se sacaba el vestido. A ella le gustaba lo romántico. Las rosas. No había habido flores en su apartamento desde que comenzó el puente marítimo.

Su tesoro se hallaba sentado en el salón cuando ella salió de la ducha. Tenía el brazo escayolado hasta el codo y la mente fija en una zona limitada por el dolor de un lado y demasiado Tylenol con codeína del otro. La enfermera de la sala de urgencias le había dicho que se tomara una píldora cada cuatro horas. Iba por la tercera y todavía no había pasado más de una hora y media. El cabestrillo que le sujetaba la mano rota le cubría todo el pecho.

—Te has hecho daño. Dios mío. ¿Qué ha ocurrido? —le preguntó Flavia precipitándose hacia él.

—¿Por qué vuelves a estar toda mojada? —contestó Ángel.

—¿Qué?

—Cuando te llamé esta tarde estabas empapada al teléfono, y mira ahora.

No había ninguna duda en su mente nebulosa: cuando Cuba fuera liberada y volviera al salón solemne de sus sueños, necesitaría una mujer mucho más seca que Flavia. Una mujer que no se paseara chorreando por la casa, envuelta en una toalla.

Necesito un mapa. Les pediré un mapa. ¿Recuerdas la guantera, cuántos mapas tenía yo? Cada vez que dobla la esquina en ese coche nuevo, le decías a tu tía tomándome el pelo, tiene que marcar toda la ruta en un mapa. Eso era hace mucho tiempo, cuando sólo podía concebir perderme dentro del perímetro de lo que conocía. Ahora estoy fuera de aquellos perímetros. Con mapa lo solucionaría, naturalmente. Cada cosa estaría marcada claramente. Amarillo para Cuba, plátanos y sol. Rosa para los Estados Unidos, no sé por qué. Excepto cuando el mapa de los Estados Unidos estaba dividido en estados; entonces Florida era amarilla, como Cuba. Nunca había estado aquí. La luz es como en Cuba. Hablan español con acento cubano. Podría ser otra cárcel en la que no he estado nunca. Llegamos en barco, pero nos podrían haber llevado al otro lado de la isla. Sí, creo que podría ser otra cárcel, pero es distinta de todas las que conozco. Es redonda. Como tú no estás aquí, también podría ser una cárcel.

No sé dónde estoy. No se lo puedo decir a nadie, porque todos ellos saben dónde están, hasta el punto de que están aburridos del lugar en que se encuentran. Están tan seguros de dónde se hallan que están cansados de saberlo. Yo tengo mucha envidia de su con-

65

ciencia. No puedo ni decirte, amor mío, que no sé dónde estoy. Era yo quien conocía las rutas. Tú preparabas el almuerzo. Está a punto de amanecer. Parece que va a ser un día encantador para dar un paseo. Un mapa lo aclararía todo.

CAPÍTULO XIV

Detrás del asiento 18, en las gradas superiores, Luz Paz golpeó la bolsa de ropa sucia contra el cemento. Oyó un pequeño crujido, miró dentro de la bolsa. Se cubrió la mano con un pañuelo y sacó a la rata inmóvil de la bolsa. Con la mano todavía envuelta en el pañuelo, le retorció la cabeza a la rata y dejó caer la sangre en un pequeño cuenco de plata. Colocó el cuenco y la cabeza de la rata junto a tres capullos de rosa, una taza de café cubano, cuatro peniques, y un puro. Encendió una vela y rezó ante de la estatuilla de plástico de San Lázaro. Habría preferido sangre de pollo. Pero otra cualquiera serviría. Sus dioses eran comprensivos.

Todavía no era de día. El sol comenzó su ascensión cuando Luz Paz empezó las plegarias por el alma de su hija. Comenzó ceremoniosamente, como siempre lo hacía, implorándole a San Lázaro que intercediera por su hija para que Cristo y su Santa Madre se compadecieran de ella y la acogieran en el más allá. Pero sus solemnes plegarias se desintegraron a medida que su pena salió afuera. ¿Cómo podía Dios haberse llevado a un ser tan joven, tan dulce? ¿Cómo podía haber permitido que muriese tan lejos de casa? Por favor, San Lázaro, rezó, tú que vas y vienes de los muertos a los vivos, asegúrame que no ha sufrido...

Se arrodilló hasta que el dolor de las piernas le impidió concentrarse. El sol ya estaba alto. No oyó ninguna contestación de

67

San Lázaro. Recogió sus pertenencias en la bolsa de ropa sucia y comenzó a bajar los escalones de cemento.

Iba vestida de blanco, con los tobillos hinchados embutidos en zapatos blancos de enfermera, el cabello blanco recogido en una cofia blanca, la blusa blanca recién manchada de sangre de rata. Alrededor del cuello arrugado llevaba cuentas de cristal púrpura y blanco, los colores de San Lázaro.

Luz Paz estaba cansada. Tenía ochenta y nueve años y sufría hipertensión y artritis. Había venido de Cuba hacía tres meses para ver a su única hija. Pero su hija ya había muerto. Un amable sobrino le había mostrado la tumba de su hija y la había invitado a quedarse en su casa. Pero la pena de Luz Paz no podía contenerse en el dormitorio de huéspedes de la casa de su sobrino. Ella se lanzó a vagar por las calles, gritando y llorando. Caminaba por el Orange Bowl una mañana y se sintió más capaz de habérselas con su pena en el gran espacio del estadio de fútbol. Sus gritos disminuyeron. Las lágrimas se le secaron hasta llegar a una tristeza palpable. Su sobrino iba a verla los domingos por la mañana, pero ella no se marchaba con él.

El calor aumentaba a medida que avanzaba el día. A la altura de la línea de cuatro yardas se sintió mareada y aminoró el paso. Es el calor, pensó. Vio a un hombre que se le acercaba. Tenía aspecto de Lázaro frenético a la luz del día. No se parecía nada al Lázaro que ella conocía.

¡Hay tantos como éste!, pensó San Lázaro mientras observaba a Juan Raúl Pérez corriendo hacia Luz Paz. ¿Quién habría pensado que iban a soltar a tantos? Sus resurrecciones les pesaban más que la tumba. San Lázaro apenas tenía tiempo de oír todas sus peticiones y no digamos contestar a tantas plegarias. Sin embargo, se había pasado toda la mañana diciéndole a Luz Paz que su hija no había sufrido. La pena que ella tenía la hacía sorda a sus palabras. Quizás él necesitaba a alguien más para decírselo. Ella le gustaba mucho. Todos los demás le llevaban agua a San Lázaro, era tradicional, pero ella le llevaba café cubano, y en tiempos como aquéllos, con tantos para cuidar, él necesitaba cafeína.

CAPÍTULO XV

Dottie echó un vistazo a la ropa de la caja de donaciones del Kinloch Park High. Encontró un mono rojo para ella y una camiseta para Juan Raúl Pérez. Allí no había comida. Ella tenía hambre. En el aparcamiento vendían comida, pero no era gratis como la cena de la noche anterior, y ella no tenía dinero. Más allá junto a las tiendas encontró a un joven que vendía cosas diversas en un carro de venta de supermercado. Había chiclé, granola,[1] «flip-flops». A ella le habría gustado un par de «flip-flops». Tenían gruesas suelas de goma blanda y a ella le dolían los pies por culpa de los zapatos de charol negro. No quería ponerse las sandalias marrones. En Miami, no.

— ¿Tiene muestras? —le preguntó al joven.

—No —contestó él.

— ¿Polvos?

No, no tenía, y no sabía lo que eran polvos.

—Probablemente puedo conseguírselos —dijo él—. Bajo a la ciudad varias veces a la semana para buscar suministros.

Había laca de uñas, aproximadamente una docena de frascos debajo de una caja de compresas. Ella examinó los frascos uno por uno: Dream of Cerise, Cherries in the Snow, Flamingo Pink y uno dorado reluciente llamado Brass Band. No entendía aquellos nombres.

— ¿Cuánto cuesta el esmalte de uñas? —preguntó.

—Un dólar —contestó él.

—No sé lo que significa eso.

—Cuatro cuartos, diez monedas de diez centavos. Un dólar normal.

— ¿Cuánto es comparado con el dinero cubano?

—Bien, comparando las tasas de inflación...

—No, yo no sé nada de tasas de inflación. ¿Qué se compra con un dólar?

---

1. Comestible hecho de mezcla de cereales, nueces, frutas, etc. (*N. de las T.*)

—Una barra de pan, más o menos.

—Una barra de pan. Un dólar —dijo Dottie.

—Vale, vale, le daré dos frascos por un dólar.

Dos frascos de esmalte por una barra de pan. Hizo todo lo posible por guardar la compostura.

—Ya volveré —dijo.

Se le fue el hambre como si se hubiera comido aquella barra de pan. Dos frascos de fabuloso esmalte por el precio de una barra de pan. Dottie sabía exactamente dónde estaba: en el país de la abundancia. Abundancia de color dorado reluciente. Ya la había tenido en las manos.

Dottie tenía suerte. En su vida, rica en desastres, todavía no había ocurrido nada lo bastante desastroso para convencerla de que no era así. En aquel momento era uno de los trescientos setenta y cuatro solicitantes que hacían cola para conseguir el empleo de lavaplatos en un Steak of Egg Kitchen de la zona comercial de la ciudad.

En aquel momento, era uno de los novecientos refugiados sin hogar que vivían en el Orange Bowl, en una zona de la ciudad donde los otros refugiados ya le habían advertido que era peligroso estar en la calle.

Había llegado la tarde anterior, conduciendo a Juan Raúl Pérez de la mano. Pasó la tarde y la mayor parte de la noche esperando en largas colas, sólo para enterarse de que la ayuda gubernamental había sido cortada hacía semanas para los refugiados recién llegados. Las personas de los servicios sociales que intentarían encontrar a los familiares de Juan Raúl Pérez tenían una lista de espera de más de dos semanas antes de que pudieran ni siquiera hablar con él para obtener la información que se necesitaba para iniciar la búsqueda. En el mostrador en donde ella había registrado sus nombres en la lista de espera de apadrinamiento, el Señor y la Señora Pérez eran el número 287. No estaba mal, pensó Dottie. Si ella no hubiera tenido la buena suerte de casarse el día antes, habría estado mucho más atrás en la lista, y Juan Raúl Pérez habría estado cerca del final. A las familias era a las que se apadrinaba primero, luego a las parejas y por último a los solteros.

Cuando terminaron con las colas, incluida la de una comida gratis distribuida cada día en el Orange Bowl, ya era demasiado tarde para obtener catres para pasar la noche. Durmieron en las gradas.

En Cuba había colas como aquéllas. Esperaba no tener que hacer cola en el club nocturno de sus sueños. Pero mientras permanecía en la cola para el empleo de lavaplatos en Steak & Egg, sólo había un pensamiento en su mente: podría comprar dos frascos de esmalte de uñas por el precio de una barra de pan. Sólo necesitaba un dólar.

Dottie no consiguió el empleo.

CAPÍTULO XVI

Juan Raúl Pérez siempre había pensado que la gente que estaba desorientada no sabía que estaba desorientada. Por otro lado, era muy consciente de que él estaba desorientado y eso hacía aumentar su ansiedad. Había observado furtivamente a una mujer mayor con una bata estampada durante una hora aquella mañana. La había visto sentada en una tumbona bajo una higuera, en la zona occidental. Ella estaba leyendo un libro. Se preguntó si sería su esposa. ¿No le gustaba a su esposa leer? ¿No estaría esperándole en algún lugar fresco? Pero después de dar largos paseos junto a ella varias veces, y no recibir ningún indicio de reconocimiento por parte de ella, decidió esperar antes de presentarse como el marido perdido hacía tiempo. Esperó hasta que encontró a Dottie y luego, informalmente, muy informalmente, le dijo a Dottie:

—Sabe, aquella mujer que está allí leyendo me recuerda un poco a mi esposa.

—¿Qué edad tiene su esposa? —preguntó Dottie.

—Cincuenta y uno —respondió él.

—Bien, no es mi intención insultar a su esposa —dijo Dottie—, pero aquella mujer parece lo bastante mayor para ser su abuela.

—Sólo quise decir que a mi esposa le gusta leer —comentó él. Sí, vio claramente entonces que aquella mujer era en verdad demasiado vieja para ser su esposa. Ocurría solamente que estaba leyendo y que él estaba perdiendo la cabeza.

Dottie le dio dos encargos antes de irse a solicitar el empleo de lavaplatos. El primero fue que consiguiera catres y una tienda y un lugar para ponerlos para que no tuvieran que pasar otra noche incómoda en las gradas. Juan Raúl Pérez fracasó en esa misión. Averiguó con facilidad a quién debía ir con aquella petición. Sólo tenía que preguntárselo a uno de los guardias o ir al despacho del servicio de seguridad. Pero acercarse a un guardia o ir a la oficina de las autoridades estaba más allá de sus posibilidades. Había aprendido en los últimos veinte años que a los guardias había que evitarlos a toda costa. Y el ir a una oficina había estado restringido a los interrogatorios.

—Me parece que no quedan catres —le dijo a Dottie.

El otro encargo era que volviera a la cola de servicios sociales para averiguar si sus nombres habían avanzado en la lista para una entrevista y lo que tardaría en que eso sucediera.

—Tenemos que encontrar a su esposa lo antes posible —le dijo. Pero él no pudo recordar en qué cola habían esperado para los servicios sociales la tarde anterior. Caminó arriba y abajo entre las colas a través de la cálida mañana, con los pantalones acampanados ondeando y la camisa hawaiana empapada de sudor. Luego se olvidó completamente de los servicios sociales, y recordó tan solo que era importante encontrar a su esposa lo antes posible. Pero ¿qué aspecto tendría si no se parecía a la anciana sentada bajo la higuera leyendo? Intentó recordarla, como lo había hecho diariamente durante veinte años. No era tan fácil recordar la cara que él había creado con tantas otras caras a su alrededor en aquel momento. Intentó acordarse de su cabello, que se había cortado hacía cinco años, sus dientes, sus pechos, las uñas de los pies, diez de ellas'. Una dos tres...

Me estoy apartando de la realidad, pensó con aterradora claridad. Pero eso era imposible, dado que él no sabía qué era la realidad en aquel momento. Estaba cansado. Había tenido una cama en la cárcel. Tenía hambre. Le llevaban comida en la cárcel. Lo último que recordaba claramente era el hecho de ser despertado en la prisión y estar seguro de que iba a ser ejecutado. Puesto contra la pared y ejecutado. Deseaba yacer en una cama y notarse el pulso. Cuanto más tiempo estuviera lejos Dottie, más difícil resultaría recordar dónde estaba y por qué no había muerto.

Junto a la reja del lado oeste había un hombre con gafas de sol que enseñaba inglés para principiantes. Descansó en el suelo durante un rato repitiendo números en inglés. Se marchó cuando el profesor pasó a hacer frases. Detrás de las tiendas, una mujer delgada con unos leotardos rosas dirigía una clase de aeróbic. Le recordó a un pájaro delgado a punto de volar. Pero estaba seguro de que ella era demasiado joven para ser su esposa y demasiado bonita para ser su hija. Bordeó la periferia del Orange Bowl. Vio a varias mujeres con el cabello gris corto y batas floreadas, pero ninguna de ellas se parecía a la imagen que podía recordar de su esposa. Una de las mujeres sonrió con cara triste y le dio los buenos días, pero seguía sin ser su esposa. ¿Dónde estaba Dottie? Quizás ella podría recordar a su esposa por él. Tenía la boca seca. Necesitaba esperar de nuevo en la cola para la fuente de agua. Delante de él vio a Luz Paz arrastrando los pies lentamente a través del campo de juego y se le paró el corazón. Estaban ejecutando a gente aquí también. Ella iba tambaleándose y la parte delantera de su blusa blanca, justo sobre el corazón, donde le habían apuntado, estaba manchada de sangre.

—Buenos días —le saludó ella.

Juan Raúl apretó las manos contra el pecho ensangrentado de ella y sostuvo su cabeza cuando se cayó.

—¿Por qué le han disparado? —le preguntó una y otra vez—. ¿Por qué?

CAPÍTULO XVII

Al intentar librarse de las manos de Juan Raúl Pérez que la estaban agarrando, Luz Paz se sentó en la hierba. Él se arrodilló a un lado y la rodeó con el brazo para sostenerle la espalda, que no necesitaba sostén. Luz Paz era más voluminosa que Juan Raúl Pérez, pero no se decidía a golpearle porque él tenía un aspecto muy frágil y decía cosas muy extrañas.

—Por favor, dígame que no se va a morir —le dijo él—. ¿Por qué? ¿Por qué le han disparado?

Ella se retorció y le empujó a un lado.

—Déjeme en paz. Nadie me ha disparado. ¿De qué está hablando? —preguntó ella.

—La sangre —contestó él señalando la salpicadura de su blusa, que ya se había secado hasta convertirse en una mancha de color fangoso—. La sangre en el lugar donde le dispararon.

—¡Esta sangre no es mía!

No hubo tiempo para mucha conmoción. Dottie había estado observando a Juan Raúl Pérez desde sus varias colas. Se puso en medio de ellos rápidamente, se enteró de todo lo que pudo mientras ayudaba a Luz Paz a ponerse en pie e intentó aclarar la situación de Juan Raúl Pérez.

—Por favor, disculpe a mi marido, señora —dijo—. Ha sido preso político y todavía está nervioso. Y ahí está la mancha de sangre en la parte de delante de su blusa.

—Es sangre de rata. Se lo acabo de decir. He sacrificado una rata por el alma de mi pequeña —aclaró Luz Paz.

—Sí, entiendo. Pero usted puede ver por qué él pensó que usted estaba herida.

—¿Es que le mordió una rata, señora? —preguntó Juan Raúl Pérez—. ¿Quiere que busque ayuda?

—¡Estese quieto! —le dijo Dottie—. ¿No le ha oído decir que ha sacrificado a una rata para su hija, que murió?

Él lo había oído. No lo entendía. La gente mataba a las ratas, no las sacrificaba.

—Necesito sentarme —dijo la anciana—. Necesito descansar un minuto.

Dottie ayudó a la anciana a dar varios pasos hasta los asientos del nivel inferior y envió a Juan Raúl Pérez a buscar un vaso de agua. La anciana estaba sin aliento y Dottie le cogió la mano y esperó en silencio hasta que su respiración tomó un ritmo lento.

—Siento lo de su hija, señora —dijo Dottie—. Tiene suerte de tener una madre que rece por ella. ¿Hace mucho que ocurrió?

—Unos meses.

—¿Qué edad tenía su hija, señora? Usted dijo su pequeña.

—Setenta y dos. Supongo que es bastante edad para morirse. Tuvo un ataque fulminante. Pero ya ve, sigue siendo mi hija, siempre será mi pequeña.

Dottie acarició la mano de la anciana. No podía imaginarse a nadie lo bastante viejo para tener una hijita de setenta y dos años.

—Bien, al menos no sufrió —comentó.

La anciana apartó bruscamente su mano de Dottie y se volvió hacia ella.

—¿Cómo lo sabe? ¿Por qué dice esto?

Dottie no estaba segura de por qué lo había dicho.

—Mi madre tenía tuberculosis. Cogió una neumonía. Tardó mucho tiempo en morirse. No me gusta pensar siquiera en eso. Estuvo sufriendo mucho tiempo. Me imagino que si uno se muere de un ataque, simplemente se cae y se muere.

Se quedaron sentadas en silencio durante un momento mientras observaban cómo se acercaba Juan Raúl Pérez. Llevaba un vaso de papel que se balanceaba en su mano izquierda y lo miraba fijamente, embobado, con la concentración de un ilusionista. Dottie tomó un sorbo después de que bebiera la anciana.

—Tendrá que darme esa blusa, señora —dijo— para que pueda quitarle la sangre antes de que se seque demasiado. —Antes de trabajar en los campos de azúcar, había hecho de lavandera en el Havana Hilton—. Me llamo Dottie. Dorita se acabó. Y éste es mi marido, el señor Pérez.

Juan Raúl Pérez saludó a Luz Paz con una inclinación. Una ligera inclinación, una inclinación de caballero. Ridículo, dadas las circunstancias, pensó Luz Paz. Ella les dijo su nombre y él se inclinó de nuevo.

—Me siento honrado de conocerla, Señora Paz —dijo él—. Lamento haberla sobresaltado antes. Cuando vi la sangre... usted parecía tambalearse.

—Soy una anciana gruesa con artritis. Es un largo camino.

—Sí, naturalmente, le pido perdón. Me sentiría más tranquilo de todos modos si pidiera ayuda.

—¿Ayuda? ¿Quién cree que vendría? Déjeme sólo sentarme un minuto para recobrar el aliento...

Luz Paz se dio cuenta de que él temblaba. Comparado con el aspecto saludable de su esposa, él parecía esquelético. Una palidez transparente se traslucía por debajo del cráneo quemado por el sol. Un preso político, había dicho su esposa.

—No importa. Fue un error de buena fe. —Ella se volvió a Dottie—. No recuerdo haberlos visto por aquí.

—No, vinimos ayer —dijo Dottie.

—¿Dónde están colocados sus catres? —preguntó Luz Paz.

—No sabíamos dónde conseguirlos. Mi marido ha estado investigando hoy y no ha podido obtener ninguno. Pero no pensamos quedarnos aquí mucho tiempo.

—Nadie lo piensa.

—Pero mi esposo tiene familiares en los Estados Unidos.

Sí, pensó Luz Paz, todo el mundo está esperando a un familiar rico que venga a rescatarlo.

—Y si no vienen a por nosotros —continuó Dottie— vamos a tener un padrino.

Ahora sale la verdad: el familiar no les quiere, pero ellos creen que un desconocido, sí. Luz Paz veía a centenares que esperaban como ellos cada día. Sintió tristeza por ellos.

—Bien, quizá pueda mostrarles dónde pueden obtener catres en caso de que les guste descansar un poco hasta que sus familiares vengan por ustedes.

No consiguieron ninguna tienda. Dottie exhibió un encanto considerable con el guardia de seguridad que abría la puerta del almacén, pero siguieron sin conseguir la tienda. Había una larga lista de espera. Obtuvieron dos catres y por invitación de Luz Paz los pusieron junto al de ella en la Puerta 14, un ancho pasillo de cemento, en la entrada principal del estadio. La Puerta 14 era la única abierta a los refugiados, y todos ellos, excepto los que tenían que poner las tiendas en los terrenos periféricos del estadio, vivían allí. No tenía ventilación y estaba muy lleno, pero Luz Paz tenía un hueco privilegiado bajo una rampa. Su edad y su conexión con los dioses eran respetadas.

Dottie, que insistió en lavar la sangre de la blusa de Luz Paz, ganó su dólar para esmalte de uñas. No con la anciana; Dottie se negó a aceptar dinero de Luz Paz. Pero conoció a otras personas mientras lavaba la blusa en las duchas de mujeres que estaban dispuestas a pagar un cuarto para que les lavaran un montón de ropa sucia. Para cuando la blusa de Luz Paz se secó, Dottie ya tenía un pequeño negocio de lavandería. San Lázaro no podía cambiar el mundo, pero no olvidaba a los amigos de Luz Paz. Se alegraba de que Dottie hubiera decidido permanecer junto a la anciana. Luz Paz había estado demasiado sola y quizás ahora se convencería de que su hija no había sufrido. San Lázaro comprendía los sacrificios de ratas cuando escaseaban los pollos. Le había llevado horas a Luz Paz el reseguir sus ratoneras con las piernas tan hinchadas y el cuerpo tan maltratado por el dolor.

CAPÍTULO XVIII

—Quítese la ropa, señor. Hay bastante luz, y si la lavo ahora se secará.

—¿Qué? —preguntó Juan Raúl Pérez. Durante un momento no podía recordar quién era Dottie, y no digamos el por qué de que ella le hablara. Había estado durmiendo desde que Dottie colocó su catre. Luz Paz le había dado una sábana limpia con flores pequeñas. No había sido un sueño cómodo. Tenía hambre, hacía calor. Y aunque sus catres estaban fuera del camino·del tránsito central de la Puerta 14, todavía se oían muchas voces y pasos. Sobre una caja de leche volcada a la cabecera del catre de Luz Paz estaban colocados los dioses de la santería, disfrazados de santos católicos como lo habían estado durante siglos. Juan Raúl Pérez miró las brillantes estatuas de porcelana y plástico con suspicacia. Ésos eran los dioses de los analfabetos, o al menos de los que no habían sido educados en las escuelas en las que lo había sido él. Cuando niño, se había sentido a la vez asustado y curioso por la santería; lo veía como una mezcla de vudú y de pasión muy distinta de las reglas rutinarias de su catecismo. Para él había sido difícil descansar con los ojos de las estatuas tan cerca de su sueño.

Dottie lo acompañó a las duchas de hombres, interrogándolo por el camino.

—¿Ha mirado en los servicios sociales para ver si nuestros nombres han avanzado en la lista? —le preguntó.

—No —respondió él.

—Señor, ¿no habrá olvidado su promesa de llevarme con usted como su prima, si su esposa viene a buscarle? ¿No habrá olvidado nuestro plan?

—No, señora, lo recuerdo. Pero ella no está aquí.

—Por favor llámeme Dottie. ¿Se va aviniendo con la anciana?

—Sí, ¿por qué no iba a avenirme?

—Bien, sólo quería saberlo. Usted prácticamente la derribó esta mañana. Entiendo que fue un error, pero fue extraño. Debería dejar de comportarse de modo raro.

Estaban en las duchas. Ella esperó afuera mientras él se cambiaba. Había un par de shorts deportivos y una camiseta sin mangas en la que se leía «L'Hair», un salón de belleza de Coconut Grove. Éste era el tercer cambio de ropa en otros tantos días después de llevar virtualmente la misma durante veinte años, y se le hacía extraño. Se sentó un momento con la esperanza de que la rara sensación de la ropa nueva desapareciera. Sí, tenía que dejar de comportarse de modo extraño, aunque estuviera llevando.

una indumentaria extraña en un estadio de fútbol americano, con una mujer extraña por esposa.

—Está demasiado delgado, señor —le dijo Dottie cuando él salió, finalmente, y le dio su camisa hawaiana y sus tejanos—. Pero todavía le quedan algunos músculos para ser un anciano. —Dottie sonrió y se marchó con su traje de topos.

Luz Paz estaba sentada en su camastro cuando él volvió a la Puerta 14. Ella pensó en pollos cuando vio a Juan Raúl Pérez con su ropa de deporte.

—Debe de haber estado en la cárcel muchos años, señor —exclamó.

—Sí, señora, veinte.

—Rezaré por usted.

—Gracias, señora. ¿Sabe dónde puedo conseguir un mapa?

—No. ¿Sabe usted lo que le sucede a la gente que se muere de ataques de corazón?

—No. Lo siento, señora, no lo sé.

Juan Raúl Pérez se echó en su catre. No había ningún mapa. Pero al menos estaba seguro de que había estado en la cárcel muchos años. Ahora se encontraba en un estadio de fútbol de Miami y su esposa no estaba allí. Podía escribirle otra carta, una carta que esta vez le pudiera enviar. Había tenido papel y pluma la noche anterior, pero ahora no podía recordar dónde estaban. Su esposa tendría un mapa. Ella sabría dónde encontrarle.

Se miró las blancas piernas torcidas hasta que llegó a los zapatos de cordones de imitación de piel. Le venían grandes y el roce le había producido ampollas en los talones. Los zapatos le hacían pensar en los domingos por la mañana, cuando él, su esposa y su hija iban a la iglesia. Esos zapatos ingleses habían sido de piel auténtica entonces y le iban cómodos. Tenían coche, pero la iglesia de Corpus Christi no estaba lejos y era agradable pasear el domingo por la mañana. Podía ver ahora la cara de su esposa claramente, tal como era hacía veinte años. Podía ver su propia cara también, sonriente, con un juego completo de dientes. Llevaba el espeso cabello rizado engominado hacia atrás con un ligero aroma de menta. Y podía ver los zapatos ingleses de piel marrón y el traje azul sobre su cuerpo fuerte de hombre en la flor de la vida. Había brisa. En los escalones de la iglesia su esposa reía y sujetaba la falda levantada por el viento. Llevaba a su hija cogida de la mano. Era una mañana encantadora. Él casi gritó de ira cuando alguien le sacudió los hombros y le ordenó:

—Quítese esa ropa, señor.

Todavía se sentía cansado, y además le disgustó que lo volvieran a despertar bruscamente. Pero estaba acostumbrado a obedecer las reglas y se quitó la ropa allí mismo. Una vez desnudo, su ira se convirtió en vergüenza: ¡Tenía la piel tan blanca y arrugada, el cuerpo tan envejecido y decaído! Ya no le quedaba ningún cabello en la cabeza, ni dientes en la boca. Quería sentirse el pulso tal como lo había hecho siempre cuando se despertaba de sus sueños, pero creyó que un gesto semejante no haría más que atraer la atención sobre su desnudez.

—Por aquí —dijo un hombre. Nunca había visto a aquel hombre. Llevaba un traje azul y era joven. Caminaba deprisa. Lo siguió y salieron por la Puerta 14. Ya había oscurecido. El hombre lo condujo a la calle. Era la primera vez que Juan Raúl Pérez salía a una calle de Miami. Se había sentido mucho más seguro en la pequeña prisión de la libertad que era el Orange Bowl. La oscuridad no era suficiente para ocultar su desnudez y dudó entre pararse para cubrirse o hacer lo que le decían siguiendo al hombre del traje azul. ¿Era algún empleado de los servicios sociales? ¿Le llevaría con su esposa? Tenía que caminar deprisa pará llevar el mismo ritmo que él. Pero por deprisa que caminara, pronto se perdió en un amasijo de calles numeradas. Finalmente dobló una esquina y vio al hombre, de pie bajo una luz de la calle que se apoyaba descuidadamente contra una pared blanca. El hombre encendió un cigarrillo.

—Por favor, apártese, señor —le dijo Juan Raúl Pérez—. Le dispararán si se queda contra la pared.

—No, señor, no me dispararán. Aunque yo dijera que me disparasen no lo harían. Se lo demostraré. Escuche. ¡Fuego! —gritó el hombre—. Ya ve, nadie ha disparado. ¡Fuego! ¡FUEGO!

Gritó más fuerte, más y más fuerte. ¡FUEGO!, y su voz resonó por las calles desiertas y oscuras. ¡FUEGO! Su voz rebotaba de farola a farola. ¡FUEGO! Su voz resonaba en las paredes de cemento de la Puerta 14.

—Sabe, realmente deberían prestar atención a esos tipos —le dijo el guardia de seguridad Esteban Santiesteban a Luz Paz, mientras la ayudaba a despertar a sacudidas a Juan Raúl Pérez. Él dejó de gritar y se sentó temblando, con la mano en el pulso.

Unos pocos circunstantes habían intentado ayudar a Luz Paz a despertar a su vecino de su pesadilla. Se dispersaron cuando llegó el guardia.

—¿Está usted despierto, señor? —Esteban Santiesteban le preguntó a Juan Raúl Pérez—. ¿Está usted bien?

—Sí, señor, sí. Gracias por su ayuda.

—No tiene importancia. Vaya manera de gritar. Me alegro de que sea temprano y no haya despertado a nadie.

—¿Qué hora es?

—Las seis de la tarde.

Y Juan Raúl Pérez añadió «seis de la tarde» a los números que contaba una y otra vez en su mente para descongelar su pesadilla.

Santiesteban se volvió hacia Luz Paz.

—Sabe que ya le hemos advertido acerca de las velas y el incienso, señora. No quiero pensar en lo que supondría un fuego en un lugar como éste.

Luz Paz se chupó los dedos y apagó las velas con un toque rápido. Luego tiró un poco de agua de rosas en el platito de quemar incienso. Esteban Santiesteban se marchó para terminar su ronda.

Luz Paz tomó el cuenco de plata con agua y lo puso en el suelo bajo el catre militar verde de Juan Raúl Pérez.

—Esto capturará a los espíritus sedientos de sus sueños —dijo—. Y pondremos pétalos de rosa para endulzar sus sueños también.

Juan Raúl Pérez llevó lentamente la cuenta a medida que Luz Paz arrancaba uno a uno los pétalos de una rosa marchita que estaba a los pies de San Lázaro.

—Por la noche juegan al dominó, señor. Durante el día también. Le mostraré dónde. Los hombres de allí tienen el mismo aspecto que usted. Quizás tengan también los mismos sueños.

Él no quería marcharse sin Dottie, pero siguió a la anciana

por la Puerta 14 de todos modos. Todavía no estaba oscuro. Todavía llevaba los shorts deportivos y se sentía más desnudo con ellos que lo que se había sentido en su sueño.

CAPÍTULO XIX

Unos largos haces de luz caían sobre las mesas plegables de jugar a cartas del lado oeste. El castañeteo de los dominós crecía y caía por la negra noche. Los puntos negros de los números danzaban desde sus bloques blancos, y cada jugada era colocada por la sombra rápida de una mano. Se oía música de una radio distante. No podía verlos, pero Juan Raúl Pérez estaba seguro de que había gente que bailaba en algún lugar. ¿Estaba Dottie junto a la radio, y si necesitaba un compañero, sacaría a un extraño de la multitud? No la había visto desde aquella tarde cuando ella le pidió la ropa para lavársela. Quizá se las había dado a algún otro.

Jugaba al dominó con los ancianos que Luz Paz le había presentado. Fueron pasando sus historias alrededor de la mesa de dominó, como habrían hecho con una botella de whisky. Los focos iluminaban sus cicatrices, producto de su valor. Él no tenía ninguna hazaña que pudiera compararse a las suyas. Habían apuntado rifles contra Fidel Castro y conducido a hombres a través de montañas y calles amplias. Habían saboteado la maquinaria de la dictadura y proclamado palabras de libertad. Y ¿qué había hecho él sino estar en el lugar equivocado en el momento equivocado, un crimen digno de ser castigado con veinte años? ¿O es que el dinero que le había enviado regularmente su cuñado le había convertido en un prisionero valioso? Grandes sumas que envió su cuñado, según su esposa, dinero para sobornos, dinero para cigarrillos. Nada de ese dinero le había llegado nunca. Él le había rogado a su esposa que no enviara más, que le dijera a Ángel que no enviara dinero, pero podía ser que sus cartas tampoco hubieran llegado a su destino. No estaba seguro. Siempre había otra explicación: que él simplemente hubiera sido olvidado. Y no era una idea prudente, en las prisiones donde había estado, hacerse notar.

—¿Veinte años, señor? —le preguntaron—. ¿Veinte años estuvo en prisión?

—¿Cómo lo saben? —preguntó él. ¿Había algo en su modo de jugar al dominó que les indicaba a ellos los veinte años? ¿Era el mismo comportamiento extraño del que Dottie le había advertido?

—La señora Paz lo dijo cuando le presentó.

—Sí, veinte años —afirmó, y rezó para que no le hicieran más preguntas. Si lo hacían, intentaría no oírlas. Procuró recordar la cara de su esposa, pero era solamente una voz. Ven y quédate con nosotros, decía la voz. Él había llegado, pero ella no estaba aquí. Quizá no lo había hecho con el otro lado de sus sueños. Intentó recordar la cara de Dottie, pero era solamente una sonrisa. Así que contó. Los números eran tan fáciles de contar aquí, eran solamente puntitos, ni ojos ni brazos, ni años ni horas. Cuando acabó la partida se sentó y fumó el puro que había conseguido con la victoria. Formó grandes anillos de humo con su boca desdentada y contó las estrellas.

CAPÍTULO XX

Dottie alineó cuatro frascos de esmalte de uñas junto a los dioses de la caja de la leche de Luz Paz. Eran Flamingo Pink y Dreams of Cerise, Tropical Mango y Brass Band. Era sobre todo la marca Brass Band, un cobre brillante con destellos dorados, la que la tenía encantada.

Dottie peinó los largos cabellos blancos de Luz Paz y le hizo la manicura con Dreams of Cerise. A Dottie le gustaba Luz Paz. No es que le recordase a su propia abuela, sino a las abuelas en general y cualquier indicio de familia en un país extraño da consuelo. La anciana hablaba de su hija muerta, pidiendo a Dottie que repitiera una y otra vez que no, que su hija no había sufrido cuando murió. Mientras Dottie se hacía sus propios toques en las uñas con Brass Band le vino la idea de adoptar más familia.

—¿Cuál es su apellido, señora Luz? —le preguntó Dottie a Luz Paz.

—Paz —contestó.

Qué lástima que no fuera Pérez, pensó Dottie. No le hubiera importado incluir a Luz Paz en la familia. Si casándose había adelantado medio camino en la lista de espera de apadrinamiento, seguro que su nombre avanzaría más en la lista si también tenía una abuela. De todos modos, mejor que Luz Paz no fuera una Pérez. Puede que hubiera tenido que explicarle demasiadas cosas.

Dottie agitó las muñecas en el aire para secar las capas de oro de sus uñas. Había hecho coladas toda la tarde y parte de la noche. El que hubiera una corriente sin fin de agua caliente en las duchas de mujeres le encantaba. Sin embargo, sus manos estaban rojas y ásperas hasta los codos y ella le pidió al joven al que había comprado el esmalte de uñas que le trajera crema de manos al día siguiente. Había hecho muchas compras con el dinero que había ganado, además del esmalte, y sus bolsillos seguían llenos de monedas de cuarto. No podía imaginar cómo podía ser mucho mejor el Miami auténtico si ya aquí, en el Orange Bowl, tenía dinero, uñas de oro, agua caliente y una nueva amiga como Luz Paz.

Jaun Raúl Pérez entró por la Puerta 14 y la observó mientras ondeaba sus manos en el aire como el director furioso de una orquesta.

—¿Qué está haciendo? —le susurró de modo que no perturbase a Luz Paz, que ya se había sumido en la plegaria junto al esmalte de uñas y los dioses.

—Me seco las uñas. ¿Qué otra cosa podría estar haciendo?

Ella le sonrió y le mostró las puntas de los dedos relucientes. Juan Raúl gruñó.

—¿Es a causa de sus dientes por lo que no sonríe casi nunca? —preguntó.

—No —contestó él. ¿No podía entender ella que veinte años en la cárcel era suficiente para hacer que un hombre frunciera el ceño con o sin dientes?

—¿Ha mirado en los servicios sociales para concertar una entrevista que ayude a encontrar a su familia?

—No, señora.

—¿Es por sus dientes? ¿Quizás usted no quiere verla hasta que haya engordado un poco y conseguido algunos dientes, o teme que ella no le haya esperado?

—No, no, no.

—Shhh —le regañó Dottie, haciendo un gesto con la cabeza hacia Luz Paz—. No se ponga nervioso. Y palpe mis caderas.

Juan Raúl Pérez miró las caderas de matrona cubana de Dottie y se sintió débil.

—Vamos, toque mis caderas. Me acabo de pintar las uñas y no puedo poner las manos en los bolsillos.

Él la miró inexpresivamente. ¿Por qué le estaba haciendo esto a él?

—Toque mis bolsillos, por favor. Oh, olvídelo. Sólo quería que usted viera cuánto dinero he ganado lavando. A la gente le cuesta dos cuartos en la lavandería de la esquina, así que yo lo hago por uno. He tenido mucho trabajo y habrá más mañana. Puede que gane lo bastante para comprarle una dentadura.

Él sonrió esta vez, aliviado de que fuera solamente la calderilla de los bolsillos lo que hubiera que notar, y no la caricia de las caderas salseras que había presionado contra él en la embarcación, cuando el cielo era azul y él todavía no se había dado cuenta de lo viejo que era.

—Vamos —dijo Dottie—, no está tan mal cuando usted sonríe con su boca vacía de ese modo.

Dottie habría dormido profundamene si se hubiera calmado el tiempo suficiente para intentarlo. Las luces, aunque atenuadas, permanecían encendidas toda la noche bajo la Puerta 14. Luz Paz murmuraba en su sueño y Juan Raúl Pérez roncaba. Él le resultaba menos extraño desde que había interpretado su encontronazo con Luz Paz como otro golpe de buena suerte. Ella yacía boca abajo sobre el catre estrecho y dejaba colgar los brazos a los lados para no estropearse las uñas. Era una posición incómoda y Dottie se sentía también incómoda acostada intentando estarse quieta mientras el mundo le parecía mucho mejor que el día anterior. Se levantó silenciosa y abandonó la Puerta 14. Quizá podría encontrar otro familiar si miraba. O quizá podría encontrar una dentadura.

CAPÍTULO XXI

Felipe se dirigió al centro de la ciudad protegido por la penumbra del amanecer. Habría preferido South Beach, pero incluso a aquella hora procuraba pasar desapercibido. Los dos amigos que habían llegado con él de Cuba estaban ya en la cárcel. Cuando llegaron a Miami él y sus amigos se pusieron a vender marihuana en las calles de South Beach, y cocaína cuando podían conseguirla. Felipe se había escapado pasando por encima de la pared de un callejón hacía dos meses, pero sus dos amigos no habían sido tan rápidos. Uno estaba en la cárcel en Atlanta, según sus últimas noticias, esperando que lo deportaran a Cuba. El otro se encontraba en Miami, todavía en espera del juicio. A Felipe le horrorizaba esto: había oído hablar de las condiciones en las cárceles atiborradas de los Estados Unidos, y no quería ni pensar en lo que les sucedería a los que fueran enviados otra vez a Cuba. Felipe se salió inmediatamente del negocio de la droga. Deseó no haber descubierto nunca lo fácil que era el dinero en aquel mundo. No habían sido muy importantes, pero cuando podían hacerse con mercancía, no era difícil venderla. Su amigo que esperaba ahora la deportación, llevaba encima setecientos dólares de Felipe cuando lo cogieron, y quedaron otros doscientos en el apartamento. Él no había vuelto allí a buscar el dinero o cualquier otra cosa. La pareja a la que habían vendido la cocaína se había identificado como policía secreta y él hubiera jurado que la bala que le había silbado junto al hombro izquierdo mientras subía por aquel muro del callejón era auténtica. Llevaba un traje blanco con chaleco al estilo John Travolta cuando oyó el silbido de aquella bala. La imagen de la sangre derramándose sobre el traje blanco todavía estaba vívida en su mente. Él se la imaginó extendiéndose en círculos concéntricos. No se había vuelto a poner aquel traje blanco como la nieve, desde entonces. El traje era demasiado nuevo para tener una mancha y él era demasiado joven para morirse. Durante las seis semanas siguientes, durmió en bancos de parque y en callejuelas. Cuando volvieron a abrir el Orange Bowl se fue allí, cautelosamente al principio, hasta que se convenció de que ni los policías ni los guardias le prestaban ninguna atención especial. Allí se sentía seguro, pero sólo iba por los alrededores de South Beach cuando se notaba especialmente valiente. Se agacharía en la puerta más cercana si veía allí un policía, convencido de que todavía le estaban buscando. Pero la única descripción que la policía había tenido dos meses antes sobre el tercer sospechoso fugitivo de la escena del crimen era la de un joven latino con un traje blanco con chaleco. Felipe no podía haber elegido mejor disfraz.

Felipe echaba desesperadamente de menos South Beach. Echaba de menos el bailar toda la noche en la discoteca Electric Tropic y el polvo que a veces venía después. Pero sobre todo echaba de menos las largas tardes sentado en la escollera con sus amigos observando hermosas muchachas en mínimos bikinis con bronceados tipo St. Tropez que pasaban al volante de Mustangs rojos. Recordaba los cabellos echados hacia atrás por el viento, y las caras sonriéndole. Las mujeres sonreían a Felipe. Era muy guapo. Tenía un cabello oscuro brillante que le caía sobre los ojos justo en los momentos más adecuados. Mostraba una sonrisa fácil, infantil, y unos ojos grandes con pestañas oscuras que mantenían un estudiado equilibro entre la risa y el asombro. Tenía dieciocho años y un cuerpo estupendo, que nunca se perdía un baile en la pista de la discoteca.

Quería volver a aquellas chicas de St. Tropez con los Mustangs rojos. Pero de momento, era un hombre de negocios y su negocio iba bien. Lo llevaba desde un carrito de compras de Winn-Dixie en la parte occidental del Orange Bowl. Compraba la mercancía en almacenes de rebajas o en la calle, y cuando podía la robaba en las tiendas: cigarrillos, ropa, perfumes, chicles, jabón, relojes baratos de imitación.

La semana anterior había tenido un gran éxito comercial vendiendo granolas y esta semana, tenía doscientos pares de «flip-flops» de goma que se vendían muy bien. Felipe era bueno en lo que hacía. A los dieciocho años ya tenía diez de experiencia en el mercado negro de La Habana. Y excepto los cinco meses que pasó en un reformatorio en Cuba cuando tenía once años, y la bala que le había rozado hacía dos meses, se las había arreglado para permanecer a salvo de dificultades.

Algunas raras ocasiones había ahorrado suficiente dinero en el Orange Bowl para salir de allí y conseguir una habitación en el centro de la ciudad. Pero no era una habitación lo que él tenía en la cabeza. Deseaba un apartamento bonito con una terraza con vistas a la playa y quería un coche bonito. También veía demasiadas cosas en los escaparates cuando iba al centro de la ciudad y siempre se compraba algo: un estéreo Sound Delight, mocasines blancos que imitaban la piel de serpiente, un pesado brazalete de anillas de oro. Justificaba estas compras diciéndose a sí mismo que las vendería si el precio era adecuado. Esta vez se había hecho el firme propósito de ahorrar. Pero había tenido un buen día y el dinero que había ganado llevaba quemándole en el bolsillo toda la noche. Había vendido una caja de jabón Ivory a una nueva clienta por tres dólares y cincuenta centavos. Luego le vendió unos shorts deportivos de hombre por tres dólares y más tarde cuatro frascos de laca de uñas por dos dólares, puro beneficio ya que había conseguido los shorts gratis de una caja de donativos de ropa y el esmalte era robado. Ella lo pagó todo con monedas de veinticinco centavos, pero eran mejores que las monedas de uno y de cinco centavos que a veces recibía. Al día siguiente, le había dicho ella, quería comprar un juego de manicura que había visto en su carro. Él le había pedido quince dólares por el juego, y ella no había ni pestañeado. Y la velocidad con que aquella mujer movía la ropa de lavar, entrando y saliendo de las duchas de mujeres, le hacían creer que tendría más de quince dólares para gastar al día siguiente. Luego, alrededor de la medianoche, aquella mujer había vuelto para preguntarle si podía conseguir un par de dentaduras y más esmalte de uñas.

Aparte del beneficio redondo que le había proporcionado Dottie, Felipe decidió que ella estaba muy bien. Iba incluso a reducirle el precio de aquel juego de manicura a diez dólares, quizás ocho; a él le había costado tres dólares en Harold's Values. Ella estaba llena de fuego y energía. Inmediatamente le recordó a la madre que él debería haber tenido. Sólo tenía dieciocho años, y aunque nunca lo admitiría, sentía mucha añoranza. Algunos días pasaba horas en Mi Cafetería, en la calle Ocho, hablando con una camarera de cincuenta años llamada María, que también le recordaba a su madre. Había muchas noches en las que deseaba no haber dejado nunca Cuba. Después de que sus amigos fueran a parar a la cárcel y él se quedase solo en las calles, su sueño de convertirse en rico en los Estados Unidos se veía con frecuencia interrumpido por la nostalgia de la vida que había dejado atrás. Había sido un pez gordo en un pequeño estanque del mercado negro. Aquí no era nada. Avanzada la noche quería subir los escalones hasta el apartamento que tenían en Cuba, donde su madre dejaba la olla sobre el hornillo. Donde su madre guardaba la lata de galletas llena de fotos amarillentas. Antes de la revolución, decía su madre cien veces al día.

Antes de la revolución comíamos carne todos los días.

Antes de la revolución bailábamos.

Antes de la revolución íbamos a misa.

Antes de la revolución Dios estaba en el cielo y el mundo funcionaba.

Excepto que antes de la revolución su madre era más pobre,

pero no era así como ella lo recordaba, porque al menos entonces tenía sueños. El padre de Felipe se lo recordaba. Decía que antes de la revolución ellos no tenían otra cosa que sueños. Y luego su padre se iba a la cama dejando tras él el olor de tinte de zapatos y cola para pieles del taller donde trabajaba. Felipe no tenía recuerdos de la vida de antes de la revolución; no había nacido. Pero ésa era la razón por la que había dejado Cuba y se había ido a los Estados Unidos, porque ya que no había más remedio que trabajar doce horas al día como lo hacían sus padres, por lo menos él quería un coche brillante como recompensa. Deseaba la vida vivida a todo color, sin una lata de galletas de recuerdos en blanco y negro.

Los mocasines de imitación de serpiente se hicieron eco de los frágiles pasos de un hombre en una ciudad vacía. La vida nocturna del centro de Miami había terminado hacía horas. Delante de Biscayne, una cafetería abierta toda la noche aparecía como un puente ruinoso que enlazara con la mañana. Un hombre con un traje de buen corte se hallaba en la acera, al lado de la ventana de la cafetería, junto a tres mujeres vestidas de noche. Reían y hablaban muy alto y muy deprisa, excitados por la cocaína, según estimó Felipe. No hicieron ningún caso a Felipe cuando éste se plantó a su lado y pidió un café. Sólo se proponía estar al lado de alguien, dentro de aquel vacío. Le reconfortaba tener cerca a una mujer de hombros pálidos con un traje de satén azul. Su perfume era abundante pero no delicado y Felipe casi pudo paladearlo mientras se tomaba su trago de café cubano. Se marcharon sin dirigirle ni una palabra, pero él estuvo seguro de que aquella mujer le había dirigido una sonrisa. Felipe cogió el billete de veinte que habían dejado para pagar la cuenta antes de que la camarera de cabello gris lo viera y lo empleó para pagar su consumición y la de ellos. Había una vuelta de dieciocho dólares y le dio a la camarera uno de propina. Se sintió más bien generoso, puesto que ella no se había mostrado muy amable.

Felipe encontró otro bar abierto dos manzanas más allá, con música de baile en los altavoces, y bailó dos piezas con una mujer que vestía un mono plateado. Los bares eran más bonitos en la parte de South Beach, decidió, y las mujeres tenían mejor aspecto.

La invitó a una copa, pero se marchó cuando ella le pidió otra. Aun cuando las cosas se le presentaran bien, no tenía ningún lugar adónde llevarla.

Llegó el amanecer y pasó sin que Felipe se enterase mucho. Se dio cuenta de que había más coches en la calle, más gente por las aceras y de que el eco de sus pasos se había desvanecido.

Su cafetería favorita abría a las siete y él llegó poco después y se hizo servir una gran bandeja de huevos y salchichas que María le llevó con su habitual exuberancia maternal. Qué guapo estaba. Qué bien le estaban tratando en Miami. Qué bien vestido iba. ¿Había salido con alguna chica?

—No, me he vestido así para ti —afirmó él.

—No lo creo —dijo ella.

María había llegado también a bordo del transbordo marítimo para reunirse con su hermano, que era propietario de una cafetería. Su vida en Miami se presentaba bien. Él le dejó una propina de diez dólares y volvió al Orange Bowl dispuesto a empezar el día. No había sido una noche demasiado brillante, pero por lo menos no le había costado nada.

CAPÍTULO XXII

Carmela Pérez estaba sentada a la mesa de la cocina, frente a una hoja de papel de correo aéreo, con la pluma Cross de plata. La pluma se la había regalado Teresa por Navidad hacía tres años. La utilizaba únicamente para escribir a su marido. Era el segundo día consecutivo que llamaba al trabajo para decir que estaba enferma. La gripe, les dijo. No le gustaba decir mentiras. Su amiga Ileana, la que tomaba clases de submarinismo, la había invitado a cenar. Carmela declinó la invitación, volviendo a usar la gripe como excusa. Su vecina del extremo de la manzana le preguntó si quería ir de compras y una vez más Carmela rehusó. La propia Carmela no acababa de comprender por qué estaba difundiendo esa mentira entre gente ajena al trabajo; nunca se encontraba a gente con la que trabajaba en aquel sector de la ciudad. Carmela se odió por ser incapaz de dominar la situación. Le daba rabia encontrarse peor ahora que cuando tenía la gripe de verdad. Y, además, estaba aquella premonición irritante que acabaría por darle la razón a sí misma. Con ella Carmela había estado obsesionada desde que empezó el transbordo marítimo: que si no era capaz de hacer las cosas rutinarias que había estado efectuando durante tantos años, se derrumbaría en tantos pedazos que luego sería imposible pegarlos. Por esa razón era por lo que estaba escribiendo a su marido. Iba a hacer así algo constructivo, algo que demostrase que todavía podía organizar sus pensamientos. Contempló la hoja de papel en blanco y comenzó a borrar el vacío con su escritura grande y redonda. Después de las salutaciones de rigor arrugó el papel y lo tiró a la papelera. Tomó otra hoja y contempló nuevamente el vacío.

No se levantó para abrir la puerta cuando oyó el coche de Ángel que entraba en el camino de la casa, e hizo una gran exhibición de abrir los pestillos después de que él tocara el timbre. Si a él no le gustaba que ella no tuviera una pistola apuntándole cuando la puerta finalmente se abriera, lo sentía mucho. Se volvió a la cocina sin darle la oportunidad de expresar sus quejas.

Ángel la siguió y se disculpó. Golpeó la escayola de su brazo varias veces mientras hablaba. Ella aceptó sus excusas. Le dijo que sentía lo de su brazo y de nuevo le dio las gracias profusamente por todos los esfuerzos que él había hecho. Preparó café y le dijo cuánto confiaba en que las cosas comenzasen a volver a la normalidad. Él estuvo de acuerdo y dijo que las cosas comenzarían sin duda a volver a la normalidad, tan pronto como funcionase el nuevo sistema de alarma contra ladrones que le iban a instalar en la casa. No habría posibilidad de que ella dejase la puerta abierta accidentalmente después de la instalación. Él podría dejar de preocuparse por ella entonces, señaló.

Carmela no quería que él se preocupase. No quería que él la molestase. Ella no dijo que sí, pero no importaba. La Freedom from Worry/ Total Protection Company[1] llegó al cabo de diez minutos.

—Pareces cansada —le dijo Ángel—. ¿Por qué no descansas un poco? Ya me encargo yo de esto.

Ella intentó volver a las páginas en blanco de la carta, pero desde la ventana de la cocina oía a Ángel dando órdenes. Unos extraños le contestaban. El griterío le corría por los nervios como una corriente viva. Se levantó de la silla de la cocina. Quería irse de la casa, pero el único lugar al que se le ocurría ir era el despacho del doctor, y no necesitaba que el doctor le dijera que realmente no tenía la gripe.

Quizá debería ir a la agencia de viajes para hojear folletos para mis vacaciones de fantasía, pensó. Se paró en medio del pasillo y se apoyó en la pared. Se preguntó si se estaría volviendo loca. No tenía ninguna agencia de viajes, y no digamos unas vacaciones de fantasía. Quizá debería ir al médico para averiguar que no tenía la gripe, pero que se estaba volviendo loca. Todavía se oían gritos fuera de la ventana de la cocina y en aquel momento, el ruido fuerte y agudo de máquinas eléctricas en marcha. Mientras caminaba recordó de dónde había venido la tontería de las vacaciones de fantasía y de la agencia de viajes; lo había leído en una revista femenina en la sala de espera del despacho del doctor. No sabía ni en qué visita ni en qué revista.

Date un baño de hierbas... es reconfortante, recomendaba el artículo también.

Cómprate una pieza de bisutería. ¡Te la mereces!

Flirtea con un desconocido guapo.

¡Apúntate a un gimnasio!

El título del artículo era otro imperativo, recordó: ¡Si tienes los nervios a flor de piel! ¡Haz una pausa! o algo parecido. El griterío que llegaba por la ventana se hacía más fuerte. ¿Qué clase de bisutería podía remplazar a un marido?, se preguntó. Pero la idea de un baño perfumado era atrayente. Quizá debería consolarse hasta que la vida volviera a la normalidad.

1. Compañía de Liberación de Preocupaciones y Protección Total. (*N. de las T.*)

Tardó unos cuantos minutos en encontrar el aceite de baño perfumado que había recibido durante una promoción de Chanel realizada por unos almacenes. Cerca de la bañera puso toallas, un albornoz y un ejemplar de *Hola*, a la que Teresa estaba suscrita. Luego recordó otra de las sugerencias de la sala de espera y colocó la radio portátil de Teresa sobre el estante del tocador. ¡Escucha música clásica: da categoría! La hirviente agua perfumada era muy agradable en la piel y la revista de cotilleo española, que se concentraba en la realeza europea, ofrecía un momento de evasión. La emisora de radio ahogaba el sonido de las máquinas al otro lado de la casa. Pero no habían pasado ni cinco minutos cuando oyó voces que se acercaban y apenas pudo correr la cortina de la ducha antes de que una cara mirase por la ventana: un desconocido, pero ciertamente no el tipo con el que una flirtearía ni siquiera en el país de las revistas. Pronto hubo más voces y ella tuvo que echarse el albornoz que estaba detrás de la cortina mientras corría el agua.

Tuvo el tiempo justo para ponerse la ropa que estaba en su dormitorio antes de que las voces llegaran a aquella ventana. Tampoco tenía la posibilidad de comenzar un programa de ejercicios gimnásticos en el salón. Se volvió a la cocina, se sentó rígida y rellenó varias páginas de saludos introductorios a su marido.

CAPÍTULO XXIII

Así que esto es la cárcel, pensó Carmela cuando Ángel, sonriendo, la llevó a dar una vuelta por su nueva casa libre de preocupaciones.

Unas barras blancas retorcidas adornaban todas las ventanas y puertas. Con el sistema «B», un sensor ligero colocado en las puertas delantera y trasera, activaba un zumbador que estaba dentro de la casa antes de que el visitante o el ladrón llamara al timbre. Una red sensible al peso colocada sobre el tejado activaba también el mismo zumbido.

—¿Qué pasa si un pájaro se pone en el tejado? —preguntó Carmela a su hermano.

—Sólo se activa con más de cuarenta libras.

¿Qué pasaría con una granada o una bomba pequeña?, se preguntó Carmela y sintió que realmente estaba perdiendo la cabeza al considerar una posibilidad semejante.

Los distribuidores del encendido de las luces interiores seleccionadas se encendían y apagaban cuando estaba puesto el sistema «A». El sistema «A» también activaba cuatro lámparas recién instaladas en cada esquina del tejado.

Nadie podría entrar por una puerta o una ventana, ni siquiera con una llave, sin pulsar previamente una clave de siete cifras en el panel computerizado colocado dentro de la puerta delantera en el plazo de cuarenta segundos, o de otro modo se activaría otra alarma dentro de la casa. Luego tenía que marcarse una clave de tres cifras en el mismo panel al cabo de un minuto de haber activado el temporizador, o la empresa haría sonar una alarma en la comisaría de policía local. Una sola llamada dentro de los siguientes treinta segundos a la Freedom from Worry / Total Protection Company con las palabras clave «Sano y salvo» y la clave inicial de siete cifras serviría para notificar a la empresa que cancelase la llamada a la policía. Las dos primeras falsas alarmas eran gratis. Después de éstas se impondría un sistema gradual de multas por cada falsa alarma.

Un flaco Doberman pinscher ladró debajo de la cuerda para tender ropa que se encontraba en el patio posterior. El perro, una hembra, se llamaba King.

—¿Es para mí? —preguntó Carmela.

—Forma parte del sistema —explicó Ángel.

La primera falsa alarma gratuita fue activada por King. Vino la policía. Cuando Teresa llegó a casa del trabajo llamó a la Freedom

From Worry / Total Protection Company y les hizo llevarse al perro antes de irse a clase. La segunda falsa alarma gratis fue activada por Ángel, que volvió para meter en razón a Carmela después de que la empresa le llamara para decirle que se habían llevado al perro. La policía volvió. El ocaso era de un ámbar mortecino cuando Carmela activó la tercera alarma del día. Ni siquiera se dio cuenta de que la había disparado, y fue la primera con multa. Había ido a recoger la ropa del tendedero antes de que se hiciera demasiado oscuro y simplemente regresó por la puerta trasera.

La policía había cambiado de equipo; esta vez vino otra agente, junto con el estadístico del FBI que Carmela había conocido hacía dos noches. Los dos, la agente Rhoades y el agente Pirelli, fueron muy amables con ella, pensó Carmela, considerando las circunstancias. Carmela preparó café. Se sentía avergonzada más allá de lo expresable, y deseó haber tomado aquellas vacaciones de fantasía y estar muy lejos. La agente Rhoades tuvo la amabilidad de quitar las luces de destellos del coche de patrulla mientras escribía el informe policial. El agente Pirelli inspeccionó el sistema de alarma y amablemente le explicó a Carmela que un sistema tan complicado era más adecuado para Fort Knox o quizá para un almacén de joyería. Dado que ella no se encontraba en una zona de alta delincuencia sugirió que tuviera el sistema desactivado y que se comprara un perrito ruidoso. Él sonrió. Ella sonrió y se ruborizó. Antes de irse él le pasó su tarjeta profesional y le dijo que lo llamara si tenía alguna otra dificultad. También le dijo que hacía un café muy bueno.

Ella sostuvo la tarjeta en la mano durante un largo rato después de que el coche patrulla se marchase a gran velocidad, segura de que si alguna vez seguía el consejo de la revista de la sala de espera, éste era la clase de desconocido guapo con el que flirtearía. Se había mostrado muy comprensivo. La había hecho sonreír. Dejó caer la tarjeta de la mano como si le hubiera quemado la palma. ¿Qué me pasa?, se preguntó. Que mi marido no haya venido en el puente marítimo no significa que esté dispuesta a flirtear con extraños.

Sólo significaba que la vida era tal como había sido antes de que comenzase el éxodo de Mariel. Sólo significaba que su marido seguía en la cárcel. Sólo significaba que ella todavía le estaba esperando.

Decidió que no mencionaría la última visita de la policía ni a Teresa ni a Ángel. Él no tardaría en averiguar cuando recibiera la nota de la multa de la empresa de alarmas. Entretanto Carmela decidió que no volvería a salir de casa, eliminando así la posibilidad de más alarmas y más desconocidos. Veía la luna a través de las barras de la ventana de su dormitorio cuando se quedó dormida.

CAPÍTULO XXIV

Juan Raúl Pérez se despertó con el sonido de su esposa limando los barrotes de la celda de la prisión y con el olor de soldados, cuerpos y humo de disparos en la jungla. Se dio cuenta en seguida de que aquello sólo podía ser el despertar de un sueño y no un despertar a la realidad, porque él ya no era un preso entre barrotes y su esposa no había ido a salvarle. Estaba también el hecho de que él nunca había olido el olor de soldados, cuerpos y humo de disparos en la jungla. Quizá volvió a conciliar el sueño, porque se despertó de nuevo consolado por la presencia de Dottie, que sonreía en el catre de al lado limándose las uñas pintadas de oro. Sin embargo, el olor de la muerte en la jungla persistía. Necesitaba aire. Se sentó haciendo esfuerzos para respirar, pero no pudo. Sólo existía el olor. Pudo ver que emanaba de un árbol poblado con muchas hojas que crecía sobre el catre de Dottie. El árbol tenía una cara. Era un viejo vestido con ropa de camuflaje. Una mochila a juego colgaba de su hombro. Juan Raúl Pérez exhaló un profundo suspiro de realidad que le dejó estupefacto.

—¿Quién es este hombre? —balbuceó finalmente.

—Shhh —dijo Dottie—. Baje la voz, señor.

Ella se trasladó junto al catre de Juan Raúl Pérez y se sentó. Luego le susurró al oído:

—Es otro pariente. He tardado dos días en encontrar uno.

—¿Encontrar un qué?

—Un familiar. ¿Entiende?

—No, ¿es familiar suyo?

—No. Pensé que sería su padre.

Juan Raúl Pérez se puso a temblar. Le había ido muy bien el día anterior sintiendo durante horas mientras hacía cola que estaba despierto, que estaba realmente en los Estados Unidos viviendo en un estadio de fútbol sin que pendiera ninguna ejecución. Había jugado al dominó la mayor parte del día y las partidas que había ganado le habían proporcionado una chispa diminuta de confianza. Había habido algunos minutos, miles de ellos, en los que todo tenía sentido, incluso Dottie. Pero luego la tierra pareció insegura bajo sus pies. Dottie estaba sentada muy cerca de él, limpia y cálida y olía a jabón fresco. Sin embargo, sólo tenía que volver la cabeza y le llegaba el olor dominante de los soldados y las batallas de la jungla.

—Si ese hombre dice que es mi padre, está mintiendo —susurró Juan Raúl Pérez. Su padre estaba muerto. Estaba seguro. Y cuando su padre vivía, olía a agua de rosas y a tabaco.

—No ha dicho que sea su padre, ni siquiera habla. Pero yo miré sus documentos de identidad y se llama César Armando Pérez. Le dije si quería convertirse en parte de nuestra familia —ella se acercó más al oído de él— ya sabe, para conseguir un padrino. Y él meneó la cabeza afirmativamente y se vino conmigo. Parecía entusiasmado con la idea. De verdad. Pero me parece que no puede hablar. Eso, sin embargo, podría representarnos una ventaja.

Ella hizo un gesto con la cabeza hacia el anciano y sonrió. Si el anciano le correspondió o no, era difícil de concretar.

—No se preocupe —continuó— ya le he dicho que si viene su esposa, él no vendrá con nosotros.

Así que el anciano era sólo otra parte del plan de Dottie para conseguir un padrino en el caso de que no viniera su esposa. El anciano estaba siendo adoptado, tal como lo había sido él.

—No debería haberle despertado tan temprano —dijo Dottie acercándosele de nuevo—. Pero quiero que lo lleve a las duchas. He intentado lavarle, pero a mí no me dejan entrar en las duchas de hombres con él, y a él no le dejan entrar en las de mujeres. Tiene que vigilarlo; a veces se marcha.

—Señora, no. No puedo bañar a ese hombre. Huele fatal. Ni siquiera lo conozco.

—¿Qué es lo que quiere de mí, señor? —le susurró ella, muy enojada, con toda la rabia que cabía en un susurro—. He dormido muy poco estos últimos días. He pasado las noches buscando otro familiar y todo el día lavando ropa. Estoy intentando conseguir el dinero suficiente para comprar algunos dientes para usted. Usted no ha hecho otra cosa que dormir y jugar al dominó. Sólo le estoy pidiendo que lo lave un poco. Puede que yo lo esté utilizando para salir de aquí, pero usted podría cooperar un poco conmigo.

Lo estaba utilizando para salir de allí, claro. Él se apartó de su olor de jabón cálido y de su enfado.

—No es muy amable —le reprochó.

—Quizá no lo sea, pero cuando no miento soy sincera.

Se puso la lima de uñas en el bolsillo y se dirigió de nuevo a la Puerta 14.

—Mujeres —creyó Juan Raúl Pérez oír que decía el anciano que estaba en el catre.

—¿Qué dice? —le preguntó.

Cesar Armando Pérez no contestó.

—Esto es una farsa —le dijo Juan Raúl Pérez al anciano—. Apenas conozco a esta loca que ha decidido adoptarle y hacerlo pasar por mi padre. Tengo una esposa encantadora y una hija. Me están esperando en la calle Veintitrés Sudoeste de Miami. Lo que pasa es que no he tenido bastantes fuerzas para contactar con ellas. Ayer ya me sentía un poco recuperado.

El anciano seguía callado. El olor que desprendía se pegaba al calor de la Puerta 14, y el calor estaba en todas partes. Juan Raúl

Pérez deseaba que Dottie volviera y se llevara al viejo y lo dejara a él tranquilo. Lo único que quería era que lo dejasen tranquilo, alejarse de aquella masa de caras. Luego temió que Dottie volviera y se llevara al anciano y lo dejara solo, sin esposa, sin padre, y con dos dientes podridos en la boca. Se buscó el pulso, pero en su lugar encontró la muñeca del anciano en su mano y Juan Raúl Pérez, enfadado, lo arrastró hasta las duchas.

Juan Raúl Pérez hizo veinte minutos de cola en las duchas de hombres. Tuvo que tirar de la sucia camisa militar de camuflaje que llevaba el silencioso anciano varias veces cuando se salía de la fila. Se pegó fieramente al anciano mientras le sacaba capas y capas de suciedad. Lo maldijo, y con el mismo aliento rezó para que Dottie no lo abandonase. El anciano hizo una mueca cuando un chorro fuerte de agua y las manos jabonosas de Juan Raúl Pérez le dieron de pleno en la cara, exponiendo un bonito juego de dientes naturales blancos y encías rosadas. Juan Raúl Pérez le odió por aquellos dientes incongruentes. Podría haberle ahogado en la ducha por aquellos dientes.

El saco de huesos limpios en el que se había convertido César Armando Pérez cuando quedó libre de sus capas de ropa sucia, libre de las bolas de borra que había en su largo cabello blanco, se estremeció y se quedó mudo.

—Creo que tendré que empezar a llamarte papá —dijo Juan Raúl Pérez. El anciano cogió la mochila que había puesto en el suelo y se la volvió a colgar al hombro. De pie en aquel lugar con la mochila de camuflaje, César Armando Pérez desentonaba como un gesto obsceno en un cementerio militar. Pero cuando Juan Raúl Pérez asió su mano para moverlo, el viejo dobló los dedos y Juan Raúl Pérez tuvo la impresión de que lo que había cogido era la mano de un niño, frágil y confiada. Juan Raúl Pérez lo envolvió en una toalla y lo puso al sol para secarlo junto a la línea de diez yardas.

—Deme su ropa —dijo Dottie mientras se acercaba apresuradamente en uno de sus turnos de lavandería—. Aquí hay unos pantalones para ponerle entretanto, pero los necesitaré otra vez. No son nuestros. Luego por favor tráigalo a la fila que está junto a las tiendas. Están cortando el pelo allí.

Juan Raúl Pérez tuvo que arrastrarlo de nuevo a las duchas para ponerle los pantalones.

Un equipo de peluqueros procedentes de L'Hair de Coconut Grove, condenados a cumplir servicios sociales por posesión de marihuana, cortaron las pocas matas de cabello que le quedaban a Juan Raúl Pérez dejándole la cabeza al cero. Luego esquilaron la gran masa de largo cabello blanco de papá haciendo una creación de nueva ola: afianzado en la parte superior, afeitado en los lados y recogido en la parte posterior con una cola de un palmo de largo.

Dottie encontró a Juan Raúl Pérez que seguía al anciano por las gradas inferiores y le devolvió la ropa de papá, que ahora olía a jabón Ivory. Estaba muy contenta; venía del mostrador donde estaba la lista de fiadores, y acababa de comprobar que su plan funcionaba. Con la suma de papá, sus nombres estaban corriendo hacia arriba en la lista.

—¿Cómo puede ser? —preguntó Juan Raúl Pérez—. ¿Quién querría apadrinar a este viejo? ¿Quién lo querría en su casa?

—La gente se pone nerviosa a la hora de admitir extraños en su casa... ¿pero un marido y su mujer y el abuelo? Éstos ya no son extraños. Es una familia.

No su familia.

Todavía no era mediodía cuando Juan Raúl Pérez llevó al anciano a las duchas para volverle a poner el traje de camuflaje. Estar casado con Dottie era una cosa, pero vagar por allí con aquel hombre extraño fingiendo que era su padre era otra. Era demasiado para Juan Raúl Pérez. Era demasiado movimiento y demasiada confusión. Dottie sólo había sido una parada para descansar, un modo de ganar un poco de fuerza antes de hacer frente a cualquier verdad que le esperase. No se sentía más fuerte, pero creía que quedándose perdería la poca fuerza que le restaba. Se despidió del anciano y se fue en busca de Dottie para despedirse de ella.

CAPÍTULO XXV

No fue tan fácil como él creía que sería. Nada lo era con Dottie. La encontró en la zona final oeste junto a Luz Paz. Estaban tendiendo las ropas húmedas que habían lavado para que se secaran sobre el seto. El sol brillaba. La brisa movía las ropas con un ritmo lento. Los colores danzaban en el aire.

Tuvo que esperar hasta que ella se hubiera separado de Luz Paz para poder hablarle. Le dio a Dottie los pantalones que ella había prestado a papá. Ella no preguntó si había dejado al anciano en los vestuarios de hombres, y antes de que pudiera decir adiós, insistió en darle una taza de café y un pastelito de una bolsa de papel que se encontraba junto a una caja llena de trajes mojados.

—Cómase otro —le dijo ella—. Aquel viejo le ha llevado de coronilla.

—No, gracias, señora. Voy a marcharme.

—Debería dejar de llamarme señora —dijo Dottie—. Y acábese ese último pastel. Está demasiado delgado y yo ya he comido bastante.

Él cogió el último pastel de guava de la bolsa. Seguía aceptando órdenes. Como un preso. Lo volvió a dejar sin probarlo y plegó la bolsa.

—Señora, he venido a despedirme.

—Adelante. Ya lo he oído. No le reprocho que haya dejado al viejo. No creía que traería tanta molestia.

A continuación Luz Paz volvía a estar allí junto a la caja mirando a través de las piezas de ropa húmeda. Él no dijo nada más. Quizá Dottie no había entendido lo lejos que se iba él. O quizá, como el anciano, no había creído que él representaría tanta molestia. Fuera como fuera, la separación era más penosa para Juan Raúl Pérez que se marchaba que para Dottie que estaba colgando la colada. Ella había cuidado mucho de él durante los días pasados. Juan Raúl Pérez no sabía si habría sido lo bastante fuerte para funcionar en medio del shock de su viaje sin ella.

—Gracias, señora —se susurró como para sí mismo—. Gracias. Nunca la olvidaré.

El cielo era brillante y azul con grandes estelas de cirros en lo alto. Él no miró hacia atrás; no tenía valor más que para ir en una sola dirección. Cruzó la calle. Había abandonado el Orange Bowl. Era libre, como si la puerta de su prisión de Cuba acabara de abrirse y tuviera solamente que cruzar veintitrés calles para encontrar su nueva vida. Se dirigió hacia el sur y se detuvo en la esquina siguiente para mirar la señal verde y blanca de la calle: Noroeste. Calle Primera. Siguió caminando. La calle terminaba bruscamente antes de dos manzanas y él se volvió hacia el oeste por una amplia avenida hasta la siguiente bocacalle donde podía caminar de nuevo hacia el sur. Cuando levantó la vista la señal decía Sudoeste. Calle Segunda. ¿Podía ser tan fácil? se preguntó. ¿Podía realmente la ciudad de sus sueños estar extendida como una rejilla gigante con la brújula apuntando en la dirección de sus sueños? Aceleró el paso y deambuló por la rejilla para confirmar la dirección. La orientación se mantenía; no sólo le sería fácil encontrar a la razón de su existencia, sino que ello no le tomaría mucho tiempo si continuaban las manzanas cortas.

Las casas estaban pintadas de color pastel. Los niños jugaban a pelota en un pequeño patio delantero. En la manzana siguiente una niña sentaba a su muñeca en los escalones delanteros de una casa amarilla. No oía ninguna palabra en inglés y con la excepción de los coches, más esbeltos y de colores más brillantes, podía haber sido transportado en tiempo y lugar a un suburbio de La Habana cuando él y todo el mundo eran jóvenes.

Se detuvo ante una puerta abierta para observar a un hombre sentado en un sillón que comía de una bandeja delante de un televisor. Sonó el teléfono. El hombre dejó la bandeja y salió del campo de visión de Juan Raúl Pérez. Siguió caminando. La calle Ocho le sorprendió al aplastar su sueño con una ruidosa visión del futuro. No había árboles. Sonaban las bocinas de los coches. Todo se movía rápidamente. La calle seguía aunque él no se moviera. Un hombre gritó a una mujer que salía de una tienda. Juan

Raúl Pérez se sentó en una parada de autobús. Hacía calor y no corría brisa por aquella calle. Empezaron a dolerle los pies. Llevaba los zapatos de cordones de imitación de piel, que eran demasiado grandes y le rozaban los talones. Apoyó la cabeza sobre el respaldo del banco y miró al cielo, mareado durante un momento por la libertad abierta clamorosamente, aterrorizado por un momento por la libertad ampliamente abierta. Podría quedarme aquí, pensó. Realmente estoy libre. Podría limitarme a sentarme aquí durante horas y nadie me echaría de menos y nadie lo sabría. Una mujer con grandes pendientes de aros dorados se sentó en el banco a su lado y él se alegró de no estar solo en la temible libertad.

—Perdone, señora, ¿dónde estoy? —preguntó para oír la voz de ella.

—En la calle Ocho, señor. Aquí es donde para el autobús.

Él le dio las gracias y abandonó el banco.

—¿Dónde estoy? —le preguntó a un hombre una manzana más hacia el oeste, en la misma calle.

—En la calle Ocho. ¿Se ha perdido? ¿Puedo ayudarle?

El tráfico del mediodía era intenso. Sabía que era demasiado fácil pensar que todas las calles conducían a casa cuando ni siquiera estaba seguro de dónde estaba. ¿Cómo podía ocurrir esto en los Estados Unidos? Los escaparates de las tiendas proclamaban sus mercancías en español. Incluso olían como el distrito del mercado de La Habana, excepto que éste era nuevo y próspero y se movía junto a él a una velocidad futurista.

—¿Dónde estamos? —preguntó en un puesto de café de la acera.

—En la calle Ocho —le contestó el hombre que se encontraba a su lado—. ¿Hace poco que ha venido de Mariel?

Juan Raúl Pérez pidió un café.

—Lo siento. No quería ofenderle con mi pregunta, señor —dijo aquel hombre al ver que Juan Raúl Pérez no le contestaba.

—No, señor, solamente tenía sed. Sí, he venido del Puerto de Mariel. Exactamente, ¿dónde está esta calle Ocho, señor? ¿Y por qué todos hablan español aquí?

—Ésta es la calle Ocho Sudoeste, que va de este a oeste. Usted acaba de cruzar la avenida Veintisiete Sudoeste que corre de norte a sur.

—Ah, sí naturalmente. Gracias. Esta avenida Veintisiete ¿está cerca de la calle Veintitrés de Miami?

—Bien, eso depende de donde quiera usted ir de la calle Veintitrés. Como le he dicho, las calles corren de este a oeste y las avenidas de norte a sur. Los parques, las vías y las plazas también van de norte a sur.

—Ah, gracias, señor. Es realmente sencillo, ¿no?

La mujer puso una taza de café cubano y un vaso alto de agua fría a su lado. Juan Raúl Pérez se bebió el agua helada primero y la mujer lo volvió a llenar y se fue a atender a otro cliente. Él se bebió el café abundantemente azucarado y a continuación el agua fría. Buscó un peso en su bolsillo y no encontró ninguno. Se preguntó si debería huir sin pagar y terminar quizás en la cárcel, o decirle a aquella mujer que no tenía dinero.

—Señor, no, por favor, es cosa mía —dijo su vecino, que todavía estaba de pie a su lado—. Bienvenido a la Pequeña Habana, ¿no? Pero dígame, señor —rodeó con el brazo a Juan Raúl Pérez—, dígame, ¿qué es lo que piensan allí de nosotros? Yo quería quedarme y luchar. Pero tenía una familia, niños pequeños, una esposa. Quería ir también con la invasión de la Bahía de Cochinos. Nosotros no les olvidamos. Pero mi familia, mi esposa dijo que se marcharía si yo volvía a la lucha. Pero eso sucedió hace casi veinte años, ¿no? Una vieja historia. No tendría que recordársela. ¡Señora! —El hombre golpeó con el puño sobre la barra—. Otro café aquí para mi amigo.

Pero cuando se volvió, Juan Raúl Pérez ya se había marchado.

Después de varias vueltas se dirigió de nuevo hacia el sur siguiendo la avenida Veintisiete. Le ardían los pies, y a cada paso los zapatos le rozaban las ampollas que tenía en la parte de atrás de los talones. Se quitó los zapatos y caminó descalzo varias manzanas. Luego se los volvió a poner. Se los volvió a quitar. Siguiendo la calle Diecisiete estaba la calle Dieciocho. No era difícil; había estado escribiendo a la misma dirección durante muchos años.

La calle Veintitrés era umbrosa y tranquila. Incluso con el corazón latiéndole tan deprisa y la cabeza dándole golpes y el traje empapado en sudor, pudo ver lo encantadora que era aquella calle. Era exactamente la calle en la que a ella le correspondía vivir. Y no estaba lejos de como se la había imaginado siempre él. Si había discrepancias entre la calle en la que se encontraba entonces y la calle Veintitrés de sus sueños, las dejó de lado. No pensó los detalles que los años habían retocado cuidadosamente sobre el lienzo sino sólo la sensación de familiaridad que lo inundó apenas torció la esquina y encontró la casa acertada. Supo al torcer dicha esquina que sus temores habían sido infundados. Ella había esperado. Aquélla era su casa.

Se sintió más fresco allí cuando su corazón se sosegó. Caminó lentamente arriba y abajo de la acera que se encontraba al otro lado de la encantadora casita blanca. Se quitó los zapatos y notó a través de los pies el suelo que se levantaba. Era perfecto, la cálida acera, la fresca hierba, los bultos de la calzada donde las raíces de los árboles rompían la superficie. Cada vez se prometía cruzar la calle hasta donde estaba la casa. Y varias veces llegó hasta el centro de la calle antes de retroceder disimuladamente hasta el lado opuesto. Sólo para llegar un poco más cerca. Quizás hasta la ventana del coche y ver si había algo de ella en el asiento, un pañuelo, un libro. Quizás incluso mirar por la ventana de la casa, para ver qué aspecto tenía el salón de dentro, la cocina. En Cuba, habían tenido una radio encima de la nevera, platos secándose junto al fregadero, cortinas de flores azules con un bonito fruncido encima del alféizar.

Respiró hondo. Cruzó la calle. Se pasó la mano por la frente. Llamó. Una vez. La alarma sonó con un rugido tan estremecedor, que cuando se dio cuenta de que había dejado caer los zapatos ya estaba a varias manzanas de la casa.

CAPÍTULO XXVI

Era la cuarta vez en dos días que la alarma sonaba en la calle Veintitrés Sudoeste; la policía no se precipitó. Eso le dio a Carmela un poco de tiempo para presionar frenéticamente los números equivocados del panel de control y luego llamar con las palabras claves incorrectas a la Freedom from Worry / Total Protection Company

—¡Ayúdame, Teresa!

—No. *Queremos* que la policía venga esta vez. No es una falsa alarma.

—Han llamado a la puerta. No queremos que venga la policía cuando alguien llame a la puerta.

—Aquel hombre estaba vigilando la casa, mamá. Tú lo viste.

¡Pero él había llamado! La policía las tomaría por chifladas. Mr. Pirelli ya debía de haberla tomado por chiflada. Carmela se fue al dormitorio para pasarse un peine. No había salido de casa en todo el día. Cuando llamó la policía Teresa contestó y tocó los números clave en el panel del ordenador. Era un tal agente Williams el que estaba en la puerta. No había nadie con él.

—¿Otra falsa alarma? —preguntó Williams.

—Oh, no —dijo Teresa—. Un ladrón. Entre, por favor.

—No era ningún ladrón —dijo Carmela—. Él caminó hasta la casa y llamó. Quizá se equivocaba de casa o quizá quería un vaso de agua o algo así. Pero este sistema de alarma es muy sensible y se disparó antes de que pudiera marcar el número. Siento que haya venido para nada. Pagaremos la multa, naturalmente.

—¡Era un ladrón! —dijo Teresa—. Era una especie de chalado y no llamó a la puerta, sino que la estaba aporreando.

—Teresa, no era ningún chalado —dijo Carmela—. Le pasaba algo, agente. Estaba encorvado y decrépito.

—¿Llevaba estos zapatos? —preguntó Williams y les mostró los zapatos que había recogido en el umbral.

—¿Ahora qué crees, mamá? —dijo Teresa—. ¿Crees que una

persona nomal dejaría unos zapatos delante de una puerta? Era una especie de pervertido.

A Williams le costó trabajo decidir si era una falsa alarma o no. Después de tomarse la tercera taza de café y un segundo trozo de pastel de café, decidió concederles el beneficio de la duda. Según las dos, la madre y la hija, el hombre había caminado al lado de la casa varias veces durante el período de una hora aproximadamente. Y todo el tiempo mantuvo la mirada fija sobre la casa. Ellas estaban mirando la televisión y habían visto a aquel hombre a través de la ventana del salón. Ninguna de ellas le había podido mirar de cerca, pero las dos estaban de acuerdo en que era tullido y calvo y llevaba una camisa con loros verde lima y pantalones acampanados. Un Marielito, según la hija.

—Sé que las dos han dicho que era un extraño —dijo Williams—, pero ¿no podría tratarse de un viejo conocido de la familia que ustedes no hubieran visto durante muchos años? ¿Un vecino de Cuba? ¿Había algo familiar en él? No creo que un ladrón hubiera llamado a la puerta ni que la hubiera aporreado.

—Ahora que lo dice había algo familiar en él —dijo Carmela—. Tuve la sensación misteriosa de que le había visto antes. Era un ser patético. Me recordó a los viejos mendigos de la plaza de la Habana de cuando yo era pequeña.

Si había habido un momento de duda de que el hombre que paseaba arriba y abajo delante de la casa pudiera ser algo más que un extraño, los zapatos dejados en la puerta le habían sacado aquel vago pensamiento de la cabeza. Su marido usaba zapatos de un nueve estrecho. Los zapatos que había en la puerta eran de la talla once, de ancho extra.

Hemos construido una casa. Se necesitaría un ciclón para derribar nuestra casa, pero nos movemos siempre contra el huracán. Hemos construido una casa. La hemos poblado de fantasmas y decorado con recuerdos. El sol se alza cada día y calienta nuestra casa. El viento sopla. La lluvia llega. El tiempo erosiona. Sin embargo cada día estamos aquí para arreglarlo. Envolvemos a los fantasmas con largas vendas blancas. Lamemos la sangre de los recuerdos. Somos fuertes, somos débiles; no importa. Estamos aquí. Nuestra casa aguantará; su fundamento lo constituye el dolor. No pueden quitarnos nuestra pena. Hemos sufrido lo bastante... La muerte no puede tocarnos.

Sin embargo, sólo los muertos pueden decirlo sin miedo. Excepto Lázaro, mi hermano.

Oh, amor mío, espero que haya una casa en algún lugar en la que todavía vivas.

CAPÍTULO XXVII

No había sido un buen día para Dottie. Tampoco había sido una buena noche. Seguía trabajando con demasiado poco sueño y demasiada energía. Su caballeroso marido había perdido los zapatos y sus caballerosos pies estaban tan estropeados que por la noche apenas podía caminar. Por tanto, ella había tenido que vigilar a papá toda la noche mientras su caballeroso marido jugaba al dominó con los otros caballeros. Eso la había alejado de sus coladas, que no habían sido gran cosa. Si no hubiera visto por sí misma que la familia Pérez se había trasladado al número 132 en la lista de apadrinamiento, ella, definitivamente, se habría librado de papá y quizá también de su caballeroso marido.

El hacer acostar a papá por la noche no había sido fácil. Ella y Luz Paz le habían conseguido un catre, pero él no parecía entender que lo que tenía que hacer era acostarse y dormir. Él prefería quedarse de pie como un centinela en el borde de su pequeña alcoba. Esto producía incomodidad en todos, excepto en Luz Paz, quien decía que pensaba que era bonito ver cómo el abuelo, al que habían tenido tanta suerte de encontrar, mantenía la guardia sobre la familia.

—¿Estuvo en el ejército? —quiso saber Luz Paz.

—Creo que sí —contestó Dottie—, pero no estoy segura; estuvimos separados de mi suegro durante mucho tiempo.

Después de que Luz Paz se durmiese, Dottie llevó al anciano al catre e intentó atarle la pierna a la cama con una sábana. Juan Raúl Pérez señaló que si el viejo se paseaba por la noche con la cama atada, despertaría a todos los que estaban en la Puerta 14. Terminaron encajando el catre de papá entre los de ellos. Juan Raúl Pérez dormía profundamente mientras Dottie, con un ojo abierto, pasaba su brazo por encima del anciano siempre que éste se movía. Ella se despertó pronto. El catre de papá estaba vacío. Pero no se había ido lejos, volvía a estar en su puesto de centinela.

Dottie intercambió con una mujer un bolso de paja que había conseguido de la caja de donaciones por un par de gruesos calcetines de algodón para los caballerosos pies de Juan Raúl Pérez. Ella también compró para él un par de «flip-flops» del carro de Winn-Dixie de Felipe y otro frasco de esmalte de uñas para ella. El esmalte se llamaba Ripe Melon, pero Dottie no había aprendido mucho inglés. Felipe, cuyo inglés se limitaba a la jerga callejera y de la droga, lo interpretó para ella como «Amapola de Opio». Es extraño, pensó Dottie, siempre había creído que las amapolas tenían un tono más anaranjado. Ni Felipe ni su competidor, que vendía sus mercancías diversas en un carro de compras de Publix, habían encontrado todavía la dentadura que ella les había estado pidiendo. Sin embargo, ambos estaban ansiosos de pedirle un anticipo a cuenta. Dottie les dijo a los dos que llevaría el dinero cuando viera la mercancía.

Luz Paz aplicó bálsamo y vendajes a los pies de Juan Raúl Pérez. Luego recitó unas plegarias para los pies doloridos a San Lázaro, quien, aparte de sus poderes como antigua deidad africana, también resultaba ser el santo patrón de las quemaduras de la piel. Dottie no simpatizaba mucho con todo aquello. Él no sólo no recordaba dónde había perdido los zapatos que ella le había conseguido, sino que además volvía a tener dificultades para recordar dónde estaba, y Dottie pensó que ya era hora de que él se recuperase. Luz Paz le dijo a Juan Raúl Pérez que debería ir sin zapatos durante unos días. Dottie le dio los calcetines y los «flip-flops» y le dijo que se quedara vigilando a papá puesto que ella tenía trabajo. Había ganado más de cuarenta dólares lavando ropa y no iba a dejarlo ahora. El suministro de ropa sucia, sin embargo, estaba a punto de pararse. Primeramente hizo dos coladas y luego otra, una hora más tarde, y luego ya no hubo más. Ella investigó si tenía competidores y dio una vuelta entre los clientes anteriores. Todo el mundo tenía mucha ropa limpia y conforme se acercaba el final de mes todos los que dependían del servicio de asistencia del gobierno comenzaban a vigilar su calderilla.

¡Todo estaba tan cerca! Podía ver los esbeltos edificios del centro de la ciudad desde las gradas superiores. Podía sentir los ritmos golpeantes de Miami procedentes de las radios de los coches que pasaban. Ya eran el número 132 en la lista de apadrinamiento. Y quién sabe, cualquier día, el mostrador de servicios sociales podía ocuparse de la información de Juan Raúl Pérez para encontrar a sus familiares. Y las dentaduras podían presentarse en cualquier momento. ¿No había nada más que hacer que esperar? Durante cuarenta minutos, ella esperó impaciente en un cola para trabajar de conductor de un suministrador de material para fiestas. No consiguió el trabajo. No tenía permiso de conducir. Se fue a los vendedores que estaban en el aparcamiento occidental y compró café y croquetas de pollo.

Luz Paz estaba sentada en su catre intentando librar a sus pies artríticos de los zapatos blancos de enfermera. Dottie le pasó la comida y le dijo que la lavandería se había terminado. No es que quisiera el dinero para sí misma, excepto para salir de aquel agujero infernal e ir a bailar y para comprarle algunos dientes a su marido. Quizás a aquel señor no le importaba estar confinado de ese modo, acostumbrado a ello por el hecho de haber estado en la cárcel, pero a ella ciertamente sí que le importaba.

Dottie estaba retorciendo sus manos de matrona cubana cuando acabó su recital.

—No quiero quedarme en este estadio para siempre, señora. ¿Cuándo seré libre?

—Tú ya eres libre —dijo Luz Paz—. Podrías salir de este estadio ahora mismo. Pero, naturalmente, ¿adónde irías?

—Exactamente, señora. Anoche estuve cruzando la calle de un lado a otro para ver cómo sentaba la libertad. No soy una tonta, señora, era la misma sensación. Si nuestros parientes no vienen y no conseguimos un padrino, necesitamos dinero para ser libres.

Pregunté a los servicios sociales anoche lo que cuestan los apartamentos en Miami. Pasaré mucho tiempo aquí lavando ropa antes de reunir esa cantidad. Quizá me engañaba a mí misma al pensar que a base de lavar conseguiría salir de aquí. No importa, ahora ni siquiera tengo ropa para lavar. Lo único que sé hacer aparte de lavar es cosechar caña de azúcar, y no he visto nada de eso en este campo de fútbol. La otra única cosa que sé hacer me la reservo para la libertad y para hombres como John Wayne.

—Dotita, por favor, cálmate. Por favor, siéntate. No te vas a pasar la vida aquí. Ni siquiera has pasado tres días.

—Casi cuatro días —dijo Dottie.

—Tres, cuatro, ¿qué diferencia hay? Y John Wayne se ha muerto.

—¿Qué? —exclamó Dottie y le asomaron las lágrimas a los ojos—. ¿John Wayne se ha muerto, señora? No puede ser. Quizás usted está pensando en Elvis Presley; él sí que se ha muerto. Pero John Wayne, no.

—La estrella de las películas de cowboys, John Wayne. Yo no conozco a ese Elvis Presley, pero conozco a John Wayne. Mi hija y yo veíamos sus películas hace mucho tiempo, en Cuba. Su muerte salió en los periódicos. Y ¿por qué te preocupas? Ya tienes un buen marido. Si no tienes más ropa que lavar ahora mismo, ¿por qué no descansas? Apenas has dormido. Este calor te debe afectar. Y toda esa agua caliente. Siéntate, por favor.

—También hacía mucho calor en Cuba —dijo Dottie, pero se sentó. Se tapó la cara con las manos ásperas y lloró.

—¿Qué pasa, Dotita? ¿Conocías a John Wayne?

—No sé lo que me pasa —contestó entre sollozos—. Claro que no conocía a John Wayne. Además hace veinte años que no lo veo en ninguna película.

A Luz Paz le sorprendió la reacción de Dottie. Y estaba triste por Juan Raúl Pérez, al cual había visto antes, andando desmañado detrás de su padre, que era más ágil que el hijo. Era tan amable y respetuoso con Dottie. Siempre la llamaba señora. ¿Pero cómo podía el pobre, que acababa de salir de la cárcel, competir por un lugar en el corazón de su esposa, si ésta soñaba con John Wayne? Sí, su marido necesitaba una nueva imagen, y rápidamente, puesto que Dottie había mantenido su propia vida mientras su marido estaba en la cárcel gracias a soñar en hombres como John Wayne.

—Ven, mi hijita, no llores. Debemos ofrecer un sacrificio y encender una vela por el alma de John Wayne.

Luz Paz no sabía si el alma de John Wayne necesitaba velas, pero sabía que las almas de los sueños que morían sí que las necesitaban. Volvió a embutir sus pies enfermos en los zapatos blancos de cordones y le dijo que Dottie que la siguiera. Luz Paz habría preferido quedarse donde estaba para encender la vela —nunca le había gustado John Wayne— pero el guardia de seguridad le había advertido de nuevo sobre los peligros de incendio al encender velas. Tendría que ir otra vez a las gradas superiores, donde nadie la molestaba. Se preguntó si debería ofrecer la vela a Nuestra Señora de la Merced que, como el dios Ochún de la santería, dominaba el amor y la miel y todas las cosas dulces. Seguramente Ochún podría hacer que Dottie se volviese a enamorar de su marido desdentado y dejara en paz a John Wayne. Pero, dado que Juan Raúl Pérez le recordaba más al lisiado San Lázaro y dado que Lázaro era su dios favorito, decidió rezarle a él.

Dottie siguió a Luz Paz a los pasillos ocultos de las gradas superiores. Dottie intentó dejar de llorar y procuró rezar. No podía recordar la última vez que había recitado una oración desde que su madre había muerto. Las divinidades nunca habían sido de mucho provecho para Dottie, puesto que ella habitualmente se las arreglaba muy bien sola y no tenía necesidad de sus servicios. Bajó la cabeza y trató de concentrarse cuando Luz Paz le retorció la cabeza a la rata y corrió la sangre, al arrancársela, hacia el cuenco de plata. Trató de encontrar las palabras acertadas cuando Luz Paz encendió la vela e invocó la ayuda de San Lázaro. Dottie levantó la vista con susto cuando oyó la voz del guardia del servicio de seguridad.

—Señora —le reprendió Esteban Santiesteban a Luz Paz—. Ya le he dicho cientos de veces que no encienda velas en el estadio, ni siquiera aquí. Y a usted también —le dijo a Dottie Esteban Santiesteban—. Ninguna de las dos debería estar aquí.

Las lágrimas de Dottie se secaron. Sonrió a aquel hombre. Ella no se había dado cuenta antes del poder de la oración; delante de ella, en un estadio de fútbol, en el país de la libertad, estaba el hombre de sus ensueños: John Wayne. Ella, que estaba arrodillada, se levantó y le echó los brazos al cuello. Movió sus caderas de matrona cubana con encanto en aras del amor y de la libertad tal como ella la concebía.

CAPÍTULO XXVIII

John Wayne. El mundo de habla inglesa lo conocía sobre todo por su voz baja y monótona con un arrastre extrañamente arrítmico. Cuba lo conocía también por la voz, la voz del actor que doblaba sus películas en español, una cascada aguda y emotiva de palabras superpuesta a los labios de John Wayne, que apenas se movían. Aun cuando hacía muchos años que no se proyectaban en Cuba películas de Hollywood, Dottie habría reconocido aquella voz en cualquier sitio. Dottie apenas se habría atrevido a esperar que aquella misma voz, la esencia de John Wayne tal como Dottie la conocía, contara además con la propia de estar envuelta en un envase tan agraciado. Esteban Santiesteban hablaba como el doblador español de John Wayne. En tal punto acababa el parecido con John Wayne o más bien con la voz superpuesta a éste. El guardia de seguridad Esteban Santiesteban era un hombre de color con ojos verdes inteligentes y una sonrisa triste. Nacido en Cuba, criado en los Estados Unidos, tenía aproximadamente treinta y cinco años. Nunca permanecía demasiado tiempo en un trabajo. Había trabajado de taxista, dependiente, corredor de seguros, propietario de un establecimiento de franquicia de los helados Carvel y otros empleos diversos desde que hizo el servicio militar. Las amistades le duraban tanto como los trabajos. Había descubierto en Vietnam que la vida era demasiado corta para aceptar ninguna carga a largo plazo. Ya era bastante tener que ganarse la vida y sentirse cansado al final de cada día.

—Juan Wayne —le suspiró ella a la oreja.

—Me parece que me ha confundido usted con alguien, señora.

—Oh sí, ya me doy cuenta de que lo he confundido con alguien.

—¡Dotita, no lo hagas! —exclamó Luz Paz, que estaba haciendo equilibrios, puesta a gatas para apagar las velas—. Vea, señor policía —dijo—. Las velas están apagadas. Ya puede usted marcharse.

Esteban Santiesteban no había visto que una mujer se le echara encima de esta forma en toda su vida. Él no se marchaba.

—Eres tan guapo —dijo Dottie.

Ya se lo habían dicho alguna que otra vez, pero no hacía ningún daño volverlo a oír.

Dottie se inclinó hacia él con la misma suavidad que gasta un huracán del trópico. Él sintió cálidas oleadas en la entrepierna. Si no hubiera sido por la expresión de terror que se reflejó en la cara de Luz Paz, Esteban Santiesteban no se habría alejado nunca de allí. Apartarse de Dottie era algo así como separar dos imanes. El policía hizo unas pocas inspiraciones breves y estuvo meditando un motivo para regresar. Se sentía incómodo y estaba esperando escuchar alguna risita. Aquello había sido una especie de broma. ¿Por qué si no una extraña absoluta se iba a echar encima de él de tal manera? Miró la cara de Dottie. Era una mujer atractiva y no había indicio alguno de broma en sus ojos; sólo, ciertamente, había admiración, acaso adoración.

—¿Le ha dicho alguien alguna vez que tiene usted la misma voz que John Wayne, señor?

Nadie lo había hecho. Y él, por su parte, sólo tenía noticia de la voz de John Wayne en inglés y en tal punto no existía parecido entre ellas. Esteban Santiesteban hablaba con cierto exceso de velocidad tanto en inglés como en castellano.

—¿Qué está pasando, señora? —le preguntó a Luz Paz, que estaba recogiendo rápidamente todo los aparejos de las oraciones.

Tan pronto como lo oyó hablar, Luz Paz tuvo que reconocer para sus adentros que el guardia de seguridad tenía una voz parecida a la de John Wayne. Era raro, si se pensaba en el espíritu al cual había rezado, y también era extraño porque San Lázaro no era una de las figuras sobrenaturales que se dedicaban a hacer travesuras.

—Vamos, Dotita —dijo—. Tenemos que marcharnos. Esto es sólo un engaño de nuestra imaginación. No debemos quedarnos aquí. Vámonos.

—¿Un engaño, señora Paz? Más bien parece una especie de reencarnación. Usted es la menos indicada para dudar del poder de la oración.

—No, Dotita. John Wayne no murió hace tanto tiempo. Ésta no es la respuesta a tus oraciones. Este hombre no es más que un guardia de seguridad que me va siguiendo diciéndome que apague las velas y deje de rezar.

—Señora, yo nunca le he dicho que deje de rezar, ya lo sabe. Lo único que pasa es que no puedo permitir que haya nada encendido. Y, en definitiva, ¿qué es lo que está pasando aquí?

La voz. Su voz.

—Yo puedo explicarlo todo —dijo Dottie—. ¿Hay algún lugar aparte a dónde podamos ir a hablar?

—No, Dotita. Tu marido. Piensa en tu marido. Él te quiere mucho.

—No, señora, no me quiere. Probablemente ni siquiera piensa en mí.

—Sí que piensa —dijo Luz Paz—. Y este hombre ha visto ya a tu marido. Le auxilió la noche que llegasteis, cuando tu marido se despertó gritando.

Así pues ella tenía marido. Estaban Santiesteban pensó que las cosas no son nunca tan buenas como parecen. Era aquel viejo esquelético que había estado gritando. Él lo había visto jugando al dominó. A Esteban Santiesteban no le gustaban los jugadores de dominó. Siempre querían que él se sentara a escuchar sus relatos de guerra y sus recuerdos de la cárcel, pero en cuanto él mencionaba sus propias experiencias del Vietnam, se comportaban como si la guerra de él fuera un juego de niños. Algunos incluso le decían que no habían oído hablar nunca del Vietnam. El guardia decidió que probablemente se trataba de un matrimonio muy desdichado.

—¿Me dejará usted que se lo explique por fin, señor? —preguntó Dottie.

Esteban Santiesteban le miró a lo hondo de sus ojos negros. Había lágrimas en ellos.

—Sí, por supuesto. —Ya mientras lo decía, el guardia tuvo la sensación de que el asunto iba a requerir más precauciones de las que él podía dedicarle.

—¿Qué piensas de la libertad? —musitó Dottie. Ella estaba sacándose un pecho por el escote del vestido y poniéndolo en la mano de Esteban Santiesteban. Él lo acarició mientras meditaba acerca de la pregunta de Dottie. Estaban en una de las salas de prensa, que se había convertido temporalmente en despacho del servicio de seguridad. La sala se utilizaba poco, y él tenía la llave.

—Me gusta la libertad —dijo él. Él quería hablarle de cuánto había luchado por la libertad de los Estados Unidos en Vietnam, pero las palabras no le salían con facilidad en aquel momento.

¿Pensaría ella también que la guerra de él era un juego de niños? Metió la mano debajo del vestido azul a topos y reunió valor para empezar a hablar:

—Cumplí dos períodos de servicio en Vietnam —dijo—. Luché por la libertad.

—Oh sí, explícamelo —suspiró Dottie—. Es la voz. Háblame. —Ella deslizó con suavidad sus dedos rechonchos por encima de la hebilla de su cinturón. Ella le había sacado ya la camisa casi antes de que él hubiera tenido tiempo de cerrar la puerta. No le gustaban los hombres con uniforme y él tendría mucho mejor aspecto desnudo.

—Eres mi héroe de la libertad —dijo—. Mi héroe norteamericano de la libertad.

CAPÍTULO XXIX

No, Luz Paz no le hacía reproches a San Lázaro, se los hacía a ella misma. Ella debía haberle rezado a Ochún, o quizás a Chango, pero no a Lázaro. ¿Qué sabía Lázaro del amor?

Luz Paz estaba muy nerviosa y daba vueltas alrededor de su catre todo lo deprisa que le permitían sus maltrechos pies. Varias veces se detuvo delante del carrito de sus imágenes con la intención de arrodillarse a rezar, pero le pareció que ya había forzado demasiado las cosas rezando. ¡Aquel destello en los ojos de Dotita cuando oyó la voz de John Wayne! No, no podía permitirse hacer experimentos con más oraciones, decidió Luz Paz. Las divinidades ayudan a los que se ayudan a sí mismos. Salió apresuradamente de la Puerta 14.

Luz Paz encontró a un voluntario de la iglesia de Santa Ana que repartía ropa usada y alimentos en lata, el cual le prometió que reclamaría la dentadura cuando volviera a la parroquia, pero no parecía optimista sobre ello. En el sector sur vio a Juan Raúl Pérez persiguiendo a su padre y se escondió detrás de una tienda para evitarle. Temía que él le preguntara dónde estaba su esposa y ella no quería ser la persona que le dijera que, después de haber estado él veinte años en la cárcel, su esposa acababa de marcharse con otro hombre más joven y más guapo y que era ella misma la que, sin darse cuenta, había organizado su encuentro.

Las articulaciones artríticas de Luz Paz parecían entumecerse a medida que aumentaba el calor. Encontró a Felipe en el sector oeste y le dio diez dólares como anticipo por una dentadura. También le dio una de las monedas cubanas antiguas que ella había traído consigo en le embarcación. Todo el mundo sabía que los pesos cubanos carecían de valor fuera de la isla, pero aquél era de oro y si el oro era de verdad, acaso él podría sacar unos cuantos dólares de cambio. ¿Qué más podía hacer ella? Aparte de algunas pocas monedas más, ella no tenía otro dinero que un billete de diez dólares. Luz Paz le dijo a Felipe que si encontraba la dentadura se la pagaría al contado, pero la verdad era que tendría que dejarle sus imágenes en prenda hasta que viera si su sobrino le daba el dinero. Sería difícil renunciar a sus imágenes ni siquiera por una temporada, pero no veía otra alternativa. Y cuando regresó a su catre y se arrodilló delante del cajón de leche, les hizo saber a los dioses que a menos que ellos vinieran con un plan mejor, puede que pronto se vieran empujados por el Orange Bowl entre barras rancias de «granola» en un carro de compras de supermercado.

CAPÍTULO XXX

Juan Raúl Pérez no había encontrado ninguna razón satisfactoria que explicase por qué lo que sonaba como el timbre de una cárcel se había disparado cuando él golpeó la puerta de la casa con la que había soñado durante veinte años. La única explicación que se le ocurría era que se había imaginado aquella alarma y que el corazón le había latido tan deprisa, con una emoción tan intensa, que él había hecho detonar algún tipo de grito mental que había interpretado como el timbre de alarma de la cárcel. ¿Un golpe tan monumental no habría merecido un sonido de trompetas o un grito de alegría? Quizá ni siquiera había llamado a la puerta. Quizá su mente se había encogido con la emoción de tal manera que había oído aquel terrible sonido y corrido antes de ni siquiera llamar.

Lo que resultaba aún más desconcertante era la tranquilidad reinante en la casa de la calle Veintitrés de Miami, que él conservaba ahora en su corazón. Ya no podía visualizarla sin imaginar luces en los aleros, cerrojos en las puertas, barras en las ventanas. Tenía que dejar de traerla a la memoria o de otro modo pronto se imaginaría hileras de alambre de espino alrededor del patio, una torre de guardias armados perfilándose contra el cielo. En la cárcel había imaginado la luz del sol entrando por una ventana abierta, y ahora, a la luz del sol, solamente veía barrotes. Mejor sería no pensar en absoluto en la calle Veintitrés Sudoeste de sus sueños. Si los servicios sociales venían a buscar información para poder localizar a sus familiares, les podría dar el nombre de Ángel. Sería mejor conocer la verdad suavemente a través de una cara que apenas podía recordar. No contaba entonces más que con la seguridad que representaba Dottie para él y la antigua reliquia bélica que era papá. Juan Raúl Pérez les estaba agradecido a ambos. Si Dottie quería que él se pasara el día persiguiendo al anciano por un estadio de fútbol y dándole una ducha siempre que el olor de la jungla volviera a ponerse sobre él, pues estaba bien. Todo lo que ella quisiera, Juan Raúl Pérez incluso albergó la idea de que quizá podría hacer que el anciano hablara, arreglarlo un poco, convertirlo en un padre más presentable.

—¡Vuelve aquí! —gritó Juan Raúl Pérez cuando papá marchaba a través de la clase de aeróbic.

—¿Dónde estás? —gritó Juan Raúl Pérez cuando papá vagaba por entre las gradas de color naranja.

—¿Quién eres? —preguntó Juan Raúl Pérez cuando le hubo acorralado en una silla del estadio—. ¿Quién eres? ¿Cómo te llamas? ¿Cómo viniste aquí?

Pero si el anciano lo oyó, no importaba; César Armando Pérez hacía tiempo que había pasado el punto en el cual era capaz de decir dónde había estado y quién era. Lo único que se podía deducir de su vestimenta y su mochila era que el viejo había sido soldado alguna vez. Y si papá había sido alguna vez parte de la bomba de la cual está hecha la política cubana, ésta había explotado hacía tiempo, dejando solamente una cáscara y el olor de pólvora en el aire.

—¿Dónde estás? —gritó Juan Raúl Pérez con desesperación para no perder al anciano para siempre, para no perder a Dottie.

CAPÍTULO XXXI

Felipe Pérez estuvo sentado en la escollera de South Beach hasta el ocaso. Estaba demasiado contento para seguir ocultándose. Llevaba un nuevo bañador que evidenciaba su anhelo de encontrar una muchacha que luciera un bronceado de St. Tropez. Todavía tenía dos crujientes billetes de cien dólares en su riñonera de piel negra, completamente nueva. ¡Qué día! Había comenzado lentamente; nadie había querido ni siquiera una barra de «granola», y él le echaba la culpa al calor, lo suficientemente fuerte para filtrarse a través del envoltorio y convertir las barras en una pasta pegajosa. Luego, después de un almuerzo de media docena de barras de «granola» Raisin Crisp, que estaban lejos de ser crujientes, se disponía a volverse al catre para hacer una pequeña siesta cuando la loca anciana de la santería le había prácticamente atacado y volcado su carro de ventas Winn-Dixie.

—¿Tienes alguna dentadura? —preguntó—. Necesito comprar una dentadura inmediatamente.

Se le ocurrió entonces que realmente debería investigar aquella historia de las dentaduras. No sólo aquella anciana parecía como si quisiera echarse sobre cualquier cosa que considerase una dentadura, sino que Dottie se la había pedido varias veces.

Él no había encontrado ninguna dentadura con diez dólares en metálico y la pequeña moneda de oro que Luz Paz le había dado. Pero había dejado de buscar dientes después de que la casa de empeños le hubiera dado una valoración de setenta dólares por la moneda. En la joyería Paradise le habían hecho una estimación de doscientos veinticinco dólares y en la calle Tres, la South Florida Coin Exchange le había dado doscientos setenta. No quería perder toda la tarde intentando conseguir un precio mejor. Y el empleado que estaba allí la había buscado en un catálogo, para que Felipe se convenciera de que no le estaban engañando. La moneda era de oro, no mayor que un cuarto de dólar, con el perfil del gran poeta y libertador cubano José Martí en una cara sobre la inscripción «Patria Libertad». En la otra cara, debajo de una cresta, se leían las palabras «República de Cuba, 4 Pesos, 1916».

Únicamente había tomado la moneda como anticipo porque la anciana tenía sólo diez dólares en metálico. Cuatro pesos eran poco en dinero cubano, y el dinero cubano no valía ni el papel en que estaba impreso en los Estados Unidos. Pero ésta era de oro y antigua, así que siguió su corazonada y se la llevó a la tienda de empeños. No había pensado que valiera más de quizá cinco o diez dólares por el contenido en oro. ¿Pero qué sabía él de monedas raras? Nunca había visto ninguna anteriormente.

Entonces, si podía encontrar una muchacha a la que valiese la pena dedicarle su tiempo, a Felipe no le importaría gastarse los doscientos dólares que le habían quedado de la moneda. Había muchas más en el lugar de procedencia; la anciana tenía una bolsa llena. Ella parecía no tener ni idea de su valor y Felipe no vio ninguna razón para decírselo. ¿Qué iba a hacer una anciana con tanto dinero?

Felipe había estado calculando toda la tarde. Si Luz Paz tenía veinte monedas, eso representaba cinco mil quinientos dólares. Si solamente tenía diez, representaba más de dos mil quinientos y él había visto gran cantidad en su bolso de cordones.

—¡No sabes lo que te estás perdiendo! —le dijo Felipe a una mujer que llevaba un tanga y que había despreciado su saludo cuando pasaba por su lado.

—¡Que te jodan! —contestó ella por encima del hombro en inglés, una frase que Felipe ya conocía en dicho idioma.

No había habido ninguna en toda la tarde que se hubiera dado cuenta de lo que se estaba perdiendo, se lamentó Felipe. Había conseguido unas cuantas sonrisas y tres mujeres que estaban tomando el sol le habían dicho la hora. Dedujo que era más sencillo ligar cuando uno no trabajaba solo, o al menos se lo había parecido así cuando salía con Orlando y Héctor.

Se iba haciendo tarde, la gente se estaba marchando de la playa y Felipe vio a un policía media manzana más allá. Felipe se puso la ropa sobre su nuevo traje de baño y cruzó la calle en dirección al bar Mannie's.

La gente había cambiado, pensó Felipe, tanto la de la playa

como la de Mannie's. O quizás hacía demasiado tiempo que no iba a South Beach. Solamente reconoció a una persona, una muchacha de la barra llamada Josette, que estaba demasiado delgada para su gusto, aunque Héctor la encontraba mona. Pero Héctor estaba en la cárcel de Atlanta, esperando la deportación.

—Eh, forastero —le saludó la chica—. Hacía mucho tiempo que no te veía. Orlando estuvo aquí ayer buscándote.

Felipe se quedó helado. Se suponía que Orlando se encontraba en la cárcel del Condado de Dade esperando el juicio. ¿Y qué es lo que sabía Josette, en todo caso?

—¿Qué Orlando? —preguntó él.

—Ya sabes, Orlando; uno de los tipos que venían siempre contigo. Ha salido de la cárcel.

—Ah, ese Orlando. Me preguntaba por qué no lo había visto por aquí. ¿Dices que estaba en la cárcel?

—Sí, por no sé qué chorrada. No sé si no tenían bastantes cargos contra él o si simplemente le han dejado salir. Ya sabes cómo funciona. Las cárceles están tan a tope que sólo se quedan con los gordos.

—Bien. Me alegro de que esté fuera. Si lo ves le das recuerdos de mi parte.

Felipe se bebió una cerveza en un tiempo récord y se marchó. Se dirigió a la avenida Washington y cogió un taxi. Quería estar de vuelta a tiempo para hablar con Luz Paz acerca de sus próximos negocios. Le diría que sólo podía conseguir dos dólares por las monedas y que tenía entre manos una dentadura que costaba cien. Incluso encontrarías realmente unos dientes por las monedas y se los haría mandar si era preciso. Ella estaría contenta y él saldría ganando.

No sabía por qué se había estremecido cuando Josette le dijo que Orlando había salido de la cárcel. Habría preferido que fuera Héctor el que hubiera salido, no sólo porque éste llevaba encima los novecientos dólares cuando lo cogieron, sino también porque se llevaba mejor con él. Pero Orlando le caía bien y él no debería haberse estremecido: si Orlando le hubiera delatado, no estaría yendo a Mannie's y preguntando por él. Cuando el taxi le dejó en el Orange Bowl, Felipe decidió que volvería a Mannie's con su traje blanco lo antes posible y que intentaría encontrar a Orlando. Si a Orlando ya lo habían dejado libre, ciertamente Felipe no iba a ser detenido después de tanto tiempo. Incluso invitaría a Orlando al nuevo apartamento que había conseguido gracias a las monedas, y los dos se irían por ahí con un nuevo coche reluciente para pescar algunas chicas. Pero drogas no. Felipe se lo diría a Orlando a la cara. Felipe era un hombre reformado.

CAPÍTULO XXXII

Esteban Santiesteban fue convocado temprano al trabajo porque iban a cerrar el Orange Bowl. Había disfrutado sólo de tres horas de sueño, algo que normalmente le habría convertido en un zombie. Pero su adrenalina estaba alta todavía, sus hormonas todavía vibraban. ¿Quién necesitaba dormir? Finalmente había encontrado a la mujer perfecta. No sólo era hermosa, sino que parecía amarle por el mero hecho de existir. A ella le gustaba oírle hablar. Le rogaba que hablase. Él le había contado su lucha por la libertad y ella se había compadecido. Él le había abierto su corazón y ella había escuchado cada una de sus palabras.

Incluso ahora, en su soso apartamento con el aire acondicionado que rayaba en la refrigeración, sentía la presencia de ella rodeándole, como un baño de agua caliente. No sabía cómo podía haber pensado que era una broma, cuando ella se había arrojado por primera vez sobre él en las gradas superiores. No era ninguna broma. Era el destino. Era el amor. Aquella noche él se la iba a llevar a cenar y luego a bailar. Sería bonito salir con ella. Se habían pasado el día anterior hasta las tres de la mañana en la oficina de seguridad. No habían consumado exactamente su relación, según él recordó, o más bien se habían consumido el uno al otro con las bocas y las manos, pero sin llegar al encuentro final. Esperaba que eso llegaría aquella noche, y suponía que la única razón del retraso era que ninguno de los dos ejercía el control de natalidad. Se cuidó de eso en el drugstore que estaba en su camino hacia el trabajo.

A las siete él estaba de nuevo en la misma habitación que había abandonado sólo cuatro horas antes. Pero esta vez se encontraba allí para una reunión con el jefe de seguridad y otros treinta guardias de empresas de contratación de guardias como la suya. Él había llevado a Dottie a aquella habitación porque raramente se usaba. Muy pocas veces tenían reuniones, así que ésta debía de ser importante. Debía de ser importante también el tener tantos guardias a mano; pocas veces había más de tres o cuatro de servicio. Cerraban el Orange Bowl y, según el comisionado de la ciudad que les hablaba, era «importante para la gente de Miami, importante para los refugiados que eran trasladados, que aquella transición transcurriera lo más suavemente posible. Los ojos de la nación estaban puestos en Miami, o al menos lo estarían si volvían a tener mala prensa».

Esta reunión era importante, pero él apenas podía concentrarse. ¿No podían las otras personas de la habitación sentir la presencia de Dottie allí igual que él? Ella había permanecido en el mismísimo mostrador en que ahora se sentaba el comisionado. Ella se había levantado el vestido de topos y había bailado una combinación de salsa-cancán. Los dos habían reído y en el hundido canapé que había junto a la ventana ella había echado la cabeza hacia atrás con la respiración rápida, el cuerpo muy quieto. Esta reunión era importante. ¿Adónde iban a ser trasladadas aquellas gentes? ¿Adónde iba a ser trasladada Dottie?

El ruido que había en el Orange Bowl eran ensordecedor. Hacia las ocho los equipos de trabajo entraron allí y empezaron a martillearlo todo con cualquier cosa que fuera de metal. Los techos que goteaban y las vigas que se caían ya no podían esperar. Aunque los refugiados fueran trasladados inmediatamente, todavía existía alguna duda sobre si el estadio podría ser puesto a punto a tiempo para el primer partido de exhibición de los Delfines de Miami, el 9 de agosto. Cerca de doscientos refugiados tenían que ser trasladados a hoteles financiados federalmente, que estaban demasiado deteriorados para la población turística. Eso sólo dejaba a doscientos más sin lugar adonde ir. Otro refugio temporal, la Ciudad de las Tiendas de campaña, en la orilla del río Miami debajo del paso elevado de la I-95 estaba casi listo. Pero nadie iba a ser trasladado allí debido a una orden de espera temporal; los negocios que se encontraban cerca de aquel lugar estaban requiriendo al municipio para que mantuviera apartados a los refugiados. El caso estaba asignado al azar a un juez del Tribunal del Distrito de los EE.UU. que se hallaría de vacaciones durante las tres semanas siguientes. Los Delfines entretanto estaban entrenándose más al norte en el campo de atletismo del Biscayne College.

Los martillos perforadores rugían sobre la rampa en la Puerta 14.

El Orange Bowl vibraba con una sorda y pesada tensión.

Esteban Santiesteban se fue a buscar a Dottie. Lamentaba haber estado hablando él la mayor parte del tiempo la noche anterior; no sabía lo que ella hacía durante el día, adónde iba. Repasó los lugares obvios en primer término: los vendedores del aparcamiento, las colas en las duchas de mujeres y la gente que empezaba a llenar el sector oeste saliendo del calor que despedía el cemento de la Puerta 14. Esteban tenía la esperanza de que no fuera necesario ir adonde él sabía que estaba el catre de ella, el hueco que daba abrigo a las imágenes de Luz Paz y al hombre al que había ayudado a librarse de su pesadilla sacudiéndole el cuerpo unos días atrás, el hombre que ahora iba a adquirir importancia en calidad de marido de ella. El guardia se vio agobiado por las preguntas que le hacían mientras iba andando: la gente le consultaba si iban a ser devueltos a Cuba o enviados a la cárcel o al centro de procesamiento de la avenida Krome, o a Arkansas. El cometido de él consistía en sosegar tales rumores, mantener tranquilo a todo el mundo y evitar así a la vez el pánico y una fuga multitudinaria hacia la calle. Contestaba a sus preguntas. No, todos ellos iban a ser trasladados a otro recinto de recogida. Esteban intentaba evitar otros detalles, puesto que nadie sabía exactamente dónde estaría tal recinto de acogida o en qué consistiría. Sus preguntas ayudaban a ponerle todavía más impaciente por encontrar a Dottie. ¿Estaría ella también preocupada por si la devolvían a Cuba? ¿Estaría ella alterada o llorando? Él tenía que encontrarla pronto, tranquilizarla. Si su marido estaba presente, él haría algo de carácter oficial como preguntarle si había visto encender algunas velas sospechosas y le susurraría a ella que se encontraran en alguna parte. Casi se puso a correr para aproximarse a ella. Cuando la vio y se detuvo, estaba solamente a algunos catres de distancia. Luz Paz permanecía de rodillas delante de su carrito. Dottie y Juan Raúl Pérez estaban sentados en el catre con papá entre los dos. Ella se inclinaba sobre un cuenco de agua que había en el suelo. Se alzó con un trapo mojado en la mano. «Por favor, papá» —oyó Esteban Santiesteban que Dottie decía. «Por favor déjame sólo que te lave la cara. Por favor, papá.» Ella dijo más cosas que Esteban Santiesteban no escuchó. El marido de Dottie estaba al otro lado, manteniendo bajas las manos del viejo, pero lo hacía suavemente, con cuidado.

La escena que tenía delante de él resultaba más íntima para Esteban Santiesteban que si hubiera contemplado a Dottie y su marido abrazándose. El marido y la esposa estaban cuidando a un pariente anciano (¿sería el padre de ella o el de él?) el cual se resistía a que le lavaran la cara tanto como lo haría un niño rebelde.

Esteban Santiesteban empezó a andar hacia atrás, incapaz de apartar los ojos de ella, deseando por un momento que su propia cara estuviera sucia. Él había salido en otro tiempo con una mujer casada de Denver, en la época en que trabajaba en una ruta de camión que pasaba por esa ciudad. El asunto duró tres dulces meses, pero la mujer de Denver era un espíritu desilusionado que buscaba algo que no podía encontrar en casa y él había constituido una solución temporal tan válida como la siguiente. Pero con Dottie, oh, él se había sentido muy seguro de que Dottie había estado buscándole. En este mundo. En este universo. Nunca se había sentido de tal manera a propósito de una mujer.

Luz Paz levantó los ojos y le dirigió una mirada de evidente odio. Él dio unos pocos pasos más hacia atrás. Dottie, siguiendo la mirada de Luz Paz, levantó también la vista y no pareció sorprendida. Ella le guiñó un ojo. Pero él no quería guiños en aquel momento. Dottie le dijo algo a su marido y se acercó a Esteban Santiesteban como si el hecho de que él estuviera allí fuera la cosa más normal del mundo. Luego se dirigió hacia él y le dijo hola.

—Sólo quería comprobar lo de las velas —dijo él—. Yo, bueno, sólo quería asegurarme de que no había ningún fuego encendido.

—Sólo nosotros —afirmó ella—. He pensado en ti toda la noche.

Esto era lo que él quería oír. Pero no con el marido de ella tan próximo. Ninguno de los dos hablaba lo bastante alto para que los escucharan otros, pero su marido los estaba mirando.

—También quería decirte que no te van a devolver a Cuba.

—Te cuidarás de que no me suceda nada, ¿verdad?

Ella no debería haberle pedido esto teniendo tan cerca a su familia.

—Haré lo que pueda.

—Bien, nos veremos esta tarde a las siete, en la puerta trasera, donde dijimos que nos encontraríamos. Quizá no es una buena idea que hayas venido a hablarme aquí cuando estoy con mi familia.

—¿Sigues queriendo ir?

—¡Sí!

—Conforme —dijo él—. Hasta luego.

Esteban Santiesteban se volvió para macharse, pero Dottie lo cogió por la espalda y lo retuvo. Él se quedó parado, confuso de que ella hubiera hecho tal cosa delante de su familia. Pero el olor era distinto y al mirar los brazos que lo retenían, él vio que eran las zarpas del viejo. Antes de que él pudiera liberarse del viejo que le agarraba desde atrás, Dottie le gritó a papá:

—Suéltale. Déjale suelto y no vuelvas a hacer eso.

El viejo soltó inmediatamente a su presa y se marchó con el mismo porte indiferente con que se acercó Dottie. Esteban Santiesteban se disponía a marcharse deprisa mientras Dottie se excusaba ante él y reprendía a su marido por no vigilar al anciano con más cuidado. Esteban Santiesteban debió de equivocarse al oír sus palabras mientras se alejaba. Parecía como si ella dijera —«Si papá vuelve a meterse con alguien de esta manera, tendremos que sacárnoslo de encima.» Pero ella no podía haber dicho semejante cosa.

CAPÍTULO XXXIII

Dottie hizo dos coladas gratis para Eladia Soto, a cambio de que ella le arreglase el pelo y la maquillara. Eladia lo habría hecho gratis. Llevaba años sin ejercer su profesión de esteticista y deseaba practicarla. Dottie quería lavar más; tenía en la cabeza que cuanta más ropa lavase para Eladia, mejor resultaría su pelo, pero aquélla era toda la ropa que tenía Eladia.

Dottie no estaba preocupada por el cierre del Orange Bowl. Lo había estado cuando Juan Raúl Pérez la había despertado temprano con un pánico en su voz diferente de sus otros pánicos. Ella había pensado entonces que era el fin del mundo, un mundo que acababa de encontrar. Pero a medida que transcurría la mañana y se iba enterando de los rumores, le pareció que la cosa era fortuita. No sólo estaban cerrando el Orange Bowl, sino que estaban acelerando las cosas, y ya era hora. Estaban encontrando trabajos a la gente y trasladándola a hoteles de Miami Beach. Dottie se imaginaba los hoteles como monumentos lujosos a la opulencia capitalista. Una vez se encontrase allí, no habría modo de pararla. Sería una vida llena de John Waynes y algún que otro Elvis Presley para variar.

La noche anterior había sido bonita, había sido lo más parecido a sus sueños desde que había llegado. Deseaba tener más días de juego preparatorio. Había esperado tanto tiempo, se había precipitado tantas veces, que ahora deseaba tiempo. Sus caderas ya no eran las de una matrona cubana para ocasiones oportunas. Estaba ansiando su noche de cena y baile con Juan Wayne. Ya era hora de que los sueños se convirtieran en realidad.

El tener a Juan Raúl Pérez siguiéndoal por allí con ese entusiasmo era un coñazo. Y además, a cualquier lugar que fuera Juan Raúl Pérez, le seguía papá. Tuvo que calmar varias veces a Juan Raúl Pérez, puesto que éste creía que el cierre del Orange Bowl significaba su reenvío a Cuba; él no compartía la teoría de ella acerca del hotel de lujo. Casi podía oír un débil lamento de temor que salía de él. Él estaba de nuevo asiéndose la muñeca, hábito molesto que ella notaba siempre que él se ponía particularmente nervioso. Luego no había querido llevar al anciano a las duchas, y ella había tenido que limpiar al viejo lo mejor que pudo con una palangana de agua jabonosa y una toalla. Por no mencionar el hecho de que papá saltara sobre la espalda de Juan Wayne. «Probablemente pensó que el guardia le iba a llevar a usted a Cuba otra vez» le había dicho Juan Raúl Pérez. «Él llevaba uniforme militar.»

Dottie confiaba en que él no llevara puesto su uniforme militar aquella noche. «Es sólo un guardia de seguridad —le explicó a Juan Raúl Pérez—, y amigo mío.»

Pero ella no reveló su secreto, no, ni siquiera a Esteban Santiesteban. Le había hecho una promesa a Juan Raúl Pérez y mientras éste mantuviera su parte ella no renegaría. Incluso adoptaría cientos de Pérez más si esto le hacía salir de este agujero infernal una hora antes.

—Por favor, déjeme tranquila un rato, señor. Papá es como un viejo perro faldero. Lléveselo a dar un paseo o algo así.

Cuando su peinado y su maquillaje estuvieron listos, Dottie se fue a mirar las cajas de donativos para buscar un vestido nuevo. Quería saludar su primera noche de libertad con todo el garbo que fuera posible.

CAPÍTULO XXXIV

Felipe odió a Luz Paz en cuanto cogió el bolso de cordones llenos de viejas monedas. Intensamente.

Ella también intentó darle setenta y cinco centavos que había ganado lavando ropa, pero él no quiso aceptarlos. No quería el dinero de la colada de la anciana duramente ganado, sino las monedas que ella era demasiado estúpida para saber que valían algo. Ella le creyó. La insistencia de ella le ponía enfermo.

—Sé que sólo valen unos pocos dólares, pero por favor, al menos lléveselos de buena fe —le dijo ella—. Al menos vea si puede conseguir los dientes. Fue todo culpa mía y ahora el guardia incluso tiene la desfachatez de plantarse delante de ella, con toda la cara, en presencia de su marido y de su padre. Debería haber rezado a Ochún y no a Lázaro. Quizás he disgustado a Ochún.

Felipe nunca sabía por qué encantamientos de santería andaba ella.

—Bien, señora, podría tomarlos de buena fe y ver si puedo procurarme alguna dentadura. Pero no puedo prometerle nada; las dentaduras son difíciles de conseguir.

—Dios te recompensará. Aunque no puedas conseguirla, gracias por intentarlo. Ahora tengo que rezar para que ella no se escape con él. Por favor, date prisa... ya sabes, van a cerrar el Orange Bowl. —Ella colocó el bolso en la mano de él y desapareció.

Aquella misma mañana, al oír los rumores de que cerraban el Orange Bowl, Felipe había estado a punto de ir al encuentro de Luz Paz y robarle las monedas. Se alegró de haber esperado; había sido mucho más fácil de esta manera. Pero le hizo sentirse mal el recibirlas de ella ahora. Ella era exactamente igual que el resto de los cubanos viejos, pensó, igual que su propia familia y todos los demás que había dejado atrás; vivían a base de falsas promesas y una confianza fuera de lugar. Víctimas. Podía olerlos a una milla. Sin embargo, no había pensado que fuera tan fácil.

Contó las monedas en un estante del lavabo de hombres. Había catorce. Catorce veces doscientos setenta era más de tres mil setecientos dólares. Y había otras cinco monedas, más pequeñas pero que quizá valían algo. Una de ellas llevaba la fecha de 1898. Sintió que la buena suerte lo envolvía como lo haría una muchacha sonriente y con un bronceado de St. Tropez. Tendría un apartamento muy bonito lejos de toda aquella gente estúpida. Habría Mustangs rojos alineados ante su puerta.

CAPÍTULO XXXV

El San Lázaro de tamaño natural pasó toda la mañana fuera de Zayres, en el Centro Comercial Westchester. Hacía mucho calor. Iba vestido exiguamente con un taparrabo de color púrpura. A sus pies, en el remolque de plexiglás unido al abollado coche Impala del 64, había cientos de monedas de calderilla que la gente deslizaba a través de las pequeñas hendiduras del cristal. Dos perros, ligeramente más pequeños que el tamaño natural y de raza indeterminada, estaban también a sus pies. Los perros viajaban con él a cualquier lugar que fuera, paralizados en un perpetuo ladrido alegre, uno a cada lado de sus dos muletas. No había muchos compradores en el centro comercial para bendecir. Siguió caminando y se dirigió hacia el este, hasta el Orange Bowl, donde había muchos refugiados necesitados de su bendición.

El Impala del 64 bajó la Coral Way lentamente, con el debido respeto al santo lisiado que marchaba a través de la eternidad, doblado sobre unas muletas y con dos perros ladrando a sus pies. El Impala iba también cargado con el peso del remolque que contenía las plegarias que acompañaban a las miles de monedas arrojadas a sus pies.

A pesar de su cara amable y de su pierna lisiada, a pesar de sus ojos tristes y de su piel de leproso, San Lázaro no era una deidad benefactora altruista normal. El que hubiera peniques a sus pies y no billetes de cien dólares no significaba que tuviera menos poder que los santos que posaban en grandes basílicas con coronas de oro y de zafiros. San Lázaro prefería las monedas. Aquéllos eran los donativos de los pobres. No desdeñaba a los ricos que todavía se acordaban de dar dinero a los pobres, pero obraban prudentemente al convertir sus billetes en calderilla cuando necesitaban un favor de él. Incluso los ricos deben humillarse para recibir el abrazo del leproso. Los pobres que no tenían ni una moneda para dejarle a San Lázaro podían ponerle un vaso de agua. Había pasado mucho calor en África, había pasado mucho calor en Cuba, estaba pasando mucho calor en Miami; él aceptaba un vaso de agua con agrado.

Pasó por delante de muchos otros San Lázaros en su camino hacia el Orange Bowl. Algunos llevaban ropas bordadas a mano y había flores recién cortadas a sus pies. Algunos habían quedado desnudos porque el sol había derretido el taparrabos de plástico púrpura. Pero fuera el que fuera el tamaño y la situación económica de cada San Lázaro, detrás de su cara amable y de su sangre salutífera, se hallaba el antiguo poder de Babalú-Ayé perpetuamente resucitado. Para los que no podían abrazar al leproso, para los que no dejarían un vaso de agua ni siquiera por lo más sagrado y lo más sediento, para aquellos que robarían una moneda de la mano de un pobre, su poder era mayestático y oscuro. Su poder era blanco y cegador. Su poder era la sangre de los esclavos robados de sus casas. Su poder hacía trabajar las plantaciones de azúcar bajo el cálido sol cubano, con las manos de matrona llagadas por la esclavitud y la servidumbre. La sangre de sus benignas úlceras de leproso era primordial y poderosa. Sus piernas lisiadas habían atravesado muchos pueblos pobres y muchos suburbios tenebrosos. Su poder doblaba la esquina en la calle Dieciséis Noroeste a la entrada del Orange Bowl, encerrado en plexiglás detrás del abollado Impala del 64, justo cuando Felipe cruzaba la calle.

Bum, bum, iba San Lázaro con los tambores de Babalú-Ayé que latían en su corazón. Y Felipe se fue al suelo. Bum, bum siguió San Lázaro; la frente de Felipe sangró y él cayó en la inconsciencia.

CAPÍTULO XXXVI

El chófer de San Lázaro quería llevar a Felipe al hospital. Quería llamar a urgencias, a la policía, a las autoridades de inmigración, a su compañía de seguros. Llevara o no un santo en la parte trasera de su coche, había que seguir unas normas en Miami. Había estado conduciendo a San Lázaro durante quince años, desde que su esposa se recuperó milagrosamente de un ataque, y él nunca había sufrido ningún accidente. Ni él ni San Lázaro eran ricos, declaró a la multitud que se agrupó en la acera, sólo en caso de que el hombre que había caído tuviera algún propósito de demandarlo. Él y su esposa vivían de la seguridad social desde que él se retiró como trabajador de mantenimiento de la pista de carreras de Hialeah. Cuando el remolque de plexiglás se hacía demasiado pesado, él dedicaba cada una de las monedas de San Lázaro a la caridad que elegía su esposa: el Fondo Católico de Ayuda de Caridad, la Distrofia muscular, la Escuela de la Inmaculada para niñas, el Fondo de Campaña Nacional Republicana, la Unidad de Quemados del Jackson Memorial; él tenía donativos para todos, le decía a la gente.

—¡No ha sido culpa suya! —gritó Linda María Pérez desde su atalaya de cuatro pies de altura en la plataforma del ambulante Café Cubano/Lunch aparcado a menos de veinte metros—. Lo he visto todo desde aquí. Él vino de allí corriendo con una maleta pequeña sin mirar adónde iba. Yo casi le grité; es Felipe, me vendió un quitaesmalte la semana pasada. Se echó encima del remolque, ¡lo podría jurar ante un tribunal!

Dottie se encontraba también en el puesto ambulante de café, pero no había visto nada. Aunque al oír el nombre de Felipe se preguntó si no sería el mismo Felipe que le vendió el esmalte de uñas y el jabón de lavar. Ella se precipitó a través de los circunstantes. Luz Paz estaba arrodillada en la calzada, inclinada sobre Felipe.

—Señora Paz, ¿está bien ese hombre? —preguntó Dottie, arrodillándose a su lado.

—No lo sé. Está inconsciente y le sangra la cabeza.

—Iré a buscar a un guardia para que llame a una ambulancia.

—No. Espera, Dotita, creo que se está recobrando. Y si llamas a las autoridades le llevarán al Jackson Hospital y podría acabar en cualquier lugar después. Un hombre fue al Jackson Hospital desde aquí y acabó en Texas después de que le soltaran.

Felipe estaba volviendo en sí, y murmuraba vagas obsceni-
dades.

—Esto está mejor —dijo Luz Paz—. Está hablando. Llevémoslo adentro.

Dottie hizo un gesto a los dos hombres que se encontraban a
su lado para que ayudasen a Felipe.

—No es necesario llamar a la policía —anunció Luz Paz a la
multitud—. Está bien.

—Me siento personalmente responsable de este accidente —le dijo
Luz Paz a Dottie después de acomodar a Felipe en el catre de Juan
Raúl Pérez, cuando empezaron a lavarle la herida—. Estaba haciendo un encargo para mí. Ves, aquí en su bolsillo están las monedas que le di para que comprase una dentadura para sustituir la
que le falta a tu marido. —Colocó las monedas en la mesa junto a
la cartera de Felipe. Luego le quitó los zapatos y los calcetines.

—¿Por qué, señora? ¿Por qué ha hecho eso?

—¿Por qué vas vestida de ese modo? ¿Vas a escaparte con el
guardia? Por eso lo hice, Dotita. No quería que dejaras a tu familia. Sentía pena por tu marido. Pensé que le querrías más si tenía
dientes. No debería haberme interferido de nuevo. He obrado
estúpidamente. Mira lo que ha pasado: el pobre muchacho está
sangrando, tu marido no tiene dientes y tú sigues con la idea de
escaparte con tu héroe.

—Si yo fuera a escaparme con él, señora, una dentadura para
mi marido no me detendría. Sólo voy vestida así porque esta noche tengo unas entrevistas de trabajo y quería causar buena impresión. Y usted no debería tirar su dinero de esa manera. —Dottie
toqueteó las monedas. Parecían antiguas, no de mucho valor. Re-
visó la cartera de Felipe. Éste tenía un permiso de conducir esta-
dounidense; ella no había visto ninguno anteriormente.

—Oh, mire, se llama Pérez —dijo—. El apellido de Felipe es
Pérez.

Luz Paz vigiló a Felipe mientras Dottie iba a esperar en la cola
de los servicios sociales para informarles de que la familia Pérez
incluía además a un chico. Cuando ella volvió, la fe de Luz Paz ha-

bía sido restaurada. San Lázaro había permitido que Dottie casi se enamorase de John Wayne, de modo que ella pudiera mandar a Felipe en busca de una dentadura y éste fuera atropellado por el mismo Babalú-Ayé para que Dottie pudiera reunirse con su hijo perdido que había llegado meses antes en otra embarcación. Hasta entonces Dottie nunca había dudado de la cordura de la anciana, pero mantuvo la boca cerrada. Podía entender que los servicios sociales la creyesen: Dottie no sólo decía mentiras convincentes, sino que además nunca volvía a haber la misma persona en el mostrador de los servicios sociales. Dottie sólo podía suponer que Luz Paz la creía, porque la gente cree lo que desea creer. Y Dottie valoraba demasiado la amistad de Luz Paz para informarla de que estaba siendo engañada.

Las moscas revoloteaban y se posaban; el aire, cálido y pegajoso, aplastaba sus alas y apenas se movían cuando eran ahuyentadas. Una oscura promesa de lluvia empañó el cielo llameante durante una hora aproximadamente, pero luego se alejó, sin dejar caer ni una gota de agua.

Juan Raúl Pérez llevaba horas sin ver a Dottie. Necesitaba encontrarla para que ella pudiera decirle de nuevo a él que todo iba bien, que no iban a ser reexpedidos a Cuba. Dos autobuses llenos se habían marchado hacía unos cuarenta minutos. Algunos decían, tal como Dottie había predicho anteriormente, que los autobuses sólo los habían llevado a hoteles de Miami Beach. Pero otros decían que se dirigían a Atlanta, desde donde los pasajeros serían deportados a Cuba. Había otros rumores también: que iban a enviarlos a todos a las cárceles de los Estados Unidos, que iban a ser descargados en las calles, donde se les soltaría para que se defendieran por sí mismos.

Con papá detrás, como lo había estado todo el día, Juan Raúl Pérez volvió a mirar por donde estaban sus catres. Pero esta vez ella se encontraba allí. Su transformación era impresionante. El cabello de matrona cubana de Dottie, cardado y rizado, se había convertido en una maciza melena de león de color ébano. No sólo rodeaba su cara sino que sobresalía un palmo en el aire que la rodeaba. Un lápiz de ojos negro intentaba convertir sus enormes ojos redondos en grandes almendras, y las múltiples capas de rímel habían tornado sus delicadas pestañas en vigas de hierro forjado. El lápiz de ojos negro también había creado una pequeña marca de belleza, a la Marilyn, sobre los labios rojo Coche bomberos de Dottie. Ésta había encontrado un vestido de lycra rojo en la caja de donativos. No era de su talla, pero cedía.

Quizás en otra persona el efecto habría sido chabacano, pero Dottie tenía el don de elevar lo chabacano a hermoso.

—¿Adónde va? ¿Vamos a marcharnos? ¿Por qué va vestida de ese modo? —Juan Raúl Pérez depositó a papá sobre su catre y casi se sentó encima del cuerpo que yacía en su propio camastro.

—¿Quién es este hombre? —preguntó Juan Raúl Pérez.

—Su hijo —dijo Dottie.

La cabeza de Felipe estaba enfundada en vendas blancas que Luz Paz le había puesto. Llevaba también el pecho envuelto con una venda. Dormía profundamente. Luz Paz había trabajado de enfermera de pueblo años antes. Había tocado sus costillas una por una y ninguna parecía rota. Su respiración era regular y no tenía el vientre hinchado. La herida de su frente era superficial, aunque al principio había sangrado copiosamente.

—Sí —dijo Dottie—, nuestro mismísimo hijo. ¿No es maravilloso? —Dottie mantenía la cabeza ahora extrañamente esculpida en el ángulo justo para sugerir iguales dosis de humildad y de orgullo. Los ojos le brillaban debajo de la raya negra. Juan Raúl Pérez se preguntó por un momento si la transformación de Dottie no era debida a alguna especie de locura vehemente y no a su nuevo vestuario rojo o al maquillaje o al peinado. No, nada parecía lo que era o como debería ser. Examinó el catre donde papá todavía permanecía vestido de camuflaje. Luego puso la mano en la hermosa y joven mejilla de Felipe para asegurarse doblemente de que no se trataba de una transformación camaleónica del anciano.

—Eh, no me toque, joder —dijo Felipe soñoliento y se volvió del otro lado.

—Yo no tengo ningún hijo —afirmó Juan Raúl Pérez. Su voz era llana y calmada, pero sudaba profusamente y se sentía los ojos atrapados entre la ira y las lágrimas. Apenas podía concentrarse. Si Dottie ahora tenía un hijo para su programa de apadrinamiento familiar, ¿seguiría necesitando un marido? El formar parte de la familia de Dottie le había parecido su único fundamento desde que la calle Veintitrés desapareció de sus sueños. Los rumores de aquel día de que serían reenviados a la cárcel o dejados en la calle habían contribuido poco a serenar su mente.

—Sí que lo tenemos, señor. Luz Paz y yo miramos en sus bolsillos sólo porque Felipe tenía algunas monedas viejas de ella encima. Estaba trabajando en un encargo para ella. Tiene un permiso de conducir de Florida y su apellido es Pérez.

—Esto es una locura, señora. He visto a este muchacho: vende sandalias de goma como las que me procuró usted de un carro de ventas. ¿Por qué es nuestro hijo ahora? ¿Por qué tenía el dinero de Luz Paz? ¿Qué está haciendo en mi cama?

—Luz Paz lo mandó a comprar una dentadura para usted.

—¡Basta! Deje mis dientes al margen de todo esto. A mí no me preocupan. ¿Por qué está en mi cama?

—Está siendo muy desagradecido, señor. Luz Paz ha sido muy amable con nosotros. Este muchacho fue atropellado por un camión mientras hacía un encargo para ella y ella se siente personalmente responsable. Cuando le dije que nos gustaría adoptarlo, ya sabe, cuidar de él, ella se sintió muy aliviada. Y el tener a un hijo, ayudará a que nos apadrinen.

—¿Dónde está Luz Paz? Necesito hablar con ella. Y todo esto no explica por qué va usted vestida de modo tan distinto.

—Luz Paz volverá dentro de un momento. Se ha ido a buscar más vendas. Yo sólo voy vestida así porque tengo algunas entrevistas de trabajo esta noche y no quería parecer una fregona.

—Dottie iba a decirle que se había encontrado a un viejo amigo y que iba a cenar con él. Después de todo, no había realmente nada entre Juan Raúl Pérez y ella excepto a la vista de todos los demás. Pero él parecía demasiado inseguro en aquel momento para conocer la verdad—. Necesito que se ocupe de vigilar a papá y a su hijo mientras mantengo mis entrevistas más tarde. Luz Paz me dijo que le ayudaría.

—Esto es una locura. ¿Lo entiende?

—No. Cuando se despertó yo le pregunté si quería quedarse con nosotros y ser nuestro hijo y él dijo que sí, siempre que no lo demandáramos a las autoridades. ¿Lo encuentra guapo? Él me tomó la mano y me dijo que sería un buen hijo.

—Señora, ¿cómo va a ser de grande nuestra familia?

—En este mismo momento somos los séptimos en la lista de apadrinamiento. Ya les he dicho a los de servicios sociales que hemos encontrado a nuestro hijo. Somos el número siete de la lista ahora porque tenemos un hijo y porque ya han sacado a mucha gente de aquí. Ayer había más de cien delante de nosotros en esa lista. ¿No podía usted al menos cooperar? Van a cerrar el Orange Bowl en los próximos días, y me gustaría encontrarme fuera de aquí antes de que eso suceda.

—Sí. Sí, voy a intentar colaborar. Creo que lo entiendo.

También entendió que Dottie todavía lo necesitaba.

—¿No lo encuentra guapo?

—Sí, señora.

—Sería mejor que cogiera a papá ahora y fuera a buscar un catre si no quiere dormir en el suelo.

CAPÍTULO XXXVII

Dos autobuses más llegaron al Orange Bowl después de la cena, pero esta vez nadie se subiría a ellos. El Orange Bowl no era gran cosa, pero era mejor que un viaje de autobús a ninguna parte. Habían circulado demasiado rumores durante el día, demasiadas preguntas habían quedado sin contestar. Una docena de personas aproximadamente levantarían una barricada provisional delante de la puerta principal. Luego arrojaron piedras y botellas y latas a los autobuses.

Llamaron a la policía y llegaron dos coches patrulla que se mantuvieron a distancia. Había reunidas entonces unas cincuenta personas que gritaban junto a la barricada. Un exceso de coches de policía podría haber congregado a más.

Las autoridades del momento ordenaron que el incidente se mantuviera lo más discreto posible. Miami había tenido bastante mala prensa a raíz de una serie de alborotos en mayo, y la ciudad todavía estaba inquieta. Sería mejor esperar. Y pronto llovería. El ocaso estaba oscurecido por nubes bajas y oscuras. La lluvia dispersaría a una multitud airada más deprisa que un ejército.

Pero la lluvia no llegó, y los que esperaban no dispersaron a la multitud. Donde había habido cincuenta, había entonces ochenta, luego ciento cincuenta, luego doscientos cincuenta. Se construyeron más barricadas. Luego volcaron un coche y le prendieron fuego. Los guardias que habían quedado dentro se trasladaron al exterior lo más silenciosamente posible. Una patrulla de bomberos llegó con el respaldo de la policía. Los «disturbios» de la Orange Bowl seguían.

Juan Raúl Pérez no encontraba ningún catre. La habitación que servía de almacén donde los guardaban normalmente estaba cerrada y no encontró a ningún guardia para abrirla. Los catres sobrantes que a veces se esparcían aquí y allá habían sido sacados para utilizarlos en las barricadas, pero Juan Raúl Pérez no había llegado hasta la entrada principal para conocer todavía este hecho. Y había perdido a papá. Hacía un minuto estaba justo detrás de él y cuando volvió a girarse, el anciano se había esfumado.

«Libertad, libertad», oyó que las multitudes cantaban en la puerta principal mientras lo buscaba. Vio el coche ardiendo. No sabía por qué gritaba la gente. No sabía por qué el coche estaba ardiendo. No veía a papá, y se marchó de allí rápidamente para encontrarlo.

Había una calma relativa bajo las gradas, donde Luz Paz rezaba sobre Felipe que dormía. ¿Por qué Dottie no estaba vigilando a su hijo? Quizás estuviera en alguna parte con papá.

—Señora, ¿dónde está la señora Dottie? ¿Y ha visto usted a mi padre?

—No, señor. No he visto al anciano. Pensé que usted se había marchado con él para buscar otro catre. Y su esposa se ha ido a hacer una entrevista de trabajo.

—Están luchando en la calle, señora. Hay bomberos y policía. No sé dónde está el viejo. —Su voz se iba levantando—. Ella me dijo que mientras estuviera fuera yo vigilara al viejo y al muchacho. No lo encuentro. ¡No sé adónde se ha ido! —Ahora tenía que gritar para ser oído por encima de su corazón palpitante—. ¿Es que están viniendo a por nosotros? ¿Quién vigilará al muchacho si vienen a buscarnos?

—Cálmese, señor. Vigile al chico y yo iré a buscar a su padre. Siéntese aquí y vigílelo.

Pero no podía hacerlo. Tenía miedo de ser cogido en el alboroto que había afuera. Miedo de que la policía se lo llevara a la cárcel. Miedo de que ya hubieran cogido a papá. Pero él no podía mandar a Luz Paz allí.

—No, yo iré a buscarlo, señora.

No sabía si podía hacerlo. Sus músculos estaban temblando. No sabía si podía caminar sin caerse. Tomó un profundo sorbo del calor sin aire que había debajo de la Puerta 14 y se volvió. Comenzó a caminar. Un paso. Dos pasos. Tres. Cuatro.

No fue el ruido lo que lo despertó, ni las luces que habían sido encendidas de pleno en todos los lugares del estadio a causa de los disturbios. Era el carro de venta Winn-Dixie. Se sentó a un lado de la cama murmurando, mierda, mierda, mierda. Sentía la cabeza como en todas las borracheras juntas que había tenido reunidas en una sola. Le costó varios intentos el ponerse en pie.

—Sal de mi camino —murmuró a Luz Paz cuando ella intentó reprimirle.

—Estás herido. Has de estar acostado.

Ella no podía competir con él.

—Lo siento, señora, tengo trabajo.

Cada paso producía un efecto desagradable en la cabeza palpitante y en las costillas doloridas de Felipe. No podía recordar dónde había dejado su carro de ventas, y estaba decidido a encontrarlo y a volver al antiguo modo de vida que tenía antes de haber decidido robar a Luz Paz, antes de que San Lázaro lo atropellara. Se sentía agradecido porque nadie le había demandado a las autoridades e incluso más agradecido a Dottie por decirle que le cuidaría como a un hijo adoptivo. Sentía añoranza y arrepentimiento, igual que lo había sentido después de su roce con las autoridades dos meses atrás. Había abandonado descuidadamente su carro al intentar salir del Orange Bowl con las monedas de Luz Paz un poco antes esa tarde. En el carro tenía a la venta una caja de relojes Seiko de cuarenta dólares que podían darle netos doscientos o trescientos dólares, docenas de pares de «flip-flops», un conjunto de esmaltes de uñas Marianna que el día anterior había planeado venderle a Dottie, pero que ahora quería darle como regalo. Y llevaba otros muchos géneros diversos en el carro que necesitaría como hombre de negocios honrado. Continuó la búsqueda, dolorido y pensando en reformarse a medida que marchaba.

CAPÍTULO XXXVIII

En el curso del día Esteban Santiesteban vaciló entre cancelar su cita con Dottie o buscar el mejor restaurante de la ciudad para llevarla. Sabía que sería la primera noche de Dottie en la ciudad y quería que fuese memorable. Llamó a su sobrino desde una cabina, preguntó a los otros guardias cuáles eran los mejores sitios para ir a bailar. A comer. Cuánto dinero costaban. Él quería llevarla a su casa después. Quería borrar la escena familiar de la cual había sido testigo aquella mañana.

Le pidieron que se quedase a trabajar más tarde pero él rehusó y se fue a su casa a las cinco. Ya lo había decidido antes de marcharse. No quería romper la familia de ella. No quería que ella engañase a su marido. No quería amarla. El infierno está lleno de bienintencionados: él ya se había decidido e iba camino del infierno. De regreso a casa se paró en el cajero automático de su Banco y sacó trescientos dólares para el viaje. Distaba mucho de ser un hombre rico, pero el camino del infierno no era un trayecto que hiciera a menudo y tenía la sensación de que le iba a costar caro.

Sacó su mejor traje y se duchó. Su apartamento, siempre meticulosamente limpio, tenía ahora un aspecto demasiado lamentable para llevarla a ella allí. Su limpieza no escondería las grietas de las ventanas de persianas o los parches descoloridos de la raída alfombra verde. Pero había muchos hoteles bonitos y él tenía bastante dinero para una habitación con vistas a la Bahía de Biscayne. A las siete, cuando la recogió en la salida trasera, la melée del Orange Bowl todavía estaba en embrión. Si le vinieron a la mente algunas cuestiones al pasar al lado de los dos autobuses y del coche de patrulla por la parte delantera, las olvidó cuando vio a Dottie.

—Háblame, Juan Wayne —dijo ella al entrar en su Ford Pinto («Compre Mercancías Americanas») de segunda mano—. Te he estado esperando todo el día para que me hablaras.

Él tenía reservas hechas para la cena en el Golden Pelican en Key Biscayne a las ocho. La llevó siguiendo la ruta pintoresca en la hora que el tráfico había disminuido. Dottie era la primera persona a la que permitía ir en el asiento de pasajeros sin cinturón de seguridad. Ella se sentó cerca. Parecía peligroso.

Tomaron unas copas en el patio y ocuparon una mesa al lado de la ventana para la cena. Nunca se había sentido tan orgulloso de ser visto con una mujer. Las cabezas se volvían cuando ella pasaba. El traje elástico se ceñía a todas sus curvas de matrona cubana. Tenía una cara exótica. Sin ningún vestigio de ser del país.

Él estaba hablando demasiado, tanto por los nervios como para contestar las preguntas de ella. Tenía intención de preguntarle por su familia, averiguar si era su padre a quien él había visto, por qué había sido encarcelado su marido, si quizá su marido era mezquino con ella, si era una persona horrible, si ya no se iba a la cama con él. Pero en lugar de eso le estaba contando a ella cómo era vivir en los Estados Unidos

Seleccionó el vino por el precio; veintiséis dólares parecía razonablemente caro. Pidió pez espada. Ella tomó un «mar y montaña» y comió cada bocado con un gusto que le asombró.

—No serás sarcástica o algo parecido cuando me llamas Juan Wayne, ¿verdad?

—No —dijo Dottie.

Ella acarició la rodilla de él por debajo de la mesa. Salieron al patio para tomar el postre: un Tía María sobre helado de chocolate. Le habían recomendado muchos sitios para bailar. Él nunca había estado en ninguno de ellos y decidió que lo más seguro era ir a todos.

Quizás el objeto del afecto de ella no era Esteban Santiesteban. Quizás eran las luces del centro de la ciudad de Miami, que se extendían sobre la Bahía de Biscayne. Quizás era la liberad. Una nueva vida. Un sueño. Pero era amor. En Casanova's el bajo era tan fuerte que ella apenas tenía que moverse, era la música la que la movía a ella. No se dio cuenta de que nadie de los que estaban allí tenía más de veinticinco años y ella misma se sentía como si tuviera dieciocho. En Scaramouch unas luces diminutas centelleaban desde todos los rincones oscurecidos. En la pista de baile, una máquina de niebla limitaba la visibilidad: ni siquiera podía verse los brillantes zapatos de charol. Se sentía como si estuviera bailando sobre las nubes, más arriba de la encantadora oscuridad y de las luces de la ciudad. En el Village Inn, una banda llamada Skin Tight cantó «Roll over Beethoven» y la gente hizo sitio alrededor de ella, tanto para verla bailar como para evitar su poder arrollador. Ella preguntó a la orquesta si sabía «Hound Dog». Sí que la sabían.

—Quiero un whisky —le dijo a Esteban Santiesteban cuando terminó la música—. Quiero un whisky como el que beben en las películas.

Dottie se tomó dos. El alcohol le quemó la boca, la garganta, el estómago, y luego, de repente, le dejó una sensación agradable. La música giraba a su alrededor. Ella sonrió a su reflejo en el espejo que había detrás de la barra.

—¿Qué pasa? —preguntó a la cara adusta de Esteban Santiesteban que se veía en el mismo espejo—. ¿Por qué pareces tan desgraciado de repente?

Ella dio la vuelta en la banqueta de la barra para mirarle mientras él decía algo en inglés a un policía fanfarrón y uniformado que se encontraba en la puerta lateral, a unos metros de distancia.

—Nada —contestó Esteban Santiesteban—. Sólo estaban hablando de una pequeña riña que ha habido en el Orange Bowl cuando intentaban trasladar a algunas personas. Ahora ya está bajo control.

—¿Ha sido seria esa riña? —preguntó ella, con el whisky que le subía por la garganta como bilis.

—Nada serio. El policía ha dicho que lo dieron en las noticias de las once y que se encuentra bajo control ahora. No te preocupes, Dottie, no les dejaré que te lleven a ninguna parte adonde no quieras ir.

—Espero que no hayan trasladado a nadie. Quiero irme a casa.

—¿Adónde?

—Al Orange Bowl.

—Ha sido sólo un desorden, no un tumulto ni nada parecido. Ya se ha terminado. No dejes que nos estropee la noche.

—¡Mi familia está allí! Mi hijo estaba enfermo cuando me marché. Quiero asegurarme de que todavía están allí.

—¿Tu hijo?

CAPÍTULO XXXIX

Felipe encontró su carro de ventas de Winn-Dixie detrás de una de las barricadas, donde había sido requisado para la causa. Cuando el suministro de botellas, piedras y latas disminuyó, empezaron a arrojar los diversos objetos del carro de compras. Varios periodistas y un agente llevaban puestos los relojes que habían sido lanzados en su dirección. Había «flip-flops» por todas partes. De todos los artículos del carro de Felipe el esmalte de uñas Marianna resultó ser el más valioso para la causa. Cada frasco era un exquisio cocktail Molotov en miniatura. Cuando los lanzaban contra el coche en llamas, explotaban como una pequeña venganza, arrojando rosas y rojos derretidos a alguna distancia.

—Sacad vuestras jodidas manos de mi mercancía —dijo Felipe a los dos hombres que estaban de pie al lado de su carro.

—Lo siento —contestó el mayor de los dos. Su nombre era Villaverde—. Lo siento, si esto era tuyo. Pero ahora es nuestro y no para uso personal, sino para nuestra manifestación.

Arrojó otros dos frascos de llamas líquidas. Felipe estaba removiendo lo que le quedaba en el carro.

—¡Mis relojes! ¿Dónde están mis relojes?

—No necesitamos relojes; los hemos utilizado para lanzarlos.

—¡Eran relojes Seiko!

—Había veinte o treinta en una caja; estoy seguro de que no podían ser muy valiosos.

—Eran imitaciones caras, so hijo de puta.

Villaverde odiaba a la generación más joven de la postrevolución. Para ellos, la libertad era un concepto abstracto y se aferraban a sus escasas posesiones ferozmente. A menudo había intentado decirles que lo poco que tenían no valía la pena, que tendrían mucho más si eran libres, pero ellos no podían imaginarse la vida sin racionamiento y largas colas. Había intentado orgnizarlos dos veces en las montañas de Cuba. Las dos veces uno de ellos le había denunciado y Villaverde había pasado una temporada en la cárcel.

—So cabrón, ¿que soy un hijo de qué? —le dijo a Felipe y se lanzó con ímpetu.

Felipe cayó al suelo. Lo último que recordaba haber oído antes de perder la consciencia era una voz amable que decía:

—Por favor sea razonable. Es joven. Es mi hijo.

—Señor, no quiero contarle las cosas que él ha dicho de mi madre —le dijo Villaverde a Juan Raúl Pérez.

—Lo siento, señor. He pasado veinte años en la cárcel. Siento no haber estado aquí para ayudar a educarlo correctamente.

—Lo siento. Yo también he estado preso. Nosotros tomamos sus cosas para nuestra manifestación, no para nuestro uso personal.

—Entiendo, pero estas cosas son su medio de vida. Tiene derecho a luchar por ellas.

Posteriormente, Felipe recordó a alguien que contaba, que contaba sus costillas quizás, o su respiración.

La patrulla del SWAT[1] se infiltró silenciosamente por la parte trasera del estadio. Dudaban en utilizar gases lacrimógenos con los medios de comunicación tan cerca y en lugar de esto echaron agua con mangueras a los manifestantes. La explosión inicial de agua refrescante les cogió desprevenidos.

—¡Está lloviendo! —gritó alegremente uno de los manifestantes.

—No —dijo otro— ya se ha terminado.

El orden quedó restablecido en menos de veinte minutos. Extinguieron las llamas del coche. Rebajaron las luces del estadio.

Villaverde ayudó a Juan Raúl Pérez a devolver a Felipe a su catre. Juan Raúl Pérez continuó en busca de papá. Miró en las gradas y en los campos, en corredores sombríos y habitaciones cerradas. Tuvo que dar tantos pasos que perdió la cuenta y tuvo que empezar varias veces. Ochocientos treinta y un pasos le llevaron a una rampa oscura en el piso superior. Un rayo de luz iluminó la cara de Juan Raúl Pérez.

—¡No disparen! —gritó una voz extraña cuando la luz dio en su cara. Juan Raúl Pérez se arrojó al suelo, golpeándose al caer un lado de la cabeza contra uno de los asientos de plástico naranja.

—¡Santo cielo! ¿Por qué dice eso? No pensaba disparar con-

---

1. «Special Weapons and Tactics», fuerza policial a la que se asignan misiones que exigen cierta especial habilidad. *(N. de las T.)*

tra él —le dijo un miembro del SWAT al anciano vestido de camuflaje que lo había estado siguiendo silenciosamente desde que la patrulla entró por la verja trasera.

Papá se quedó mudo, y él se preguntó si el viejo realmente había proferido un «¡No disparen!» o si simplemente se lo había imaginado.

—Mierda —le dijo a papá—. No se mueve. Llevémoslo abajo.

CAPÍTULO XL

Juan Raúl Pérez no sentía ningún dolor. Pero creyó que nunca se volvería a mover. Sólo quería estar tendido sobre el cemento o cualquier otro sitio al que lo llevaran. Quizás había sido ejecutado. Quizás estaba muerto, no lo sabía.

—¿Dónde estoy? —preguntó a la preocupada cara de la matrona cubana que se inclinaba sobre él. No recordaba ninguna cara que pareciera más hermosa que la de Dottie en aquel momento. También se sentía aliviado. Finalmente lo habían ejecutado, y no estaba tan mal, sólo distante, y la distancia era encantadora. No era tan malo estar distanciado de la multitud. Él también se sentía distante de su confusión y agotamiento y del dolor de la frente donde se había golpeado contra el asiento al caerse. La piel debajo de la ceja comenzaba a hinchársele y la frente ya estaba hinchada. Dottie deseaba tener algo de hielo para aliviarle, pero había policías y guardias alrededor y pensó que era mejor quedarse donde estaban.

—¿Dónde estoy, señora?

—Está acostado en mi catre en el Orange Bowl, en los Estados Unidos, y nosotros estamos con usted. Su hijo está en el catre de usted y papá en el suyo —dijo Dottie. Su cara estaba encendida por el reflejo de su traje rojo.

Qué cara tan hermosa, tan increíblemente hermosa tenía, pensó él.

—Señora —dijo Juan Raúl Pérez—. La quiero. Usted es una campesina y siempre sabe exactamente dónde está en esta tierra. —Luego cayó en un sueño distante.

Dottie no estaba segura de si aquello era un insulto, pero lo dejó correr. Aunque fuera un insulto, no quería saber nada del aspecto amoroso.

Más le valía no tener catre en que acostarse. Permaneció despierta la mayor parte de la noche para guardar a su familia. No iba a dejar escapar ninguna oportunidad de alcanzar la libertad.

Segunda parte

LIBERTAD

Agosto de 1980

Por la mañana te estirabas hasta el borde de la cama. Te ponías tu bata larga allí sentada, y luego te levantabas y extendías los pliegues de la bata como un pájaro que emprende el vuelo. Abrías las ventana. La luz llenaba la habitación.

Pero antes de figurarme ese vuelo suave, te imaginaba yaciendo debajo de mí. Pensaba, si yo la estoy ansiando tanto, ella debe de estar ansiándome también. A veces, cuando el recuerdo de tu cara pasaba ante mis ojos inesperadamente, yo pensaba: ahora ella está pensando en mí. Durante varios años tú permaneciste fuertemente atrapada en mis brazos, hasta que el deseo me privó de la razón. Tuve que dejarte marchar, tuve que llevarte otra vez al aeropuerto, besarte suavemente y mirar cómo despegaba el avión.

Y, sin embargo, el librarte de mis brazos me dio una cierta libertad. Podía imaginar tu nueva vida, que componía gracias a tus cartas: el apartamento de Red Road, el dúplex de Hialeah, la casa de la calle Veintitrés, la confirmación de Teresa, la carta que escribiste aquella tarde desde la playa.

Pero ahora no sé dónde estás y me siento perdido; no estoy preparado para esta libertad.

CAPÍTULO XLI

El padre Joseph Aiden no entendía el acento de sus feligreses cuando hablaban inglés. Ni siquiera entendía sus pecados. Una vez estando en el confesionario pensó que una mujer confesaba ser una espía comunista. Él le hizo repetirlo tres veces antes de decirle que en penitencia debía informar de su situación a las autoridades y rezar un rosario cada día durante cinco años. A la penitente, Beatrice Gómez, le pareció desmesurado el castigo impuesto por confesar que a veces echaba tanto de menos a Cuba que rezaba para que muriesen todos los comunistas. Tomó la precaución de confesarle el mismo pecado al viejo padre Martínez a la semana siguiente. Él oyó la confesión en español y le dijo que rezase un Ave María.

El padre Aiden pensó también que uno de sus penitentes semanales era un traficante de drogas, pero dado que aquel hombre no hablaba otra cosa que español, el padre Aiden no podía estar seguro y pensó que era una manera astuta de forzarle a que le perdonara.

No, no había sido idea del padre Aiden el apadrinar a ninguno de los refugiados de Mariel, aunque la archidiócesis animaba a hacerlo y muchas otras parroquias vecinas y organizaciones cívicas lo venían haciendo desde abril. La idea de albergar refugiados en la iglesia de la Resurrección surgió de la junta seglar de la parroquia, que también contribuyó con un fondo especial mediante colecta para financiar el proyecto. Supo que su oposición era en vano cuando vio a los escolares realizando ventas de pastelería casera en los escalones de la iglesia y contribuyendo con sus caridades para las masas apiñadas recién llegadas. Sin embargo, desde finales de mayo, cuando la parroquia había comenzado a apadrinar a varios refugiados de Mariel, se sintió satisfecho de hacerlo. Había sido párroco durante más de treinta años y en estos últimos meses había sentido por primera vez que realmente estaba salvando almas. Ahora se le presentaba la oportunidad de enseñar la lengua nativa y los valores norteamericanos pasados de moda a aquellos recién llegados de la embarcación, *antes* de que fueran corrompidos hasta pensar que no necesitaban el inglés para sobrevivir en Miami, *antes* de que comprendieran que en realidad Miami no era parte de los Estados Unidos.

Detrás de la mesa del estudio del padre Aiden había un crucifijo en la pared y la bandera en un mástil. Sus ojos azules brillaban con la tarea de la conversión que tenía en curso, mientras el padre Martínez hacía entrar a la nueva familia de refugiados en la habitación. El padre Aiden se levantó de su asiento y sonrió. La sonrisa se le heló en la cara.

La frente de Felipe estaba cruzada con esparadrapos. Los círculos oscuros que rodeaban sus ojos y el traje blanco con chaleco le daban el aspecto de un gángster de los años treinta. Cuando el padre Aiden le estrechó la mano, Felipe gruñó. El hombre con el traje de camuflaje, al que presentaron como el abuelo, parecía más vegetal que humano. La obesa señora Pérez iba vestida con un traje rojo tan indecentemente ceñido que él podía ver la silueta de su ropa interior.

—Todos éramos católicos y podríamos serlo de nuevo si tuviéramos que hacerlo, padre —dijo Dottie mientras saludaba con la mano al padre Aiden.

El padre Martínez tradujo y el padre Aiden se preguntó si sus propias palabras sonaban igual de amaneradas que las de los que le escuchaban.

—Los Estados Unidos están fundados sobre el principio de la libertad, señora Pérez, y cualquiera que sea su fe, ésta será respetada —dijo el padre Aiden.

Juan Raúl Pérez le dio la mano al padre Aiden y se inclinó. El padre Aiden creyó oportuno apartar la mirada de aquel hombre, pero era difícil no mirarlo. Un lado de la cara de Juan Raúl Pérez y toda la frente estaban hinchadas más allá de lo natural. Combinado con la cabeza calva y la boca hundida, daba la impresión de un niño embrujado que tuviera un defecto de nacimiento. Dottie ya le había explicado al padre Martínez que su marido había sido herido al salvar a un policía durante los disturbios que habían tenido lugar en el Orange Bowl la noche anterior.

El ama de llaves de la rectoría había sacado bocadillos y refrescos. El padre Martínez hizo sentar a los huéspedes y los distribuyó.

—La historia de esta familia es muy triste —le dijo el padre Martínez al padre Aiden.

—Ya lo veo —convino el padre Aiden.

CAPÍTULO XLII

A Felipe le dolían las costillas. El corte de la frente era superficial. El golpe del choque con San Lázaro y más tarde con el puño de Villaverde le había dado de lleno en el pecho y, aunque no se había roto nada, tenía los músculos dañados y le salieron oscuros cardenales. Le hacía daño cuando respiraba profundamente. Le dolía cuando se movía. Estaba contento de sentirse hecho una mierda, porque de otro modo no podría haber emprendido otra vida.

Se examinó la cara en el espejo del cuarto de baño. Una barrita de maquillaje de Marianna escondió los oscuros círculos que había bajo sus ojos. Sustituyó el parche de esparadrapo de Luz Paz por dos pequeñas tiras en la parte alta de la frente y se peinó el cabello de modo que lo cubriese. No es que fuera a ir a ningún lado. No tenía ganas de ir a ningún lado. Se cambió de ropa y se puso unos tejanos recortados, volvió a enrollar el vendaje sobre sus costillas y cuidadosamente se metió en la cama. La habitación era un cubículo sobriamente amueblado con dos camas gemelas y dos crucifijos. Tuvo que preguntarse si valía la pena. Él sólo se había propuesto ser bueno durante un tiempo, hasta que se sintiera mejor, no que le destinaran una cama en la casa de los curas con papá como compañero de habitación. Dottie le había dicho que cuidara de papá poniendo todo el empeño. Felipe sólo había querido portarse bien durante un tiempo, no ser castigado.

Después del apartamento de su familia en La Habana, éste era el lugar más aburrido en el que había pasado una noche en toda su vida. Ni siquiera en el Orange Bowl se había aburrido tanto. No podía dejar de pensar que si hubiera mirado en las dos direcciones antes de cruzar la calle el día antes, él estaría ahora en un hermoso apartamento en algún otro lugar, con una chica con un bronceado de St. Tropez en sus brazos, amándole. Bien, al menos no estaba en la cárcel.

Papá se hallaba en la otra cama gemela, con los ojos abiertos, Felipe estaba seguro de que nunca se cerrarían con la débil luz de la lámpara de la mesita. Le dijo al anciano que apagara la luz para que él no tuviera que verle la cara. Pero papá no se movió, así que Felipe tuvo que hacerlo él mismo. Puso el estéreo en la mesita de noche que había entre ellos, lo más bajo posible. Luego se dio cuenta de que incluso sonando tan bajo, podía impedirle oír a papá si éste se levantaba y se marchaba a vagar en la noche. Ya había perdido a papá dos veces desde la advertencia de Dottie. Al estar la radio apagada, el silencio intensificaba la mirada del anciano. Felipe estaba seguro de que la noche no acabaría nunca, estaba seguro de que los días y las noches se sucedían mientras él esperaba en la oscuridad, donde los ojos del anciano creaban más oscuridad y más silencio. Renegando del dolor de las costillas, Felipe, finalmente, empujó su cama hasta la puerta y se quedó dormido vigilándola. No había otro modo de salir de la habitación excepto saltar simplemente desde el segundo piso por la ventana.

Dottie aplicó hielo a la frente de Juan Raúl Pérez y le dio una aspirina que había conseguido del padre Martínez. La habitación de ellos estaba en el vestíbulo de la iglesia. Era un espacio estrecho y largo que recorría casi la longitud del edificio y había sido utilizado como trastero hasta hacía dos meses, cuando la iglesia de la Resurrección comenzó a acoger refugiados. La habitación tenía altas ventanas laterales y no había salidas de aire acondicionado, pero funcionaban varios ventiladores. Juan Raúl Pérez observó cómo los ventiladores movían sus cabezas hacia uno y otro lado; ahora venía la brisa, ahora se iba.

La voz de Dottie flotaba en la brisa procedente del ventilador.

—¡Somos libres! —dijo ella—. Nuestro plan ha funcionado. Y creo que le hemos gustado al padre Aiden.

Recorrió toda la longitud de la habitación, tocando los muebles donados a medida que caminaba: una cómoda pintada de blanco, una silla de bambú con cojines verdes, una lámpara de pie de bronce con una pantalla plisada. La habitación tenía el olor mohoso de un antiguo almacén.

—¿Cree que se encontrará lo bastante fuerte para trabajar mañana? Qué suerte tener trabajos así. Quizá debería esperar, sin embargo, parece que le duela la cabeza. Estoy contenta de que pudiera llegar hasta aquí. —Había un pequeño escritorio. Dottie se sentó delante de él y abrió los cajones.

—Ustes y yo comeremos aquí —dijo ella mirando una mesa de fórmica rosa—. Papá y Felipe comen con los sacerdotes. Los armarios que están en la cocina al otro lado del vestíbulo están llenos de comida enlatada que han dejado para nosotros y el padre Martínez me ha enseñado a utilizar el horno.

Él observó la luna a través de las hojas de una higuera india que había junto a la ventana. Se estaba durmiendo. Se había ofrecido para dormir en el suelo porque ésta era la habitación de las parejas casadas y sólo había una cama. Pero Dottie, simpatizando con sus heridas, había rechazado su oferta. Él estaba contento. Su dolor de cabeza sobrepasaba a su galantería en aquel momento. En la cárcel había esteras de paja. Ésta era la primera cama auténtica en la que dormía desde hacía veinte años. La primera almohada limpia en veinte años. Juan llevaba los pantalones de un pijama a rayas que Dottie había encontrado, limpio y plegado, en la cómoda. Las sábanas eran blancas y limpias y el algodón suave era agradable sobre su piel. Los ventiladores movían sus cabezas, aquí una brisa, allí otra.

Había un teléfono de fichas al otro lado de la calle, en la escuela superior. La llamada de ella fue contestada al primer timbrazo.

—¿Estás bien? —preguntó Esteban Santiesteban.

—Oh, sí. Es maravilloso estar aquí. Pero no lo puedo arreglar para almorzar mañana.

—¿Por qué no? ¿No lo pasaste bien bailando antes de que tuviéramos que irnos?

—Fue el mejor momento que he pasado en los Estados Unidos, pero tengo un trabajo mañana. Voy a vender flores y empiezo mañana.

—¿Vender flores?

—Sí. Trabajaré en casa de una florista. Estoy entusiasmada. Sé que va a ser maravilloso. Nunca había imaginado que trabajaría en una tienda de flores.

—¿Y qué me dices de cenar?

—No sé cuál será el horario. Ahora tengo que irme. Te llamaré mañana. Saluda a Luz Paz de mi parte cuando vayas a trabajar mañana.

—¡Espera! ¿No quieres hablar un momento?

—No, ahora no. Estoy cansada.

Ella se lamentó de que no hubiera camas separadas mientras gateaba entre las sábanas; Juan Raúl Pérez dormía sobre la espalda emitiendo un ruido entre ronquido y gemido. Pero el ritmo de aquel sonido molesto la impulsó rápidamente al sueño.

CAPÍTULO XLIII

Quizá porque era libre.

Quizá porque la aspirina y el hielo de la noche anterior habían adormecido su dolor.

Quizá porque había soñado tan a menudo con despertarse entre sábanas limpias y un brazo alrededor de su esposa.

Fuera la razón que fuera, a la mañana siguiente Juan Raúl Pérez se despertó con una erección. Hacía años que no se levantaba así, y tardó varios minutos hasta identificar su estado como algo real y no como un sueño o un recuerdo. La calidez brillaba en el aire. El olor de carne cercana le produjo el calor de una tensión espesa. Una fuerza palpitante le sacó de cualquier cosa que se pareciera al letargo o a un sueño. La feminidad le envolvía. En realidad, cuando abrió los ojos tenía el brazo alrededor de Dottie.

Sintió haber abierto los ojos; ¡no era su esposa a quien rodeaba con el brazo!

Apartó el brazo. Se separó un poco de Dottie. Llegó hasta la pared y ya no pudo ir más allá. ¿Qué estaba haciendo ella en la cama? ¿Cómo se atrevía a dormir en la cama, cuando había dicho que dormiría en el suelo? ¿O solamente había dicho que él podía dormir en la cama, no que ella dormiría en cualquier otro lugar? Seguro que a una mujer como Dottie no le importaría meterse en la cama con quien fuera.

Si disponía de espacio, Dottie dormía de un modo complicado: un pie le colgaba de la cama, la otra pierna se doblaba hacia el estómago en una maraña de ropa. Su cabello estaba extendido por todas partes, enredando la almohada y sus brazos. Juan Raúl Pérez se dio cuenta de este hecho con disgusto. Ella era una mujer sin refinar, cruda y enredosa que había mentido, e intrigado y atraído a gente extraña como papá y punks de lengua desatinada como Felipe. Pero ni siquiera esta reflexión suprimió su erección. Se bajó la mano para sentir la extraña sensación. Se notaba como la única parte de su cuerpo que fuera fuerte, que tuviera sustancia. Aquello era real.

Sentía repulsión. La misma idea de despertarse con sus brazos alrededor de una mujer extraña le disgustaba; no era adulterio, era sacrilegio. Los dientes le comenzaron a castañetear. Se movió cuidadosamente hacia los pies de la cama y se levantó.

Juan Raúl Pérez tomó la decisión mientras permanecía en la ducha de cubos de agua fría. Averiguaría la verdad, tan rápida y silenciosamente como fuera posible. Dottie era libre ahora; ya no tenía más obligaciones con ella ni con el resto de la familia que ella había creado. Y él no podía esperar tener fuerzas cuando su miembro palpitante señalaba en otra dirección. Sólo la verdad podía brindarle una oportunidad de libertad. Averiguaría la verdad tan pronto como pudiera. Sintió que, la pureza descendía sobre él. Todo lo demás descendía también, cuando acabó de vestirse ya se había librado de la erección.

Dottie se despertó con el sonido de alguien que gritaba desde el otro lado de la puerta y luego golpeaba.

—Señor, señora, ¡vengan, deprisa! Por favor, abran la puerta.

Dottie se levantó y abrió la puerta. El padre Martínez necesitó un momento para recordar por qué había ido allí. Con su combinación blanca andrajosa, Dottie le parecía más desnuda que vestida.

—Su suegro está en el árbol que hay junto a su ventana. Será mejor que venga rápidamente —dijo—. El padre Aiden no puede hacerle bajar y quiere llamar a los bomberos.

Uno de los monaguillos que entraban en la iglesia para la misa temprana había visto a papá en el árbol.

—Ya te he dicho que lo vigilaras —le gritó Dottie a Felipe. Y luego a papá—. Tú, bastardo desagradecido. Bájate de ahí.

—Señora, no puede hablar de ese modo en público —intervino el padre Martínez.

—Dígale a la señora que no puede exhibirse por ahí de esa manera en pijama públicamente —le dijo el padre Aiden al padre Martínez para que lo tradujera. Éste lo hizo.

—Es una combinación, no un pijama —le dijo Dottie al padre Martínez para que se lo transmitiera al padre Aiden.

Durante la traducción apareció Juan Raúl Pérez. Papá se bajó inmediatamente del árbol y se puso a su lado. Pero Dottie seguía siendo el centro de atención.

—No está permitido que usted vaya por ahí vestida de ese modo, y a su padre no se le permite estar en el árbol —le explicó a Dottie el padre Aiden por medio del padre Martínez.

—No es mi padre —aclaró Dottie.

—Mi padre es un anciano, por favor, perdónelo —le dijo Juan Raúl Pérez al padre Martínez—. Está acostumbrado a dormir con nosotros. Lo trasladaremos a nuestra habitación inmediatamente. Disculpen las molestias.

—¿Dónde estaba usted, señor tieso? —susurró Dottie poniéndose al lado de Juan Raúl Pérez.

¿Cómo lo había sabido ella?, se preguntó mirando hacia abajo. Ella era tan ruda, probablemente tenía una habilidad peculiar para aquella clase de cosas.

—Eh, no pienso dormir solo en la casa de los curas —intervino Felipe—. Voy a buscar mis cosas.

—Dígales —le pidió el padre Aiden al padre Martínez—, dígales que al menos deberían intentar hablar inglés.

CAPÍTULO XLIV

Víctor Castro (sin ninguna relación con el otro) era un hombre alto y rechoncho de poco más de sesenta años. Había llegado a los Estados Unidos con su esposa, hijo y dos hijas en 1961. Las cosas no habían sido fáciles para Víctor Castro y él tenía planeado volver a Cuba en cuanto ésta fuera liberada.

Durante muchos años, Víctor Castro había vendido flores en la parte trasera de un viejo camión amarillo. Cada día temprano bajaba al mercado al por mayor que se encontraba junto a las vías del tren y compraba un suministro de flores para ese día. No era un negocio satisfactorio para él: no era un buen vendedor y las flores no iban de acuerdo con sus alergias. Tampoco era un negocio lucrativo, al menos hasta que el puente marítimo de Mariel le proporcionara un filón de mano de obra barata y al parecer inagotable. Seguía comprando flores; los refugiados las vendían y él recogía los beneficios. No había sido fácil para Víctor Castro cuando llegó por primera vez y al diablo si iba a ponerle las cosas más fáciles a cualquier otra persona.

Los claveles rosas estaban de oferta aquella mañana. También compró una buena cantidad de rosas de tallo largo que durarían hasta el día siguiente. Luego compró rama verde y flores baratas y se fue a pescar el contingente de mano de obra del día. Había dos personas esperando delante de Santa Ana, una madre y una hija que le vendían flores desde hacía unas semanas. Una docena de hombres esperaban en la Douglas Avenue junto el aeropuerto, caras nuevas y viejas. Había una cuadrilla desarreglada que dormía junto a los embarcaderos del río o detrás de las tiendas del aeropuerto. También había unos cuantos más junto a la pista de perros Flagler. En la iglesia de la Resurrección se encontraban media docena más, dos fijos y una nueva familia de cuatro. La nueva familia no iba a durar mucho, opinó Castro: no sólo la formaba la mujer con tacones y el hijo con un aire despachado, sino un tipo con una extraña cabeza y un viejo con un traje de camuflaje que no iban a vender muchas flores.

Arbitrariamente les asignó las esquinas de las calles. Se aseguró de decirles a los vendedores que le había alquilado aquellas esquinas al gobierno. No era verdad; las esquinas eran libres para todo el mundo, y él ni siquiera tenía licencia de venta. Pero los policías no lo comprobarían y los refugiados o eran demasiado olvidadizos o estaban demasiado asustados para cuestionar cualquier cosa que llevara anexa la palabra «gobierno». No había tenido competencia hasta entonces con excepción de los de la secta de Moon, pero éstos no salían hasta la noche. Antes de dejarlos en las esquinas les vendió flores para que las revendieran. El modo como volvieran a su casa era asunto de ellos.

La iglesia de la Resurrección tenía un fondo para ayudar a los vendedores que comenzaban, así que sabía que la nueva familia tendría bastante dinero para comprar un manojo y probablemente más de lo que podrían vender durante los dos días siguientes.

—Coge algunas más —le dijo a Dottie—. Voy a darte una buena esquina esta semana, porque eres nueva. Coge más cinta también. Serán veinte dólares cada una.

—¿Qué? —dijo Felipe—. ¿Sobre qué está trabajando, sobre un margen del mil por ciento?

Oh mierda, pensó Castro, ya tenemos problemas, pero el chico no se equivocaba sobre el margen de beneficios que tenía con él. En un día bueno, Víctor Castro podía ganar doscientos dólares por dos o tres horas de trabajo. En un día medio como éste el que él pescara sólo una ronda de trabajadores se reduciría a la mitad. Los vendedores, cuando tenían suerte, podían sacar diez o quince dólares al día.

—Eh, si no te gusta, puedes irte a otro lado —le dijo Castro a Felipe—. Estoy intentando ayudar, porque a mí nadie me dio ninguna oportunidad cuando vine aquí por primera vez.

—Está bien —aceptó Dottie—. Las cogeré.

Si Dottie se sentía desilusionada de vender las flores de un intermediario violento y plebeyo y no de la elegante tienda de flores que había imaginado, la primera venta le hizo cambiar de parecer; tres dólares en quince segundos a una joven que iba a buscar a su novio al aeropuerto. ¡Tres dólares! Eso era igual a veinte cargas de ropa sucia y una hora de manos ásperas en las duchas de mujeres del Orange Bowl. Ella abrió el puño y le mostró los billetes arrugados a Felipe riéndose. Las tres ventas siguientes también fueron de ella. Pero a Felipe le cayó la venta de dos manojos justo después de aquello.

Flagler y Le Jeune era un buen cruce. Cogía el tráfico del centro de la ciudad durante las horas punta y del aeropuerto durante todo el día.

Había empezado la hora de congestión del tráfico matutino. En el intervalo entre las luces roja y verde de los semáforos, Dottie correteaba sonriente por entre los coches. Coches azules, coches amarillos, furgonetas y descapotables. Rosas rojas. Luz verde, luz roja, dólares y caras y música de miles de radios.

Había gente que nunca había levantado las persianas de sus ventanas para ver las caras que había en la esquina y que lo hacían ahora para mirar a Dottie. La suya no era la cara triste de una refugiada de corazón afligido. No era la cara de la pobreza, el peligro o la súplica. Era un rostro sonriente, con un vestido de topos que revoloteaba y unas caderas ondulantes. Llevaba los brazos llenos de flores y sus pies seguían los ritmos de la salsa y el rock.

Los otros dos que también venían de la iglesia de la Resurrección eran Rafael Bosch, un hombre lacónico de media edad que por la noche estudiaba libros de derecho prestados, y Juana Calleiro, una joven asustadiza que había dejado a su marido en Cuba. Juana vivía en el convento y las monjas cuidaban de sus dos niñas pequeñas mientras ella trabajaba. Rafael se preocupó pronto, creyendo que Dottie mermaría sus ingresos, pero no ocurrió así. No obtenía tantas ventas como ella, pero los treinta dólares que se encontraban en su bolsillo al acabar la hora punta eran mucho más de lo que habitualmente recogía él en todo el día. Los coches se detenían por causa de Dottie. Y si un coche se paraba, era más probable que el de atrás hiciera lo mismo. No se producía nunca semejante repercusión cuando él trabajaba a solas con Juana, a la que a veces había que apremiar para que saliese del asfalto y se quitase de en medio. Dottie lograba que los coches bajaran las ventanillas y Rafael estaba exactamente detrás de ella. A Felipe no le iba mal, pero con el dolor de costillas no se movía muy aprisa. Las luces se ponían verdes demasiado pronto.

Juan Raúl Pérez no vendió ni una sola flor. Ni tampoco se lo propuso. Tenía bastante faena con sacar a papá de en medio del tránsito y de la franja reservada a los vendedores. También hacía recados para Dottie. Ella le dio dinero para comprar Coca Colas en la estación de Texaco de la esquina. Subiendo por la calle hasta la panadería de La Rosa, compró pastas y café para los vendedores.

Dos manzanas más allá, en una farmacia, Juan Raúl Pérez se metió en una vieja cabina telefónica de madera con papá. Estaba apretado contra éste en la cabina. Juan Raúl Pérez concentró el valor bastante para abrir la guía de teléfonos, buscar las páginas de la P y dejar que sus dedos corrieran resiguiendo los Pérez. Perdió el punto varias veces y tuvo que detenerse para sosegar el aliento que se le iba. No había ninguna Carmela Pérez en la guía y de la docena de C. Pérez que había, ninguno estaba en la calle Veintitrés. Juan Raúl Pérez copió con cuidado una docena o cosa así de direcciones y teléfonos en una hoja arrugada de papel que sacó del bolsillo. Pero no intentó llamar a ninguno de los teléfonos. Se había agotado ya su valor. Pero compró un pequeño plano de calles antes de salir de la tienda.

A la una, cuando disminuyó el tráfico a la hora de comer, almorzaron todos en un Burger King. Habían vendido ya todas las flores del día, incluyendo las correspondientes a papá y a Juan Raúl Pérez. Rafael y Juana, se fueron a casa en autobús después de comer. Dottie y Felipe esperaron a que se perdieran de vista, antes de salir a buscar flores a mejor precio para venderlas por la tarde.

En la estación de autobuses, Juan Raúl Pérez se atrevió a emprender otro recorrido por la guía de teléfonos que colgaba de una cadena metálica debajo del aparato en la cabina. Había muchos Ángel Díaz y todavía más A. Díaz. No le servían para nada, puesto que no conocía la dirección de Ángel. En las páginas amarillas examinó la sección de muebles. En ella no importaba que no conociera ni el nombre ni la dirección de la tienda de su cuñado. En la primera página de referencias, aparecía un anuncio a media plana del «The Taste of Cuba», el cual incluía el rostro defectuosamente reproducido del propio Ángel Díaz. En un rincón había incluso un mapita que daba las señas y los caminos para llegar desde las calles de circulación rápida. Arrancó la página precipitadamente y la escondió en el bolsillo. Aguardó hasta encontrarse solo en su habitación de la iglesia para examinarla más detenidamente. Juan Raúl leyó cada una de las líneas y examinó cada frase. Constaban las horas de venta al público y se garantizaban los precios más baratos de la ciudad y la más amplia selección de muebles de estilo cubano que hubiera en los Estados Unidos. ¿Cuál era el estilo cubano de muebles?, se preguntó. El de él y Carmela había sido mediterráneo, recordó. Y allí estaba la fotografía borrosa del hombre sonriente en que Ángel podía haberse convertido. La cara se había hecho más grande y más cuadrada. Pero era la cara del hermano de su esposa. Juan Raúl Pérez nunca había recibido ninguna carta de Ángel mientras estuvo en la cárcel. Pero siempre tenía noticias de él por medio de Carmela y a veces una posdata con el propio garabateo precipitado de Ángel: «Adjuntamos cien dólares. Quizá puedas comprarte un poco de comida.» O, «Estoy trabajando con una bogado que está trabajando con una abogado de la Habana para obtener tu puesta en libertad. Adjuntamos cincuenta dólares para cigarrillos». El dinero había desaparecido hacía mucho del sobre cuando Juan Raúl Pérez recibía las cartas.

Sí, pensó Juan Raúl Pérez, contactaría con Ángel. Su cuñado o le llevaría hasta Carmela o le diría la verdad acerca de su situación. Sucediera lo que sucediera, Ángel le ayudaría. No solamente era un familiar, sino que había vivido con Carmela y con él durante cuatro años, desde que tenía diez años y su padres habían fallecido. Ángel le daría un trabajo, aunque Carmela se hubiera vuelto a casar o estuviera muerta. Mejor no pensar en esto; bastante pronto lo sabría.

Seguramente Dottie ya no lo necesitaba. Pudo verla cuando ésta y Felipe llegaron a casa de vender flores a las ocho de aquella noche. Rebosaban buena suerte y su libertad recién encontrada daba gracia a todos sus movimientos. Juan Raúl intentó no darse cuenta de lo radiante que estaba ella. Todavía se sentía disgustado por la erección de aquella mañana.

Ella había conseguido dos colchones para acostarse en el suelo destinados a papá y Felipe. Los obtuvo del despacho parroquial a través de un sacerdote al que Juan Raúl Pérez no había visto nunca. En el vestíbulo ella le dijo a Juan Raúl Pérez que tendrían que dormir juntos en la cama grande, dado que ella no quería que ni papá ni Felipe supieran que no estaban casados. Él puso objeciones. Preferiría dormir en el suelo.

—Sólo es un contratiempo —contestó ella—. No se lo tome como algo personal.

Juan Raúl Pérez se quedó silencioso después de esto. No importaba. Estaría fuera de la vida de ella al día siguiente. No, ella no lo necesitaba en absoluto. Había ganado setenta y cuatro dólares, sin incluir la parte de Felipe, que ella dijo que se la repartieran equitativamente entre los dos, haciéndole prometer que no se lo diría a nadie más. Él le ofreció que Dottie se quedara con lo que le tocaba a él.

No había flores en la habitación, pero Juan Raúl Pérez podía olerlas por la piel de Dottie mientras ella dormía: rosas y claveles, y el seco y dulce aire, casi ausente, de la respiración de un bebé.

CAPÍTULO XLV

—Saca a esos jodidos tíos de ahí —le dijo Ángel Díaz a su gerente de ventas.

Dos Marielitos habían estado rondando por allí fuera durante diez minutos. Ángel los vio a través de las ventanas del almacén e igualmente pudieron distinguirlos todos los demás. La escena tenía mala imagen. Mala para el negocio.

—Llama a la policía si es necesario —dijo Ángel—. No los quiero por aquí.

Después de haber descuidado su negocio durante los cuatro últimos meses a causa de sus viajes a Key West durante el transbordo marítimo. Ángel tenía ahora un almacén lleno de existencias atrasadas que necesitaba mover. «A Taste of Cuba» estaba teniendo una gran venta con anuncios de páginas enteras tanto en el *Herald* como en el *News*. El almacén se encontraba lleno de gente. Incluso Ángel se había puesto en la planta de ventas, cosa que él prefería no hacer. Pero al menos, no era tan molesto durante la liquidación: la gente dudaba menos con las grandes etiquetas rojas que mostraban los dólares que se ahorraban por artículo durante un tiempo limitado.

Los Marielitos se marcharon cuando el gerente de ventas salió a la acera para ahuyentarlos. Al atardecer aparecieron de nuevo y Ángel volvió a enviar al gerente fuera para librarse de ellos.

Una voz preguntó detrás de él:

—¿Ángel?

—Estaré con usted dentro de un momento.

—¿Ángel Díaz?

Angel se dio la vuelta y vio a uno de los Marielitos.

—No puedo tener a gente como ustedes rondando por ahí. Estoy muy ocupado ahora.

—Has crecido.

—¿Qué? ¿Qué es lo que quiere, señor?

—Creo que no me reconoces.

—No, creo que no, y no tengo tiempo para juegos en este momento.

Pero el Marielito permanecía allí.

—Vamos. ¿Quiere dinero? Tenga cinco dólares —dijo Ángel—. Cómprese comida y no vuelva otra vez.

—Pero si soy tu cuñado, Juan Raúl Pérez, ¿recuerdas?

Ángel no sabía si darle un bofetón al tipo o reír.

—¿De qué diablos está usted hablando, señor? —Él miró fijamente la extraña cabeza de aquel hombre desdentado.

—Soy yo, Ángel. Supongo que he envejecido un poco.

—¿Y su cabeza?

—Fue un accidente en el Orange Bowl.

—Bien.

Pero algo se encendió en su cerebro en aquel momento: Teresa le había descrito el vagabundo a Ángel como un chalado vestido con una camisa con un estampado de loros de tamaño exagerado y eso es lo que el chalado llevaba puesto. Ciertamente no era su cuñado. Juan era un hombre alto y bien plantado con cabello rizado y negro, una cara redonda, una voz autoritaria. El hombre que se encontraba delante de él era pequeño y malformado. Estaba también delgado como un fideo y su voz ni siquiera se le parecía.

—¿Por qué no viene a mi despacho? —dijo Ángel.

Le haría unas pocas preguntas antes de llamar a la policía, preguntas como qué coño sabía ese hombre acerca de su cuñado y qué historia se traía entre manos al hacerse pasar por otra persona. Esperaba que aquel hombre estuviera loco, que fuera un fugitivo de un asilo psiquiátrico, porque tenía la horrible sensación mientras acompañaba a aquel hombre a su despacho de que su cuñado estaba muerto y que este impostor lo sabía. Los impostores no se hacen pasar por personas vivas. Es demasiado arriesgado.

Ángel cerró la puerta de su despacho y le hizo un gesto al hombre para que se sentase en la silla que estaba delante de su mesa.

—He venido para averiguar la verdad —dijo Juan Raúl Pérez.

—Oh, ¿de veras? ¿Por qué no se relaja un momento primero? ¿Un cigarrillo?

—Gracias.

Ángel observó cómo el hombre encendía el cigarrillo con manos temblorosas. ¿Sería un viejo alcohólico quizá para tener las manos temblando de ese modo? ¿Qué era lo que quería? ¿Dinero? ¿Una familia de circunstancias? Ángel se dio cuenta de que aquel hombre estaba observando cómo él manoteaba al intentar encender el cigarrillo con la mano rota. No sería nada malo que el tipo quedase enterado desde el primer momento de que él no estaba para puñetas.

—Me rompí el brazo —explicó Ángel— al cascarle a un tío en la cabeza. Encendió el cigarrillo.

—Lo siento —dijo Juan Raúl Pérez—. Supongo que no tiene nada que ver con mi familia, así lo espero.

¡Su familia! ¡Qué pelotas tenía! Una de las paredes del despacho de Ángel consistía en una ventana. Ángel miró hacia ella y se alegró de tenerla. De este modo no mataría a aquel fulano delante de testigos.

—¿Cuándo salió usted de allí? —preguntó Ángel.

—Hace cosa de una semana. No, fue una semana y media, creo. Estaba un poco aturdido cuando salí.

¡Tenía que pensárselo! Ni siquiera estaba seguro de cuando salió.

—¿Le dieron la libertad en El Muro?

—No —contestó Juan Raúl Pérez—. No estuve nunca allí. Yo estuve en Calvario, ya lo sabes. ¿Eres Ángel Díaz, verdad?

Ángel desatendió la pregunta, respiró profundamente e hizo lo posible para conservar la calma.

—¿Qué diablos estaba usted haciendo en la calle Veintitrés la semana pasada?

—Así pues, ella sigue viviendo allí. ¿Cómo se encuentra ella? ¿Y Teresa? ¿Está bien?

Ángel se maldijo a sí mismo por haber mencionado la calle Veintitrés. Le estaba proporcionando a aquel tipo demasiada información: ¿cómo si no sabría él que el impostor había estado en la calle Veintitrés si alguien no se lo hubiera contado? Dio una larga chupada a su Marlboro y emprendió la ofensiva.

—Mi hermana se mudó hace mucho tiempo. Si usted fuera Juan Pérez lo sabría.

—¿Quién puedo ser si no?

—No lo sé. Confiaba en que usted me lo diría.

—No comprendo lo que me dices. ¿Adónde se ha mudado mi familia? —preguntó Juan Raúl Pérez.

No obtuvo respuesta. Entonces continuó:

—Me doy cuenta de que esto es muy incómodo para los dos y que tú dudas en decírmelo. Pero he venido a descubrir la verdad. ¿Está viva? Desde luego debe de estar viva si me dices que se ha mudado. ¿Se ha vuelto a casar? ¿Es por esto por lo que no me lo quieres decir? Y Teresa, ¿dónde está?

Ángel tenía ganas de gritar para cortar el rollo. ¡Menudas pelotas de bronce tenía aquel tipo! Si realmente quería presentarse a la familia no tendría que haber huido cuando la alarma antirrobo de Carmela se disparó. Su marido no tenía ningún motivo para escapar. Y no tendría que haber sido tan estúpido como para olvidarse los zapatos que se había quitado con el fin de ir de puntillas por ahí. Es bastante difícil falsear una talla de zapato. Pero además, el hombre que estaba sentado enfrente de él no sabía que Carmela ya le había visto e ignoraba quién demonios era.

—Dígame lo que quiera —dijo Ángel—. Y después dígame lo que sabe de Juan Raúl Pérez.

—¿Qué? Yo ya te he dicho lo que quiero. Puedes decirme la verdad, sea la que sea.

Juan Raúl se estaba poniendo nervioso. Ángel podía darse

cuenta. Aquel hombre había dejado consumirse el cigarrillo en el cenicero y estaba comenzando a sudar, retorciendo las manos, agarrándose la muñeca. Esto hacía que Ángel quisiera abofetearle. Procuró calmarse. No tenía sentido matar a aquel tipo sin haberle sacado ninguna información.

—¿Quiere un vaso de agua? —preguntó Ángel. Ya era hora de que llamara a la policía.

—Sí, por favor.

—Perdone un momento —dijo Ángel—. Vamos, coja otro cigarrillo. Vuelvo en seguida.

Ángel se fue al despacho de su secretaria y le ordenó que llamara a la policía. Era demasiado complicado explicarle a ella lo del impostor que estaba sentado en su despacho, así que le dijo solamente que le dijera a la policía que había un ladrón. Fue una equivocación decírselo. La puerta estaba abierta y ella comenzó a gritar:

—¡Oh, Dios mío! ¡Oh, Dios mío, un ladrón! 911. Ahora mismo llamo, señor Díaz. ¿Debemos evacuar el local?

¿Evacuar el local? Mierda.

—Baje la voz —dijo Ángel.

Pero oyó más gritos. Cuando salió de la puerta de la secretaria vio al otro Marielito con el traje de camuflaje. El anciano echó a correr y tropezó con un armario y una silla en su camino. Los clientes se estaban dispersando. Un vendedor fue a buscar al viejo.

—Déjenle tranquilo —gritó Juan Raúl Pérez y agarró la mano de César Armando Pérez—. ¡Vamos, papá, vamos!

Previendo la posibilidad de disparos, varios clientes se habían echado al suelo. Sus cuerpos extendidos y el armario caído bloqueaban el paso de Ángel. Él gritó tras ellos:

—La policía os cogerá, chusma. ¡No se os ocurra volver a acercaros a mi hermana!

Cuando la policía se marchó de la tienda, Ángel telefoneó a su abogado. Ángel no le dijo a la policía ni al abogado que él también le había encargado a la secretaria que denunciara una tentativa de robo en casa de Carmela.

Ángel le explicó al abogado lo mal que había estado la policía. Luego informó cumplidamente al abogado de los detalles tal como los había visto. Mientras esperaba a los investigadores privados que el abogado iba a enviar, Ángel llamó a Flavia. Ya había mandado a su gerente de ventas a casa de Carmela para asegurarse de que la policía estaba allí y vigilar la casa cuando se marchasen. Uno de los investigadores se haría cargo de aquella tarea tan pronto como pudiera organizarse. Ángel quería la casa vigilada y que Carmela fuera seguida por si el impostor decidía hacer algo. Mientras tanto hizo que su secretaria llamara a la casa cada veinte minutos para charlar un poco.

Ángel tuvo que esperar catorce timbrazos, contados, catorce, antes de que Flavia contestara al teléfono.

—Puede que esté muerto —le dijo a ella.

—¿Quién?

—El marido de Carmela. Mi cuñado. ¿A quién más puedo haber estado buscando durante veinte años?

—Oh, Ángel, lo siento. ¿Lo sabe Carmela?

—No, Flavia. Y nadie va a decírselo hasta que yo discurra cómo tratar este asunto.

—¿Cómo lo has averiguado?

—Aún hay más que eso, Flavia. Esos dos tipos estuvieron aquí hace un rato. No sé si ellos liquidaron personalmente a Juan o si uno de ellos era compañero de celda y consiguió la información de ese modo. El tipo era tan estúpido, que debería haberlo matado sólo por lo estúpido que era. Estaba tratando de suplantar a mi cuñado y se trajo a su padre con él. El padre de Juan Pérez murió hace veinte años.

CAPÍTULO XLVI

Juan Raúl Pérez le pidió al hombre que se encontraba en la ventana del café cubano que le llamara un taxi. Tenía veinte dólares en el bolsillo que Dottie le había dado aquella mañana. Esperaba que fuera suficiente para que le llevara a la calle Veintitrés de sus sueños. Quizá Carmela se había mudado, tal como le había dicho Ángel: quizás un vecino sabría adónde había ido ella. Pero, costara lo que costara, necesitaba averiguar en qué lugar del universo se encontraba. Se contó el pulso durante los diez minutos del trayecto en taxi: ciento cincuenta y cuatro latidos por minuto. Salió del taxi a varias manzanas de distancia de su destino; necesitaba sosegarse antes de seguir avanzando.

—Tengo que parar y sentarme aquí un momento, papá —dijo—. Apenas puedo respirar.

Juan Raúl quería creer que lo único ocurrido era que Ángel no lo había reconocido. Él casi tampoco se reconocía a sí mismo algunas mañanas cuando se afeitaba. Pero en el aspecto de la cara de Ángel había algo, una expresión que refutaba la realidad, a menos que ésta aceptase las imposiciones de Ángel. Juan Raúl recordó que la cara de Ángel plasmó aquella misma expresión cuando Carmela dijo una vez que su padre había tenido que beber demasiado en la fiesta de aquella noche para salirse de la carretera con el coche. Tenía diez años y con toda la audacia del mundo le llamó mentirosa a Carmela. Y cierto día cuando Juan Raúl acompañó a Ángel a dar una vuelta por el periódico, éste le anunció cuando volvían a casa en el coche:

—Ya puedes dejar de intentar ocupar el lugar de mi padre. Quizá mi padre era solamente un carbonero y tú te piensas que eres un gran tipo, pero mi padre era un gran hombre.

Juan Raúl Pérez le había dicho al muchacho que él no se proponía ocupar el lugar de su padre y que nadie podría hacerlo. Pero el chico se había limitado a quedarse tieso en la silla con la misma expresión en la cara.

—Quizás era a él a quien esperaba ver resucitar de la tumba

—le dijo Juan Raúl Pérez a papá—. Quizás estaba esperando a su padre.

Se sentó en una piedra debajo de un árbol hasta que su pulso disminuyó a ciento diez latidos. Deseaba beber agua.

—¿Hay una cantimplora en esa mochila? —le preguntó a papá sin esperar contestación. Se puso en pie, pero el anciano le hizo volverse agarrándole del hombro y le entregó una cantimplora de campaña. Bebió con avidez. El agua calmó su corazón y le dio fuerza. Devolvió el resto al anciano y esperó mientras éste bebía. Luego caminó enérgicamente hacia el centro de la calle: uno dos tres cuatro...

Su alarde terminó menos de cien metros más allá cuando dobló la esquina y vio el coche de la policía en el vado de Carmela. Había una mujer policía que escribía en un cuaderno de notas. Había también un hombre con camisa blanca de manga corta. Los dos estaban de cara a Carmela, dándole la espalda a él. Pero él podía ver a Carmela y era ella. Estaba viva. Viva. Palpitante. Pero ¿cómo podía haber cambiado tan poco? ¿Cómo podía parecerse tan poco a sí misma y ser tan diferente de como él la había imaginado? Papá tiró de él por la espalda. ¿Era Ángel quien había llamado a la policía? ¿Le detendrían allí y le meterían en la cárcel del mismo modo que lo habían hecho en Cuba? No sería adecuado que lo detuvieran otra vez ahora que estaba ya libre. ¿Había policías en Miami que llevaban camisas blancas de manga corta en vez de uniformes? Juan Raúl creyó que ella lo miraba un momento. Pero si lo reconoció, fingió que no. Los policías estaban demasiado cerca. No, no sería procedente que lo mandaran a la cárcel después que él había recorrido tanto camino. Después de haber visto su cara, su bonita cara.

El hombre de la camisa blanca puso la mano en el hombro de Carmela. Eso le cortó el aliento a Juan Raúl Pérez. Papá volvió a tirar de él. Juan Raúl Pérez se agachó detrás del coche y miró a través de las ventanillas. Papá tiraba cada vez más, pero él no podía marcharse entonces, aunque ello significase ir a la cárcel. El hombre soltó la mano del hombro de Carmela y el aliento volvió al alma de Juan Raúl Pérez. En un instante la agente y el hombre entraron en el coche de policía. Carmela entró en la casa, pero el coche patrulla no se movió. Papá estiró a Juan Raúl Pérez cogiéndole por la camisa y fue tirando de él para que regresase de la esquina y luego durante la mitad del camino hasta su casa.

CAPÍTULO XLVII

En el espacio de treinta minutos Carmela había recibido más de media docena de llamadas.

La primera procedía de Ángel, que le dijo que había organizado que ella tuviera su primera lección de tiro al día siguiente, recordándole que ella había prometido tomar una lección. Ella no se acordaba de haberlo prometido, pero no estaba segura. No sabía si a ella simplemente le faltaban fuerzas para seguir luchando contra Ángel o si pensó que la manera más rápida de librarse de él era decirle que sí a todo lo que él pidiera.

Luego tuvo una llamada de la secretaria de Ángel preguntándole cómo estaba. Carmela apenas conocía a la secretaria y no recordaba que ella hubiera llamado a aquella casa anteriormente. Luego la secretaria volvió a llamar y le habló de las rebajas del almacén, preguntándole a Carmela si quería algún mueble. Después la secretaria volvió a llamar para preguntar si había visto a Ángel. Luego si había vuelto a ver a Ángel. Más tarde si había encontrado a Ángel. Después Ángel la llamó para preguntarle por Teresa. Y luego, justo cuando se sentó en la silla para mirar la televisión, vio el coche de la policía que subía por el camino particular. La agente Rhoades iba al volante —Carmela la había visto dos veces en visitas anteriores— y Pirelli se hallaba en el asiento de al lado. ¿Se había acostumbrado tanto al sistema de alarma que no lo había oído dispararse esta vez? Apagó el televisor y salió al jardín delantero, antes de que ellos llamaran a la puerta.

Las luces iban centelleando desde el techo del coche. ¿Estaba también sonando la sirena, pero Carmela no podía oírla?

—¿Todo bien? —preguntó Pirelli.

—Sí. La alarma no ha sonado, ¿verdad?

—No, que yo sepa. En la comisaría han recibido una llamada telefónica de una mujer diciendo que le estaban asaltando la casa y han dado esta dirección.

—No he sido yo —dijo Carmela—. No sé de qué me hablan.

—¿Está segura, señora Pérez? —preguntó la agente Rhoades—. Sé que está pasando una mala temporada y sé que estuve un poco dura con usted la última vez que vine aquí. Pero sólo quiero que sepa que puede meterse en graves dificultades si llama con una falsa denuncia a la policía. ¿Quiere que dé una mirada a su casa?

La agente Rhoades tomó su carpeta y comenzó a escribir.

—No —contestó Carmela—. Quiero decir, usted puede entrar si quiere y tomar una taza de café.

—No hemos venido a tomar café —dijo Rhoades, escribiendo todavía.

—Yo no he llamado a la policía —afirmó Carmela—. No he oído que se disparase la alarma. No estoy loca.

—Nadie ha dicho que lo estuviera, señora Pérez —aclaró Pirelli. Puso la mano en el hombro de ella. Era un gesto amable y sencillo, pero hizo saltar a Carmela. Él dejó caer su brazo.

Carmela vio a los dos Marielitos volviendo la esquina al final de la calle. Uno de ellos llevaba una camisa hawaiana como el que había llamado a la puerta el otro día. ¿Debería decírselo a la policía? Pero él sólo había llamado a la puerta aquel día. Volvió la cabeza y ellos ya se habían ido. Veía cosas raras. Se estaba volviendo loca. ¿Qué era lo que estaba pasando? ¿Por qué recibía tantas llamadas de teléfono de Ángel y de su secretaria? ¿Por qué había venido la policía? Sintió que de repente se había convertido un poco en actor en una vida que antaño había sido la suya propia.

—¿Está usted bien, señora Pérez? —preguntó Pirelli—. ¿Desea que nos sentemos con usted un momento? ¿Quiere que llamemos a su hija?

—No. Lo que pasa que no sé lo que ocurre. Y no sé quién les ha llamado a ustedes. Si alguien estuviera forzando mi casa lo sabría, ¿no? Quiero decir, oiría dispararse la alarma, ¿no es cierto?

—¿No cree usted que debería ver a un médico? —preguntó Rhoades, la agente femenina.

—Sí, ciertamente —respondió Carmela. Ella cree que estoy loca. Los dos piensan que estoy loca. Sí, no servía de nada discutir. Sí. Sí. Sí.

—¿Puedo marcharme, agentes? —Sí, necesitaba visitar a un médico. Se sentía mal, allí de pie, en el jardín delantero de su casa, bajo el sol de la tarde, con las luces del coche patrulla lanzando destellos—, ¿puedo regresar a casa?

Apenas había pasado un minuto desde que entró en la casa con el coche patrulla todavía en el camino de acceso a la misma, cuando Ángel volvió a telefonear preguntando si Teresa no había regresado aún. Carmela no le dijo que los policías estaban allí. Habían transcurrido quince minutos cuando Flavia llamó para preguntar cómo estaba. Una hora después fue Ángel el que llamó. Y ella podría haber jurado que Javier Mateo, el encargado de la tienda de Ángel, estaba pasando con su coche arriba y abajo por delante de su casa, pero también podía ser que ella volviera a ver visiones. A primera hora de la noche, Ángel apareció en la puerta y dijo que había mandado fumigar su apartamento para combatir los parásitos, y que si podría dormir en el sofá de la sala de estar.

—Sí, Ángel, desde luego.

Era extraño, puesto que en cualquier caso él había dormido siempre en casa de Flavia. ¿Se habrían peleado? Ella no hizo preguntas.

—Tu secretaria ha estado llamando a casa toda la tarde —le explicó.

—Es insoportable, ¿verdad? —dijo Ángel—. Tendría que habérmela quitado de encima.

Nunca, pensó Ángel. La secretaria era una joya, porque había llamado a la policía en vez de él y había dado esta dirección cuando él le había pedido que lo hiciera.

Antes de que salieran de servicio en el cambio de turno, la agente Rhoades y el agente González pasaron por la oficina provisional de Pirelli para preguntarle si quería salir a tomar unas copas con un grupo de ellos. Pirelli se excusó. Le gustaba separar su vida profesional de la personal, lo cual no era difícil; él llevaba divorciado quince años y no tenía vida personal.

—Lo siento —dijo Pirelli mientras echaba un vistazo al ordenador que tenía en su mesa—. Tengo todavía una montaña de trabajo que hacer esta noche.

—Desde luego —aceptó Rhoades—. Espero no haberte embarullado las estadísticas al contabilizar esta tarde aquel asunto de Pérez como una información defectuosa.

—Desde luego que no —negó Pirelli—. Los dos decidimos que era lo más benévolo que se podía hacer.

—¿Te acuerdas de Pérez, la del sistema de alarma de la calle Veintitrés? —preguntó la agente Rhoades a González cuando se marchaban.

González se acordaba bien; había estado allí él mismo algunas veces.

—Ha perdido la razón —dijo la agente—. Ha sido triste, de veras; ni siquiera se ha alterado cuando ha sonado la alarma esta vez. Telefoneó para decir que estaban entrando en su casa. Allí no había nadie y ella lo negó todo. Pirelli estaba conmigo. Yo di cuenta de ello como un caso de información equivocada y lo dejé correr. Me dio pena.

Pirelli se levantó y tomó una taza de café. Mordisqueó un dónut azucarado, sentándose en una caja que estaba al lado de la máquina de café. Su temple militar estaba empezando a ablandarse y a él no le gustaba tal cosa. Llevaba demasiados años de fatigas. Demasiadas cenas a base de «fast-food». Volvió a prestar atención al ordenador. Dudó de si habría de volver a ver a Carmela. Ya estaban acabados sus informes criminales. La semana siguiente él y su equipo de tres personas se reunirían con los políticos y los directivos de la colectividad municipal. Si no se producía ningún otro fracaso en la red de la Florida del Sur y no había otra crisis de delincuencia del país, él se iría a Los Ángeles para investigar las guerras entre bandas y luego acaso pasaría a Oklahoma donde habían estado registrándose continuos problemas con la policía y los norteamericanos de origen.

Él sentía pena por Carmela Pérez aquella tarde y lamentaba no haber pedido a la agente Rhoades que le tuviera informado de si se recibían más llamadas de la calle Veintitrés mientras él seguía en la ciudad. Pero en realidad el asunto ya no tenía nada que ver con él en aquel momento.

CAPÍTULO XLVIII

La habitación estaba llena de olor de formaldehído y acetona. Dottie agitó las manos en el aire para secarse el esmalte de uñas. Los dedos de sus pies, separados por gruesas bolas de algodón, apuntaban en cinco direcciones diferentes.

—Ya he perdido la costumbre de hacer esto —se lamentó—. Se pierde la gracia.

Para compensar la torpeza de sus manos, se puso laca en todo lo que estaba dentro del área general de cada uña. Luego, cuando se secaron los pegados de color púrpura que les había adherido, borró con esfuerzo todo el color superfluo con unos algodoncitos embebidos de disolvente de uñas.

—Te has perdido la cena —le dijo a Juan Raúl Pérez sin levantar la vista de los dedos de sus pies—. Siento que llevaras enganchado al viejo todo el día. Os he puesto hamburguesas a los dos, ahí en la mesa. Hemos vuelto a tener un buen día, de todos modos.

Papá cogió su bandeja de cartón y se sentó en la cama junto a la puerta. Felipe estaba estirado en su propia cama con los ojos cerrados y música disco de la radio junto a su oreja.

—¡Ten cuidado con mis uñas! —exclamó Dottie cuando Juan Raúl Pérez se sentó en la cama de los dos. Era difícil comerse las hamburguesas de McDonald con el olor de su esmalte de uñas. Cada bocado sabía hiriente y amargo.

—Deberías ver cuánto he ganado hoy —susurró ella.

Él dejó su hamburguesa.

—Me parece que voy a conseguir la dentadura, amor mío —dijo Juan Raúl.

Él sólo le había llamado señora anteriormente, y ella levantó los ojos para mirarle la cara. Él no estaba prestándole ninguna atención; se limitaba a mirar al vacío.

—Muy bien —dijo ella. Dottie pensaba que una hamburguesa no era difícil de comer sin dientes y el pan que usaban era muy blando.

—¿Qué me dice de mi pelo?

—Que no tiene nada.

—¿Cree que debería procurarme uno de esos peluquines que hacen para hombres? Yo tenía antes el cabello oscuro, muy ondulado.

—¡Oh no, son horribles! Lo primero que tendría que hacer es engordarse un poco. Luego dejarse la barba, esto es todo. Los calvos están mejor con barba.

Una barba, sí, cubriría multitud de defectos y daría la impresión de que todavía podía crecerle el pelo. ¡Él había visto a su mujer! Estaba viva. El policía de la camisa blanca le había puesto la mano en el hombro a Carmela y ella casi había dado un salto para apartarse; quizás había seguido siéndole fiel.

¿Le había visto una chispa de reconocimiento en los ojos? ¿Era por el temor de ser detenido por la policía con algún motivo por lo que él no podía analizar (ciertamente nunca había podido analizar en profundidad su detención y sentencia de cárcel), la causa de que Carmela no lo hubiera llamado?

Acabó de comer con la cara de su esposa delante de los ojos. La esposa de las cartas enviadas desde la calle Veintitrés. Su esposa desde hacía veinte años. Ella carecía del peso excesivo y los años grises con los que él la había envejecido, no tenía el arrastrar cansado de los pies y el viejo vestido floreado con los que él había soñado. ¿Cómo podía ella cambiar tan poco en el tiempo en que él había cambiado tanto? La corola graciosa del cabello oscuro rodeaba una cara ligeramente triste, pero encantadora.

—Parece un poco trastornado, señor —dijo Dottie—. ¿Está usted bien?

—Sí, señora, gracias, estoy bien.

Pero él tomó el hielo envuelto en la toalla que ella le había dado y se lo puso sobre la frente. Y ademas se tragó la aspirina que ella le dio. Se sentía extraño.

Lo mejor sería cambiarlo todo: mi vida, tu vida, las vidas que hay en medio. La vida que se vive. La vida que se sueña.

Aquí estoy, dispuesto a cambiar tu vida como si aún fueras un personaje de mis sueños. Como si hoy yo no hubiera visto tu cara. Ni siquiera parezco ser capaz de cambiar mi propia vida, sólo parece que se cambia para mí.

Lo mejor sería tener solamente una vida: una vida para vivir o una vida para soñar. Lo mejor sería tener sólo una vida, el sueño no separado de la vida, el país, la casa sin barrotes donde uno se levanta por la mañana.

Entre la prisión y la vida mis recuerdos buscan tu mano, pero, naturalmente, veo que no eras tú en absoluto. Tú eres mucho más joven. Tus ojos son más tristes. Tú eres más graciosa en la realidad viva, que el más humilde de mis sueños.

La próxima vez que me veas seré un hombre fuerte. ¿Será eso diferente de tus sueños?

Lo mejor sería no vagar como lo hago, entre mundos.

Cuando intenté dormir anoche, amor mío, soñé con el hombre de la camisa blanca. No lo permitiré esta noche: ya tengo suficientes problemas con la policía en mis horas de vigilia. ¿Me habrían detenido si hubiera gritado tu nombre? ¿Si hubiera corrido hacia tus brazos? Camino a través de la oscuridad mientras tú duermes, ro-

deándote de amor, quitando barreras entre nosotros. *Hoy he visto tu cara. ¿No pudiste ver la mía? ¿No podías notar que me sentiría feliz sólo con sentarme a tus pies y venerarte como un extraño, sin ni siquiera molestarte con el peso de los sueños? O ver hasta donde me he hundido.*

CAPÍTULO LIX

Ella soñó que había gente rodeando su casa. Se despertó antes del amanecer, asustada y cansada. Quería levantarse, hacerse café, pasear por allí para sacudirse el sueño, pero Ángel estaba durmiendo en su salón. El mismo sueño volvió cuando se durmió de nuevo, pero entonces la gente se movía en un loco zigzag delante de la casa.

Teresa y Ángel ya se habían marchado cuando ella se levantó. Eran más de las nueve. Ya no tenía que llamar al trabajo cada día. Tenía una nota del doctor que la excusaba para cinco días más.

—Son los nervios —le había vuelto a decir el médico—. Es comprensible en sus circunstancias.

Pero él había escrito «gripe» en la nota a petición de ella; no quería que nadie supiera cómo se había desmoronado. Había sido muy fuerte desde abril, pero ahora se había desmoronado.

No podía sacudirse aquel sueño. Ni el café ni la tostada ni la ducha ni una reposición de *I Love Lucy* podían hacer que se sacudiera la sensación de que la gente todavía seguía zigzagueando delante de la casa. Pero la calle que se veía a través de la ventana del salón, por encima del televisor, estaba tranquila.

Ángel llegó a las once para llevarla a la lección de tiro a la que ella había prometido ir aunque no consiguiera recordarlo. Iba saturado de titulares sensacionalistas, y los repitió durante el largo trayecto hasta el final del Kendall: asesinatos, guerras de traficantes de droga y tasas cada vez mayores de delincuencia por parte de la población de las cárceles que Fidel Castro había liberado sobre Miami. Ella sintió como si no estuviera realmente en el coche lujoso de Ángel, con el escenario que se movía a su lado como un truco cinematográfico.

—Mire, aquí tiene una Beretta del calibre veinticinco que su hermano y yo hemos escogido para usted. Utilizo este modelo para muchas damas —dijo Hy Matthews, el instructor del campo de tiro.

—No me hagas esto, Ángel —dijo Carmela—. Ya has instalado el sistema de alarma en la casa y no necesitaré también una pistola.

—Toma la pistola, Carmela —insistió Ángel—. La alarma no te ayudará cuando estés fuera de casa.

—¿No necesito un permiso o algo así?

—Esto es Miami, no se preocupe por eso —señaló Matthews—. Vamos, cójala. Es bonita, ¿verdad? Ligera de peso y no le echará a usted hacia atrás cada vez que apriete el gatillo. No se preocupe, todavía no la he cargado.

Él colocó la pistolita en la mano de ella y señaló y describió todas sus partes.

—Ahora fíjese en el tacto. Y no es demasiado ruidosa. Lo suficiente para hacer que vengan los vecinos corriendo.

Fueron a un despacho de la parte posterior del edificio que antaño había sido pista de patinaje. Había paneles de madera barata en las paredes y un estante de trofeos. La puerta estaba cerrada, pero aun así oía los disparos de la pista de prácticas. *Pop pop pop*; no sonaba como pistolas auténticas. Matthews le explicó la manera correcta de cargar el arma y las normas de seguridad. Estiró unos mapas de un rollo que había en la pared. *Pop pop pop*, oyó Carmela.

—Quizá podríamos hacer esto en otro momento —sugirió ella.

—Tú me dijiste que te sentirías más cómoda con una pistola si supieras utilizarla —recordó Ángel.

—Pero esto no es lo que tenía en la cabeza, y ya tengo el sistema de alarma.

—Una cosa no tiene nada que ver con la otra, y probarlo no te va a hacer ningún daño. —Podía notar la impaciencia en la voz de Ángel—. Te dará un poco de confianza —continuó él.

Los *pops* eran más fuertes fuera del despacho. Al final de la pista cerrada de tiro aparecía la silueta de un hombre con círculos numerados que partían de su corazón. Pensó que habría auriculares de casco, en la televisión llevaban auriculares para amortiguar el ruido, pero en lugar de esto le dieron un juego de tapones de oído de gomaespuma. Eran verdes, el único color de aquel lugar. Matthews tuvo que ponerse más cerca para darle instrucciones, casi susurrándole en el oído.

Carmela adoptó la postura que le dijeron y oprimió el gatillo tanto para sacarse al extraño de su oído como por creer que así satisfaría a Ángel y éste la dejaría en paz.

Pop, continuó el ruido sofocado en sus manos delgadas. *Pop. Pop.*

—¡Vaya chica! —gritó Matthews—. Ahora intente realmente apuntar a ese hombre que está viniendo hacia usted. Hágalo cuestión de vida o muerte con cada tiro.

Matthews siguió gritándole constantemente instrucciones y alabanzas. Carmela erró el blanco más veces que las que acertó. El sudor le goteaba de su corto cabello negro. El sudor le goteaba de sus ojos de gacela. El sudor le goteaba de sus encantadores brazos. Destruyó la pierna derecha del blanco y le arrancó los dedos de las manos. Le arrancó las entrañas de su abdomen, le cortó la aorta y desgarró el corazón de su pecho. Condenó a sus ojos a la oscuridad, y a su memoria al infierno.

CAPÍTULO L

Para Dottie era el día mejor para la venta de flores. Así, pues, esto era el capitalismo. No era de extrañar que todo el mundo trabajase tan duramente. Gozar de tanta libertad por la calle y que encima te pagaran, que te pagaran por vender flores en la calle, escuchar la música de las radios, observar la moda en las mujeres al volante de coches hermosos y recibir sonrisas de los hombres.

«¿No le duelen los pies con esos zapatos, señora?», le había preguntado Víctor Castro en el camión aquella mañana. Ella había esperado veinte años para estar libre llevando aquellos zapatos; apenas le hacían daño.

Cada mañana Dottie pagaba treinta dólares a Castro por las flores, diez por cada uno de los tres, y Felipe pagaba otros diez por él. A ella no le gustaba darle el dinero a Castro, pero éste les reservaba la esquina que alquilaba al gobierno. Castro abusaba, para decirlo suavemente, pero ella y Felipe habían sido más listos que él desde el primer día. Ellos vendían primero las flores de Castro y luego iban a comprar sus propias flores para venderlas por la tarde. Entonces era cuando ganaban dinero de veras. Casi siempre las compraban en una pequeña floristería que había en la calle Ocho, enfrente del cementerio. Solamente estaba a unas manzanas de distancia.

—No hay ningún problema —le había dicho a Dottie el propietario—. No fue fácil para mí cuando llegué aquí. Me siento feliz al dar a otro una oportunidad.

Como Castro no volvía y Juana y Rafael ya habían sido trasladados a la esquina de Sears, no había nadie que se diera cuenta.

El semáforo se puso rojo. Ella bajó de la acera contoneándose. Un hombre con un coche Pinto bajó la ventanilla.

—He llamado a todos los floristas de la ciudad —dijo Esteban Santiesteban—. Me dijiste que me llamarías ayer. Finalmente fui a la iglesia.

—¿Fuiste a la iglesia? ¿Quién te crees que eres? Tengo una familia en que pensar. Ni siquiera deberías estar aquí.

—Fui a la iglesia para averiguar dónde estabas. No sabía si te había sucedido algo.

—A menos que tengas un lugar para que viva mi familia, no me estropees el lugar donde vivo. Me olvidé de llamarte. Estaba muy ocupada.

—¿Haciendo qué? ¿Esto? Creí que habías dicho que tenías un empleo serio en una floristería.

Era imposible para él entender que ella se hubiera olvidado de llamarle cuando él sólo pensaba en ella. La luz se puso verde. Las bocinas comenzaron a sonar.

—¿Qué tiene de malo hacer esto? —preguntó Dottie.

—Es como mendigar, sabes, acercarse a un coche cuando no pueden ir a ninguna otra parte y pedirles dinero.

Si no hubiera tenido las flores en los brazos, le habría dado una bofetada de lo enfadada que estaba. ¿Cómo se atrevía a acusarla de una cosa que no era más que trabajar duramente? ¿Cómo se atrevía a intentar quitarle la alegría de su primer trabajo en el país de sus sueños?

—Llevo unos tacones de doce centímetros y me duelen los pies a rabiar. ¿Es que los mendigos llevan zapatos de tacón? No te necesito. Sal de mi vida. No deberías haber ido a la iglesia y no deberías estar aquí. Hay muchos más John Waynes en los Estados Unidos. Tú ni siquiera te pareces a John Wayne. —Se sentía contenta de ser todavía virgen en los Estados Unidos.

Más bocinas.

—Aparcaré allí y nos encontraremos en el aparcamiento de la esquina —dijo él, y se marchó.

Él esperó cuarenta minutos en el aparcamiento. Sabía que ella le veía, pero ella no quería ir allí, que no lo haría delante de su hijo, su marido y el anciano. No tenía nada contra su familia, sólo quería que ella supiera lo preocupado que había estado, lo solo, lo mucho que se inquietaba por ella. Volvió a entrar en el coche y dio otra vuelta a la manzana hasta llegar al cruce. Bajó la ventanilla y dijo que quería comprar flores. Ella ni siquiera lo miró. Finalmente llegó el hijo, ella le entregó unas flores y tomó un billete de veinte dólares sin darle cambio. Él siguió conduciendo. Condujo hasta casa. Se estaba poniendo en ridículo. La vida era demasiado corta para pasarla con irritación e infelicidad. Pero no podía evitarlo.

Felipe dobló el billete de veinte dólares en su bolsillo. No estaba mal para seis claveles de un idiota que quería flirtear con Dottie. Era un buen lugar para conocer a miembros del sexo contrario. Solamente sentía que el cruce no estuviera más cerca de la playa para que las mujeres pudieran llevar tangas. El vender flores era la excusa perfecta para acercarse a un coche que llevara a una hermosa mujer dentro. Felipe se estaba sintiendo mucho mejor, casi como antes. Él le pasó una rosa roja de largo tallo a una muchacha con cabello rubio que iba en un esbelto Porsche.

—Obsequio de la casa —le dijo—. Eres muy bonita.

Al cabo de un rato el Porsche se paró otra vez en el samáforo. Él caminó hasta el coche, y sin dirigirle la palabra ella le entregó un sobrecito lleno de cocaína. Luego se fue. Bien, si no podía acostarse con nadie, podía al menos colocarse. Con el contenido del sobre se hizo una raya en el lavabo del Burger King y creyó estar seguro de que podría sacar treinta dólares por lo que quedaba.

—Rosas, claveles, coca —dijo al meter la cabeza dentro del coche de una sorprendida azafata que iba a trabajar.

—¡Saca tu maldita cabeza de mi coche!

—De acuerdo, sólo pensé que podía apetecerle una Coca-Cola, señora. La compro en Texaco y usted no tiene que comprarla.

La muy puta. Tenía un aire tan incitante. Él no lo volvió a intentar, sin embargo. Se guardaría el resto para después.

A la mañana siguiente Felipe se había ido. Junto con los cuatrocientos ochenta dólares que Dottie había puesto bajo la almohada antes de irse a dormir. Había una nota en la cómoda que decía: «Volveré más tarde. Si no estoy en la esquina, nos veremos aquí por la noche. He cogido el dinero para comprarle una dentadura a mi padre. Sé lo mucho que significa para él.»

CAPÍTULO LI

Cuando las primeras llamas de la salida del sol aclararon la noche, Felipe se despertó. No servía de nada volver a intentar dormir. Se tomó la coca que quedaba y se vistió. Realmente el dinero que ganaba con las flores no estaba mal, era más del que ganaba en el Orange Bowl con su carro de ventas. Sin embargo no estaba ganando ni la mitad que Dottie. Pero eso no era todo. Había llegado a un acuerdo con Dottie y ella no le denunciaría a las autoridades. Pero vivir en la casa de un cura y luego en la trastera de una iglesia con todos aquellos viejos no era vivir. La noche antes había ayudado a Juan Raúl Pérez a duchar a papá y el tacto de la piel floja del anciano, con su euforia causada por la cocaína, le había repugnado. Era demasiado duro para Felipe seguir reformado ahora que se sentía mejor.

—¿Hablaste con él antes de que se marchase? —le preguntó Dottie a Juan Raúl Pérez mientras lo sacudía para despertarlo—. ¿Le diste el dinero?

—¿A quién?

—A Felipe. El dinero estaba debajo de la almohada en la que yo estaba durmiendo. ¿Cómo podía tenerlo si usted no se lo había dado?

Ella le pasó a Juan Raúl Pérez la nota mientras revolvía la almohada, las sábanas y el colchón y luego se ponía a gatas para mirar debajo de la cama.

—Lo ha robado —dijo Juan Raúl Pérez—. Debe haberlo cogido mientras usted estaba durmiendo. Levántese del suelo, señora. Lo ha robado. En la nota lo dice bien claro. Probablemente intentó hacer lo mismo con Luz Paz.

—No, no sea ridículo. Luz Paz le había dado algo de dinero para intentar conseguir una dentadura para usted. Y si estaba robando nuestro dinero, ¿por qué dejaría una nota? No hay motivo para preocuparse.

Pero ella sí que estaba preocupada. Se había llevado la radio, pero algunas de sus ropas todavía colgaban en la parte de atrás de la puerta.

—Deberíamos llamar a la policía, señora. Le ha robado su dinero.

—*Nuestro* dinero. A usted le corresponde la mitad por vigilar a papá. Volverá. Probablemente es una confusión.

—Usted se está engañando. Voy a decirle la verdad al padre Aiden. Llamaremos a la policía.

—¿Iba a dejar una nota si se disponía a robar nuestro dinero? ¿Iba a dejar una nota diciendo que se lo estaba llevando? ¿Y quiere usted llamar a la policía para que averigüen que él no es realmente nuestro hijo y los dos podemos ser enviados a la cárcel o devueltos a Cuba? Quizás usted está acostumbrado a la cárcel, pero yo no.

Subieron a la furgoneta para vender flores. El día era brillante y azul. Pero hacia la una, la brisa cesó y el calor descendió, soso e inmóvil. Por la tarde los marineros de la Bahía de Biscayne se olvidaron de intentar navegar hacia ningún lugar y se zambulleron desde sus proas en el agua cristalina. Los ventiladores silbaban por toda la ciudad y los acondicionadores de aire fueron puestos a plena potencia. Los coches que pasaban por Flagler y Le Jeune parecían cortarle a Dottie su mismísimo aire. Las flores se le marchitaban en los brazos. Los topos se le pegaban al cuerpo. Se sentía como si estuviera mendigando.

—Volvamos —dijo Dottie—. No creo que él vaya a encontrarnos aquí. A lo mejor ya está en casa.

—Por allí van —señaló la cajera de la estación de Texaco al detective privado que fingía necesitar una correa del ventilador y creyó que podría comprar algunas flores mientras esperaba. Necesitaba de verdad la correa del ventilador—. Será mejor que corra si quiere alcanzarlos.

—Hace demasiado calor para correr a ningún sitio hoy. Me parece que tendré que cogerlos mañana cuando vaya a trabajar —dijo el detective privado—. Me sentaré un rato aquí junto a su aire acondicionado, si no le importa. Deme un paquete de Kool. Que sea un cartón.

Los cigarrillos y la correa del ventilador irían en la nota de gastos.

—Debe de ser duro para esa gente vivir de ese modo. ¿Dijo usted que no tenían parientes aquí? ¿Duermen en la iglesia?

—¿Se lo he dicho? Bien, al menos se tienen el uno al otro.

—¿Las flores son frescas?

—Frescas cada día. Mucha gente las compra. Mucha. Se puede decir que se van a situar por el modo en que trabajan.

—¿No cargarán demasiado o algo así? Quiero decir, tienen que sentirse tentados a hacerlo, ya que no tienen nada.

—Mi marido y yo tampoco teníamos nada cuando llegamos aquí hace veinte años. Vaya usted mismo a preguntarle lo que valen.

Vaya, un planteamiento equivocado, pensó el detective y se orientó en otra dirección.

—No, la creo. Me alegro de que sean tan trabajadores y honrados. Parecen gente agradable. ¿Me entiende lo que quiero decir?

—Oh, son una familia muy agradable. No he visto al hijo hoy, sólo es un muchacho. Con una sonrisa resplandeciente. El abuelo está un poco senil, pero el Sr. Pérez lo vigila. Y la esposa trabaja como un animal. Los veo desde la ventana. Siempre vienen a comprar soda.

—Bien, definitivamente les compraré flores mañana. Déjeme comprobar si va la correa del ventilador.

Su busca se disparó cinco minutos más tarde: era sólo su compañero, apostado en la calle Veintitrés, pero allí no había novedad.

Ninguna de las personas que conocía el detective en el servicio de inmigración sabía nada de la familia Pérez. Pero él no esperaba que supieran nada. En la oficina llevaban meses de retraso con el papeleo y, aunque el abogado que le había contratado tuviera una pista, probablemente harían falta semanas para seguirla. El detective encargó a aquel despacho legal que continuara las investigaciones ante el gobierno de Cuba. El resto había transcurrido bastante fácilmente, sin embargo. El Orange Bowl quedó virtualmente cerrado, así que él se había ido a la Ciudad de Tiendas de Campaña el día anterior. Había comenzado con la descripción hecha por el propietario del almacén de muebles a propósito del anciano que llevaba un peinado punk y la ropa de camuflaje. Mucha gente de allí recordaba a la familia Pérez. Aduciendo que buscaba a unos familiares perdidos, había preguntado a mucha gente a la cual Dottie había lavado ropa hasta que Eladia Soto, la esteticista, le dijo que la familia Pérez había sido acogida por una de las iglesias católicas. Ella no sabía cuál. Unas pocas llamadas a teléfonos de las páginas amarillas le conectaron con la iglesia de la Resurrección. El empleado que se hallaba en el despacho parroquial le había dicho por teléfono que la familia Pérez vendía flores en la calle. A partir de ahí sólo le había costado medio depósito de gasolina encontrarlos.

CAPÍTULO LII

Felipe le hizo un puente a una furgoneta Chevrolet en la parte de atrás de una escuela que había cerca de la iglesia. Había visto al propietario salir del coche con libros, una cartera, y un montón de papeles sueltos; probablemente era un profesor que iba a su trabajo de jornada completa. Había aprendido de Orlando que era mejor robar un coche cuando uno podía tener una arrancada rápida. Los aparcamientos de los hospitales y los cines le abrían a uno más salidas que un aparcamiento de 7-Eleven. El coche era grande, sólido, un coche norteamericano y él pensó que le proporcionaría un buen negocio cambiándolo por un modelo más deportivo. Pero al mediodía todavía no había podido venderlo. Obtuvo cuatro tasaciones y ninguna de ellas fue superior a seiscientos dólares.

«Traga mucha gasolina», le dijeron. En el único lugar lo bastante oscuro para hacer tratos sin contar con documentación, le ofrecían sólo ochenta dólares que Felipe rechazó. Se puso nervioso y robó una placa de matrícula de un chatarrero, instalado encima de unos bloques de cemento en la parte de atrás de un amarradero. El coche parecía como si no se hubiera movido durante meses; nadie echaría de menos la placa durante un tiempo. Puso la nueva placa en la furgoneta Chevrolet.

No tenía planes definidos. Quizá se dirigiría a Nueva York o a Los Ángeles. Nunca había estado en ninguno de los dos lugares, pero cualquier sitio tenía que ser mejor que Miami y la iglesia de la Resurrección. La nueva matrícula le daba tiempo para disponer del coche y la nota que había dejado a Dottie le cubriría por otra parte hasta que saliera de la ciudad.

Sus costillas estaban comenzando a dolerle de nuevo, y no llevaba el vendaje elástico. También tenía mucha hambre, así que se dirigió a Mi Cafetería.

—Oye, guapo —le gritó María a través de la multitud alborotada del almuerzo.

A él le gustaba cómo ella lo llamaba guapo en voz alta de aquella manera.

—Mi mamá favorita... ¿qué tal te ha ido?

—Eh, no me llames mamá. Si yo fuera tu mamá estarías bien apañado porque no he sabido nada de ti durante una semana. Empezaba a estar preocupada, especialmente después de todos los problemas que estaban teniendo en el Orange Bowl. Sígueme, tengo un lugar para ti en el mostrador. ¿Estás fuera de allí ahora? ¿Te has trasladado a la Ciudad de las Tiendas de Campaña?

—No te preocupes, mamá, ese equipo de fútbol que venía me pidió que me quedara a jugar con ellos. He firmado por un millón.

—Habla en serio. ¿Estás trabajando, guapo? Ya sabes, mi hermano está buscando un cocinero. No es mucho... es comida rápida pero es algo, y mi hermano trata bien a la gente.

—Eh, ¿es que tengo aspecto de cocinero? De verdad no te preocupes por mí. Ya estoy fuera del Orange Bowl. Tengo un pequeño puesto en el barrio residencial. Está bien.

—¿Y el trabajo? ¿Todavía vendes relojes baratos?

—No, he estado trabajando para un importador de flores. Debería haberte traído algunas. Voy a abrir una tienda pronto. Hasta tengo coche. Sólo es un coche de trabajo, ya sabes. Está aparcado en la esquina. Te llevaré a dar una vuelta después del almuerzo.

—Gracias, guapo, pero termino a las tres. Ahora tengo que volver al trabajo. ¿Quieres el bisté con guisantes y arroz?

—Desde luego. ¿Quién es la nueva camarera?

Él la había estado observando desde que entró.

—Isabel. ¿Verdad que es encantadora? No está casada, guapo, y creo que no tiene novio. Es la prima del cuñado de mi hermano. Quizás a ella le gustaría dar un paseo. Sale dentro de media hora.

—Preséntame, ¿de acuerdo?

—Desde luego, dentro de un minuto. Tengo que volver.

Felipe decidió que Isabel parecía más una enfermera que una camarera por el aspecto tan limpio que tenía. Su oscuro cabello rizado era corto y arreglado. No tenía un bronceado St. Tropez; su piel era blanca con unas pocas pecas sobre el puente de la nariz. Había curvas debajo de la rigidez de su uniforme. Y la boca era un poco demasiado grande, dulce y redonda.

—Pareces una enfermera, no una camarera —le dijo Felipe diez minutos después cuando María les presentó.

—No me importaría ser enfermera —declaró ella.

Estaba sonriente, pero nerviosa, pasando la gamuza por el mismo lugar del mostrador que ya había limpiado dos veces.

—Mira, ya te tengo clasificada —dijo Felipe—. ¿Estudias para enfermera o algo así?

—No, todavía no. Pero no me importaría. Cuando era pequeña quería ser enfermera. Ahora ya no estoy segura de lo que quiero.

—Mira, mamá me dice que sales de trabajar dentro de poco rato. ¿Te gustaría quizá dar un paseo en coche, ir a Coconut Grove?

—Ella no es tu mamá.

—Shhh, no se lo digas a ella.

Isabel se rió. Se le iluminaron las pecas, y los dientes blancos destellaron por encima del blanco y almidonado uniforme de camarera.

—La verdad, ni siquiera te conozco ni nada parecido. Gracias, pero creo que no.

—Vamos. Prácticamente somos parientes. Tú eres una prima del cuñado de María y yo soy su hijo adoptivo. Eso nos convierte en primos políticos en tercero o cuarto grado, o algo así.

Isabel se volvió a reír.

—Qué guapa estás cuando sonríes, Isabel.

—Gracias, pero realmente creo que no.

—Bien, eso es mejor que un no.

El cocinero gritó anunciando un encargo e Isabel dejó a Felipe con su almuerzo. Ella se aseguró de coger a María en la cocina. Felipe era muy guapo y le había hecho reír muy fácilmente. Pero Miami, bien, ella había oído demasiadas cosas acerca de los peligros de Miami desde que llegó en el transporte marítimo cuatro meses antes para irse a vagar por ahí con un extraño.

—Háblame de ese chico, María. Parece agradable, pero no sé. Me ha pedido que vaya en coche a Coconut Grove con él.

—¿Y a qué esperas? Es un chico simpático. Viene por aquí muy a menudo. Y mira ese traje. Si yo tuviera veinte años, bien, si tuviera treinta años menos, iría yo misma a por él. Y no te está pidiendo una cita de medianoche. Son las doce y media, es sólo un paseo a la luz del sol.

Isabel todavía no parecía convencida y María continuó.

—Es realmente agradable. Lo ha pasado mal, pero es muy emprendedor, vende flores, probablemente en una esquina de la calle, pero es demasiado orgulloso para decirlo. Mira, te diré qué clase de tipo es. Solía venir por aquí con esos dos fulanos, educados pero una especie de cantamañanas, luego dejó de venir con ellos. Le pregunté dónde estaban sus amigos y dijo que ya no salía con ellos. «Es demasiado fuerte para mí, mamá —me dijo—. Yo soy un buen chico.» ¿Sabes lo que quiero decir? Es un buen tipo, Isabel. Y de todos modos ahora no sales con nadie.

Felipe le abrió la puerta del coche y esperó hasta que ella estuvo sentada antes de cerrarla. Se excusó por usar la furgoneta, su vehículo de trabajo según la llamó, pero ésta se encontraba inmaculadamente limpia. Muy aseado, observó Isabel. Eso le gustaba. Muchos chicos de hoy no eran tan aseados. Él apenas hablaba de sí mismo; muchos de los chicos de hoy estaban siempre pavoneándose con sus cosas. Todo lo que decía él era que tenía una floristería y que vivía en un barrio tranquilo. Nada de particular, le dijo a ella. Y él le preguntó una serie de cosas simpáticas sin meterse en demasiadas intimidades: ¿qué clase de música le gustaba, le gustaba el rock and roll, la salsa, la música disco? ¿Bailaba? ¿Estaba demasiado alta la radio? ¿Quería cambiar de emisora?

Ella se dio cuenta del esparadrapo de su frente cuando él echó atrás su cabello.

—Tienes un corte en la frente —dijo ella—. Parece irritado alrededor también.

—Socorro, enfermera, me estoy muriendo —exclamó Felipe con alarma fingida y una ancha sonrisa—. Sólo es un arañazo en realidad, pero gracias por interesarte.

Era una tarde calurosa, pero el panorama parecía de postal con un cielo azul alto y unas hojas que al moverse trenzaban luces y sombras. Felipe la llevó a la terraza de un café en Coconut Grove. Una multitud indolente llenaba las calles. Subieron caminando por la plaza Commodore, deteniéndose ante los escaparates, y luego doblaron la esquina hacia Main Highway y llegaron al café. Isabel no podía acordarse del nombre del café. Tenía una terraza hecha de madera levantada sobre la acera con mesas blancas, debajo de un toldo de franjas blancas y amarillas. La policía le pidió a ella más tarde que describiera su aspecto. No, dijo ella, él no bebió en exceso. Los dos tomaron margaritas y miraron a la gente que pasaba. Bien, quizá se tomaron dos margaritas, estuvieron allí unas pocas horas y él se tomó también un vaso de agua y acaso una cerveza. No estaba segura. Pero ella se acordaba de que Felipe no estaba bebido. Él se había comportado verdaderamente de modo agradable. La mayor parte del tiempo habían hablado de música y él le había explicado que quería acabar teniendo una tienda de ropa de hombre, distinguida, de alto nivel y últimas creaciones. Le gustaba la distinción, le explicó a Isabel, y él llevaba un traje bonito. Isabel, que todavía llevaba puesto el uniforme de camarera, se sentía un poco acomplejada, y se lo dijo. «Pero hacemos una pareja perfecta y tienes un aspecto estupendo vestida de blanco. Deseo verte siempre vestida de blanco. Tú estarías distinguida aunque te pusieras un saco de harina», le dijo. Felipe comenzó a hacer comentarios, dijo Isabel que no, no eran desagradables o estridentes, acerca de la gente que pasaba por la calle. De cómo este tipo realmente necesitaba un consejo sobre moda y aquél parecía como si fuera a un rodeo y que aquella mujer tenía estilo, pero iba vestida demasiado anticuada. Se fueron a Rickenbacker Causeway luego, no, espere, dijo, primero dieron una vuelta, luego cogieron la carretera y dejaron el coche a un lado junto a la bahía. Realmente hacía mucho calor, y a ella le habría gustado tener un traje de baño. Felipe le dijo que la llevaría a su casa para buscar uno, que conocía un sitio muy bueno para nadar. Así que se fueron a casa de ella en la calle Siete Noroeste. Él no se mostró impaciente en absoluto y se quedó esperando en el coche mientras ella subía las escaleras hasta el apartamento que compartía con su madre y su tía (ellas todavía no habían llegado del trabajo) e Isabel no quería que él subiera estando ella sola. Se puso el traje de baño con un vestido recto blanco encima y cogió dos toallas. Felipe dijo que no llevaba su traje de baño encima y se detuvieron en un pequeño centro comercial al otro lado de la calle y corrió a una tienda a comprarse uno. Fue la única vez que actuó de modo un poco extraño, y realmente no resultaba tan extraño si uno piensa en ello y si usted hubiera estado en el puente marítimo lo habría entendido, dijo ella, quiero decir, yo sabía que era un Marielito cuando lo conocí. Podía decirlo por su acento, era español cubano, no español cubano americano, y lo eran algunas de las expresiones que usaba, pero él no lo disimulaba y había estado llevando la mayor parte de la conversación.

Él entró en el coche y no arrancó en seguida. Se volvió hacia ella y dijo:

—¿Por qué no querías que subiera a tu apartamento? Dijiste que vivías con tu madre y tu tía. ¿No querías que las conociera? ¿Es porque soy un Marielito?

—Mira —le dijo Isabel—, odio esa palabra y precisamente ocurre que yo también vine en el transbordo marítimo, y también lo hizo mi madre. No había nadie en casa, y por eso no quería que subieras. Llegarán a casa dentro de una hora más o menos. Les he dejado una nota. Me encantará que las conozcas cuando me dejes.

Pero fue mejor después de eso, le dijo Isabel al detective, porque los dos parecieron tener mucho más en común. Hablaron acerca de Cuba, acerca de cómo el mundo los estaba esperando en los Estados Unidos. Él parecía un poco amargado, no, no amargado, sólo mencionó cómo la gente de allí podía tener de todo y ni siquiera lo sabían.

Fueron en el coche hasta la playa, más allá de South Beach, junto a Fontainebleau. El conjunto del lugar era muy lujoso. Isabel no había estado en ninguno de los grandes hoteles, ni siquiera sabía que podía utilizar aquella playa. Se tomaron una jarra de cerveza en el patio de atrás, que era como una cabaña al aire libre. El camarero tenía acento francés. Cuando Felipe salió con su traje de baño, mostraba algunos cardenales en el pecho. Dijo que había tenido un accidente con una de las canastas de flores de su tienda.

—Mire —le dijo Isabel al detective—, yo medio sabía que él no tenía una floristería por lo que María había dicho, pero no le dije nada a él porque ella había dicho que él era orgulloso. Pero él habló de flores luego, de las diferentes clases, y sonaba como si entendiera algo. Me imaginé que él simplemente trabajaba en una floristería.

—Era un vendedor de la calle —dijo el detective—. Encontramos recibos en su bolsillo de un almacén donde compraba las flores. Les estamos siguiendo la pista.

El agua estaba caliente. El cielo era magnífico. Apenas había gente en el agua. Felipe le preguntó si podía invitarla a cenar aquella noche. Ella dijo que sí. Se había comportado como un caballero. Se besaron en el agua. Casi no había nadie nadando. Él le recorrió el cuerpo con las manos. Pero eso fue todo. Felipe no intentó ni estirarle el bañador ni nada parecido. Se besaron de nuevo sentados junto al agua. Isabel estaba un poco mareada de la última cerveza y no había comido nada desde las diez de la mañana. Él quería volver a casa de ella para que se pudiera vestir para la cena. Dijo que quería llevarla a algún lugar elegante, con muchas flores, y le preguntó si tenía un vestido blanco bonito para ponerse.

—Yo estaba haciendo tiempo —le dijo Isabel al policía por vigésima vez—. No tenía ni idea de que estábamos paseando con un coche robado. Todavía tenía la cabeza algo insegura. Normalmente no bebo, y después de los margaritas, aquella cerveza me hizo sentir mareada. No estaba segura de que mi madre estuviera en casa todavía, así que le pedí que bajáramos hacia la playa. Él no parecía contento con esa idea al principio, dijo que le estaba entrando hambre, pero nos íbamos llevando bien. Luego dijo que tenía un amigo al que quería presentarme.

—¿Dijo qué amigo era?

—No, creo que no.

—¿Era Orlando el nombre del amigo?

—No lo sé. Creo que fue la chica la que dijo más tarde el nombre de Orlando. Ya se lo he dicho antes.

—Bien, me lo va a decir otra vez. Adelante.

—Después todo es un poco confuso —dijo Isabel—, porque estuvimos hablando y riendo y conduciendo lentamente para mirar a la gente y la radio estaba puesta. No, no sé qué calle era. Todavía estaba mareada por la cerveza. Había gente sentada en la escollera. Y una chica del bikini sentada allí gritó: «Felipe, Orlando te ha estado buscando.»

—Así que no sabe si este Orlando era la misma persona que Felipe quería que conociera.

—No, ya le he dicho que no lo sé. Felipe le dijo a la chica: «Dile que yo también lo estoy buscando.» «Bien, él está en Mannie's, machote», dijo ella. Un par de manzanas más abajo aparcó el coche y me preguntó si no me importaba esperar un momento. Le pregunté por qué. Él dijo que yo tenía demasiada clase para ir a Mannie's y añadió que, si su amigo estaba allí, él le haría salir para que lo conociera.

»Yo dije que bien. Bueno, yo estaba haciendo tiempo, como he dicho. Y todavía no me sentía lo suficientemente segura para entrar en mi casa y presentárselo a mi madre y a mi tía. Había cantidad de gente alrededor, chicos, ancianos, y estábamos en la carretera junto a la playa. Luego salió y caminó a través de la calle hasta aquel bar llamado Mannie's. Yo no oí nada. Pero mucha gente tenía los estéreos en marcha y yo tenía puesta la radio del coche.

»No pasaron ni cinco minutos antes de que él saliera. Yo no

prestaba mucha atención. Me estaba preguntando si aquella chica del bikini era su ex novia o algo así y estaba comenzando a dormirme sentada allí en el coche. Hacía calor. Él se acercó a la ventanilla del asiento del acompañante, donde yo estaba sentada. Pensé que bromeaba cuando dijo: «Ayúdame por favor, estoy herido.»

—¿Y usted se limitó a quedarse inmóvil?

—No, ya le he dicho que pensé que bromeaba. Como antes cuando mencioné el corte de su frente. Me eché a reír. Le dije que no llevaba puesto el uniforme de enfermera. La ventanilla estaba abierta. Él dijo: «Pasa ahí, estoy herido. Conduce tú.»

—¿Él no mencionó el nombre de Orlando entonces o cualquier otro nombre?

—No, ya se lo he dicho. No dijo nada más. Sólo se dejó caer allí con la cabeza todavía medio metida en la ventanilla, justo a mi lado. Luego resbaló hacia afuera desde el coche. La gente que estaba delante de la pared comenzó a gritar para llamar a los policías. Tuve que salir para ir al lado del conductor porque él estaba estrujado entre la otra puerta y el bordillo. Se había puesto el traje sobre el bañador antes de salir del coche. Aquel chico comenzó a ayudarme a estirarlo y todos vimos la sangre en el traje blanco. Pensé que iba a parecer por allí un cuchillo.

—¿Qué le hizo pensar que le apuñalaron?

Isabel estaba llorando de nuevo. Apenas podía articular las palabras.

—No lo sé. Ya le he dicho que no oí ningún disparo. La gente que había por allí dijo que estaba muerto. Yo estaba sentada aquí en la acera con el traje de baño puesto y con su cabeza sobre mi regazo. Él no dijo nada. Sólo se quedó mirando. El sol todavía no se había puesto. Pensé que hacía un día hermoso y que nadie tendría que ser apuñalado en un día tan hermoso.

—Le dispararon, señorita. Ya puede irse. Ya hemos comprobado con María Bayona el lugar donde usted trabaja y ella nos confirma que usted no conocía a Felipe Pérez antes del día de hoy. Puede que contactemos con usted para más preguntas más adelante. Su madre la espera fuera, en el pasillo.

—Pero, ¿por qué le dispararon? Era tan amable.

—Señora, esta agradable persona que usted pescó vendía otras cosas además de flores. Vendía drogas. Estuvo exhibiendo por allí mucho dinero en el bar y uno de sus amigos creyó que le debía algo a él. Realmente, debería tener más cuidado al escoger a sus amigos de ahora en adelante.

CAPÍTULO LIII

Dottie había visto antes la muerte, pero nunca tan perfecta. Había visto morir a su madre de neumonía, pero su cara había estado manchada durante varios días antes de su muerte y su semblante ya estaba macilento y demacrado mucho más allá de lo que correspondía a sus treinta y siete años. Ésa era la razón por la cual guardaba la foto de su madre, tomada dos años antes de que muriese, siempre tan cerca de ella. Cuando le vino la imagen de la cara de su madre manchada de color púrpura y anhelante de aire y luego quieta de repente, Dottie la apartó de su vista y echó una mirada a la fotografía sonriente.

El cuerpo de su primer amante yacía acribillado de balas en la calle durante los alborotos universitarios. Ella se encontraba a menos de treinta metros de él cuando murió. Había observado cómo sus amigos arrastraban el cuerpo hasta el lugar donde ella esperaba. Le faltaban partes de la cara. Incluso ahora recordándole cuando estaba vivo, nunca podía ver toda su cara completa. Cuando a su siguiente amante lo enviaron en un ataúd a la casa de su madre después de la invasión de la Bahía de Cochinos, ella misma había abierto el ataúd. Había estado completamente segura de que era un error. Podía realmente recordar su cara viva y sonriente aunque cuando le miró por última vez estuviera muerto. Y había otras caras que se movían ante sus ojos en la sala de espera del hospital antes de que la dejaran entrar para ver el cuerpo de Felipe, pero ninguna le había parecido tan perfecta en la muerte.

207

Le habría gustado que Juan Raúl Pérez hubiera estado con ella. Pero se hallaban solamente el padre Martínez, el padre Aiden y una monja que no había visto nunca y que le acarició la mano en el coche por el camino.

Dottie se había mostrado disgustada cuando volvió a casa aquella tarde y se encontró con que Felipe no había vuelto. No podía permanecer allí quieta en la habitación con los ojos de Juan Raúl Pérez diciéndole: «Ya se lo dije», y con papá yendo arriba y abajo con las botas del ejército y la ridícula mochila a la espalda. «Salgan de aquí», le había gritado a Juan Raúl Pérez. «Puedo cuidar de mí misma y no soporto la vista de ninguno de ustedes.»

Ellos habían salido un rato cuando el padre Aiden llamó a la puerta acompañado del padre Martínez para que hiciera de traductor. Le preguntaron si ella y Felipe compraban flores en una tienda de la calle Ocho al otro lado del cementerio. Estuvo a punto de decir que no. Pensó que debían de tener problemas con Víctor Castro. Así que simplemente se quedó callada. Luego le dijeron que la policía había encontrado recibos en el bolsillo de Felipe y que el propietario de la tienda recordaba muy bien a la madre y al hijo como relacionados con la iglesia de la Resurrección. El dueño de la tienda les había hecho un descuento porque vivían en la iglesia.

«¿Y qué si las comprábamos?», había dicho Dottie, pero estaba pensando que Felipe debía de haber sido detenido si los policías le habían registrado los bolsillos. Luego le dijeron que Felipe estaba muerto. Cuando Dottie se puso histérica, el padre Aiden se quedó en la habitación sin decirle ni una palabra, mientras el padre Martínez se iba a buscar a la monja para que le acariciara la mano.

¿Por qué no habían vuelto Juan Raúl Pérez y papá? No era verdad, ella no podía cuidarse de sí misma. Quería a su familia con ella mientras le mostraban detrás de la cortina el lugar donde yacía Felipe muerto. No quería que la monja, que era una extraña, le cogiera la mano. Había muchos extraños en el hospital.

—Levántate, mi hijito —exclamó Dottie—. Levántate. Eres

demasiado hermoso para estar muerto. Eres demasiado joven para que una bala equivocada te alcance las entrañas. Los hombres luchan. Tú sólo eres un muchacho, mi hijito, deberías estar vendiendo flores.

Si hubiera tenido un hijo, estaba segura de que sería tan hermoso como éste. La muerte sólo había empalidecido su cara, oscurecido sus labios. Un mechón de cabello todavía caía sobre el esparadrapo que había en su frente. Había una sábana blanca que le llegaba hasta la barbilla. Qué guapo estaría con un traje de etiqueta, pensó Dottie. Levántate Felipe. Levántate. No está bien que la libertad tenga que poner tan pálida tu cara. Tan perfecta.

La monja hizo salir los grandes sollozos de Dottie propios de matrona cubana fuera de la pequeña habitación con cortinas, y la tomó de la mano mientras el detective de homicidios le hacía muchas preguntas.

—¿Ha visto qué aspecto más perfecto tiene? —les preguntó Dottie—. Podrían fijarse en lo perfecto que está.

Ya era oscuro cuando volvieron a casa. Se sentaron con ella en la misma habitación en la que el padre Aiden les había dado la bienvenida a la libertad al llegar. El padre Aiden le hizo beber un vaso de vino.

—Es usted muy amable —dijo Dottie—. Puedo volver ahora a mi habitación. No tiene que quedarse conmigo. Mi marido volverá dentro de unos minutos. Ya sabe, tiene que llevar a pasear a su padre así, de modo que esté lo suficientemente cansado para dormir toda la noche. Mi suegro es como un niño, ya sabe. Si uno de nosotros no quiere pasear con él, entonces no puede dormir y se marcha por ahí. Como aquella primera noche que estábamos aquí y él apareció en el árbol por la mañana. —Dottie sabía que parecía un poco trastornada, pero no le importaba. Si dejaba de hablar, sólo comenzaría a preguntar de nuevo si Felipe no había tenido una imagen perfecta—. Y ellos no sabrán dónde estoy cuando vuelvan a casa y yo no esté allí.

—No, Rafael está esperándoles y los enviará aquí cuando vengan. No queremos que se quede sola. No se preocupe por eso.

Eran más de las diez cuando Rafael introdujo a Juan Raúl Pérez y a papá por la puerta. Rafael sólo les había dicho a ellos que los esperaban en el despacho del padre Aiden. Cuando Juan Raúl Pérez vio a Dottie llorando, su único pensamiento fue que Felipe estaba en la cárcel y Dottie había confesado para desengaño de ellos. Se sintió aliviado. Había caminado casi hasta la casa de Carmela y dado media vuelta en la calle Veintitrés. Sabía que tenía que decírselo a Dottie antes de ir a casa de Carmela y sabía que él iba a ir pronto.

Dottie se arrojó en los brazos de Juan Raúl Pérez antes de que éste profiriera una palabra.

—Está muerto —dijo ella—. Tenía una cara perfecta.

—¿Quién? —preguntó Juan Raúl Pérez.

—Nuestro hijo.

—¿Quién?

—Felipe, nuestro hijo.

CAPÍTULO LIV

No es más que una pelea de enamorados, se dijo Esteban Santiesteban. Estaba de pie delante del espejo buscándose algún tipo de parecido con John Wayne.

—Maldita sea —le dijo al espejo—. Soy más guapo que John Wayne. —Pero como precaución se puso el uniforme de guardia de seguridad con porra, pistola y la hebilla de cinturón con un águila. Era lo que llevaba en el momento en que Dottie le había echado los brazos alrededor por primera vez.

Una simple pelea de enamorados. Él tenía que ir adonde estaba ella y disculparse. Dependiendo de como fuera la cosa, él o le pediría que se divorciara de su marido y se casara con él o se contentaría con ser su amante y tomaría los huesos que ella le arrojase.

Condujo hasta Le Jeune y Flagler, pero aquella mañana había gente extraña allí. No sabían dónde estaba la señora Pérez, ninguno de los Pérez había aparecido para trabajar aquel día. Les compró flores, dos docenas de rosas rojas. Se las llevaría a Dottie. Le diría que las había comprado a los vendedores y se disculparía por sus palabras irreflexivas.

Se fue al despacho parroquial de la iglesia de la Resurrección. Era una cosa estúpida, lo sabía. Sabía que probablemente sólo haría que exasperar a Dottie; ella ya le había dicho que no volviera a la iglesia. Pero no podía contenerse. Si ella le concedía expresar sólo unas pocas palabras, él aclararía todo el tema. Ensayó una y otra vez lo que le diría, añadiendo y quitando, imaginando las respuestas de Dottie. El encargado, que le había tratado simplemente como una cara más cuando preguntó por la familia Pérez hacía dos días, ahora pareció tratarle como a un huésped distinguido.

—Oh, sí —dijo el empleado— un amigo de la familia Pérez, le recuerdo del otro día. Déjeme acompañarle a su habitación. Seguramente se alegrarán de recibirle.

—Un amigo de la familia —anunció el empleado cuando Juan Raúl Pérez contestó a la puerta. No era la cara que Esteban Santiesteban había imaginado que abriría la puerta, pero entró de todos modos.

¿Un amigo de qué familia?, se preguntó Juan Raúl Pérez mientras daba gracias al empleado y hacía entrar allí a aquel hombre. ¿Un amigo de la familia de Felipe, de Cuba? Probablemente no; el visitante llevaba un uniforme oscuro con una porra y una pistola enfundada. Era más probable que fuera un policía amigo de Ángel enviado para intimidarle. ¿Pero por qué las rosas? Quizás un amigo de Felipe, del Orange Bowl, que ya se había enterado de las noticias. ¿Qué otra persona podía ser? ¿Sabía que Felipe no era su verdadero hijo?

Juan Raúl Pérez se inclinó nerviosamente varias veces y agradeció las flores a aquel hombre. Éste parecía poco decidido a dárselas a él, así que se las tomó y las puso en el colchón de Felipe.

Qué extraño, pensó Esteban Santiesteban. ¿Creía su marido que las había llevado para él? Había estado tan concentrado en sus disculpas, que ni siquiera había pensado en lo que le diría al marido si ella no se encontraba en casa. Quizá Dottie estaba en el cuarto de baño y aparecería en cualquier momento.

—Y éste es mi padre —dijo Juan Raúl Pérez señalando a papá que estaba puesto sobre el otro colchón. El extraño anciano que le había agarrado por detrás, la semana pasada en el Orange Bowl parecía estar durmiendo en aquel momento. Juan Raúl Pérez le ofreció un asiento al visitante.

—¿Me recuerda usted, señor, del Orange Bowl? —preguntó Esteban Santiesteban.

—Sí, naturalmente, lo siento —contestó Juan Raúl Pérez, y sonrió mientras recordaba al guardia de seguridad que había estado tan amable, ayudando a Luz Paz a despertarle cierta noche de una pesadilla—. Sí, le recuerdo del Orange Bowl. Usted fue muy amable aquella noche, como lo es ahora por traer flores.

—Sí, claro —dijo Esteban Santiesteban.

Echó un vistazo a la habitación. El traje rojo de Dottie estaba colgado en el respaldo de una silla y unos frascos de esmalte de uñas aparecían sobre la mesa. Aparte de los dos colchones que estaban colocados en el suelo, había una cama doble. Bien, al menos no podrían tener noches amorosas si el viejo y el hijo compartían la habitación. Sin embargo, de algún modo, el arreglo parecía otra vez más personalizado que un rinconcito romántico.

Juan Raúl Pérez no sabía qué decir. Ciertamente no iba a ponerse sentimental con el recuerdo de Felipe como Dottie.

—Las flores son muy bonitas —dijo Juan Raúl Pérez—. Todo esto ha sido una gran tragedia para la señora.

Así que él tenía conocimiento de lo que existía entre los dos, pensó Santiesteban. Pero qué manera tan extraña de exponerlo. Y no parecía haber cólera en la voz de aquel hombre.

—¿Una tragedia, señor?

—Bien, ¿de qué otra manera se podría llamar?

—Es una cosa que simplemente ha ocurrido. No ha habido nada que pudiéramos hacer en relación con ello.

—Bien, sí, claro, no había nada que pudiéramos hacer sobre ello, pero no es que simplemente haya ocurrido. No fue un accidente ni una enfermedad.

—No, supongo que no.

—Lo siento, no debería haberlo mencionado. No sé lo que usted sabe acerca de la situación y yo la he llevado demasiado lejos.

—Está bien, señor —dijo Esteban Santiesteban. No estaba exactamente seguro de cuánto sabía el marido de Dottie tampoco.

—Siento no tener nada que ofrecerle para beber. Podría conseguirle un poco de agua —sugirió Juan Raúl Pérez.

—No, no se preocupe. ¿Está la señora por aquí?

—No. Está fuera comprándose un sombrero con velo y un vestido. Quién sabe cuánto tiempo toman estas cosas.

—Bien, quizá me marcharé, entonces.

—Gracias —dijo Juan Raúl Pérez—. Gracias por venir. Y las flores son una gran gentileza.

Esteban Santiesteban confió en que Dottie sería capaz de aclarar la confusión de la conversación. Llamaría a la parroquia y preguntaría si se podía poner al teléfono. Y se disculparía ante Dottie por ir a la iglesia. No debería haber ido, ya lo sabía.

CAPÍTULO LV

Por la noche Dottie volvió en un taxi, cargada de paquetes. Luz Paz vivía ahora con su sobrino, y Dottie había tomado el autobús hasta Coral Gables para invitarla al entierro de Felipe. Con el permiso de su sobrino y la tarjeta de crédito Burdines, Luz Paz había equipado a Dottie con vestimenta de luto adecuada. Dottie incluso se había arreglado el pelo y las uñas. El sobrino había observado cómo las dos descendían las escaleras automáticas, Dottie de negro de pies a cabeza y su tía de blanco. Un Goya fuera de lugar, pensó. Él se sintió remotamente responsable de la pena de Dottie, por la violencia del país del cual era entonces ciudadano. Su hijo había sido un muchacho inocente que vendía flores, muerto a tiros en la calle por una banda de gángsters norteamericanos, había dicho Dottie.

El entierro estaba fijado para el día siguiente por la tarde. El padre Aiden había movido unos cuantos hilos para que los forenses le devolvieran el cadáver rápidamente. No habría velatorio. El padre Martínez diría la misa.

—Le estamos haciendo un favor a su madre, señor —le dijo Dottie a Juan Raúl Pérez, antes de que él tuviera oportunidad de explicarle que había ido alguien para expresar su condolencia.

—¿La madre de quién?

—La madre de Felipe. Es mejor que no lo sepa. Si hubiera visto la pobre y vieja cara de Luz Paz llorando por su hija muerta.

—¿Pero por qué piensa que es mejor que no lo sepa?

—Ella comenzó a hablar acerca de su hija. Dijo que no era natural que una hija muriese antes que sus padres. La invité al entierro, pero dijo que no podría soportarlo, porque recordaba tan bien a Felipe. Pero creo que es porque su propia hija murió por lo que ella no quiere venir. Fue muy triste. Al menos la madre de Felipe se lo ha ahorrado.

Nunca le había pasado por la cabeza a Juan Raúl Pérez que Felipe tuviera una madre auténtica en algún lugar. ¿Había robado a su madre auténtica también?

—¿Ha duchado a papá? —preguntó Dottie.

—Sí. ¿No huele a limpio?

—Su ropa está muy arrugada.

—No me dejó que se la sacara, así que lo lavé con la ropa puesta.

—Bien, no podemos hacer nada. Tiene ideas propias, creo.

—Siempre es mejor saber las cosas, señora —afirmó Juan Raúl Pérez.

—Usted no vio la cara de Luz Paz, señor.

Dottie se quitó el nuevo vestido negro, con cuidado de no estropear los rizos tiesos apilados en lo alto de su cabeza. Se enrolló las medias negras bajándolas desde debajo de la nueva combinación negra. Las uñas de cerámica nuevas de un par de centímetros le hacían sentirse las manos como si no fueran propias. La compostura que había adoptado todo el día delante de Luz Paz y su sobrino se estaba desintegrando rápidamente. Delante de Juan Raúl Pérez y de los ojos de largarto de papá ya no tenía la coraza de afligirse como una madre cubana por un muchacho al que apenas conocía. Pero estaba apenada, por todas las caras que había visto muertas que no eran perfectas y por todas las caras perfectas de hijos que nunca tuvo. Las lágrimas le fluían libremente por la cara. Un gran sollozo cayó sobre ella mientras permanecía allí.

—Quiero que todo esté perfecto para su entierro —dijo en medio de sus sollozos—. No sabe la cara tan perfecta que tenía. Ojalá hubiera sido nuestro hijo, sólo que estaría muerto ahora.

Él caminó hacia ella y la abrazó. No quería hacerlo, pero ella estaba allí de pie sollozando y él no sabía qué otra cosa hacer, excepto reprimirse de decirle que se alegraba de que Felipe no fuera su hijo.

Dottie se apartó bruscamente de sus brazos cuando la abandonó el sollozo.

—No sé si puedo dormir en esta habitación —dijo, y comenzó a caminar de un lado a otro—. Felipe era amigo mío ya sabe. Usted no estaba tan cerca de él como yo. Escuchábamos la radio juntos. Nosotros nos aprovechamos juntos de Víctor Castro. Mire, hay rosas sobre su cama. Qué bonitas.

—Y Felipe se aprovechó de nosotros y alguna otra persona se aprovechó de él.

A Dottie se le escapó otro sollozo. Lo tenía enganchado en la garganta como un animal acurrucado y explotó con furia. Juan Raúl Pérez no se movió para abrazarla esta vez. Ni movió un músculo hasta que ella se sentó calmada en una silla con la cara entre las manos.

—Señora, por breves y agradables que sean los recuerdos que tiene de Felipe, eso no puede borrar los acontecimientos de ayer. Felipe robó el dinero de usted y un coche, y luego se las arregló para hacerse matar en algún asunto de drogas por lo que usted me ha contado. Usted cree que él era su amigo y siento que esté trastornada, pero no lo convierta en un héroe. Quizá le pedirán que deje este lugar a causa de lo que él hizo.

—¿Adónde iríamos, señor? Por favor, no me deje. Yo no pensaba que usted volvería la noche pasada. Por favor, usted no va a dejarme ahora, ¿verdad?

Él la miró a la cara y sintió desagrado hacia las grandes facciones hinchadas por las lágrimas.

—Señora, creo que es hora de que lleguemos a un acuerdo. Nos hicimos pasar por una familia para salir del Orange Bowl. Ahora ya estamos fuera y Felipe está muerto. Yo me quedaré con usted hasta que esté seguro de que la iglesia no nos pedirá que nos marchemos, y si lo hacen, esperaré hasta que usted y papá tengan otro lugar para vivir. Y me quedaré en caso de que la policía contacte con los agentes del servicio de inmigración y averigüe que les hemos mentido y que no somos parientes. No sé lo que le dijo usted a la policía anoche y no quiero saberlo.

—Debería haber estado allí conmigo. No debería haberme hecho ir al hospital sola.

—Yo no estaba aquí, señora. Siento no haber estado con usted, pero usted nos dijo que nos fuéramos antes y yo no me enteré.

—¿Y por qué tendrían que saber las autoridades que mentimos?

—Felipe no era hijo nuestro. Usted no es mi esposa. Papá no es mi padre. Me quedaré con usted en caso de que exista algún problema por causa de ello. No la dejaré sola para que cargue con la culpa o tenga que dar explicaciones. Pero después de eso tengo que marcharme.

—No le necesito. Puedo arreglar todo esto yo misma, si he de hacerlo.

—Está trastornada, señora. Me quedaré hasta que se haya terminado el enredo.

—Si nos piden que nos marchemos, quizás el sobrino de Luz Paz conozca algún lugar adonde pudiéramos ir. No se lo pregunté, pero podría hacerlo.

—No, señora. Dejemos las cosas como están. Sólo quiero que sepa que ya no somos una unidad familiar. Y esta noche dormiré en la cama de Felipe.

—Podría intentar hacer averiguaciones acerca de su esposa también. Quizás ella nos podría albergar.

—Por favor, no meta a mi esposa en este asunto. Y ya no

216

existe un «nosotros». Yo dije que no la dejaría hasta que todo esto estuviera aclarado. Dejémoslo así.

—Si según su filosofía siempre es mejor saber las cosas, ¿por qué no intenta contactar con ella ahora?

—Y qué, ¿meterla en esta locura? ¿Por qué tendría que explicárselo? Perdone, ésta es mi prima de la que nunca has oído hablar, o ¿quizá decirle solamente que usted es una vieja amiga y que papá es otro amigo? ¿Y luego qué? Excusarnos porque tenemos que ir al entierro de otro amigo, pero si el policía pregunta, querida esposa, diles por favor que es el entierro de nuestro hijo, y no el de un amigo. No puedo hacerle eso a mi esposa. Ni tampoco a mi hija.

Ella caminó hasta el colchón en el que se encontraba papá y se sentó.

—No tengo la culpa de que muriese Felipe, señor. No tengo la culpa si nos echan a patadas de aquí. —Sollozaba de nuevo. Se sentó en el borde del colchón de Felipe y acarició un capullo de rosa como si fuera un niñito.

Era verdad, pensó él, no era culpa de Dottie que Felipe hubiera muerto. Tampoco tenía la culpa de que él no hubiera sido lo suficientemente fuerte para contactar con su esposa. Él no sabía por qué se sentía mucho más fuerte ahora. Era como si la muerte de Felipe le hubiera indicado la diferencia entre los sueños y la realidad.

—Las rosas son de un amigo de Felipe del Orange Bowl —dijo Juan Raúl Pérez.

—¿Quién?

—No sé su nombre; un guardia de seguridad. Vino a expresar su condolencia.

—¿Qué guardia de seguridad? —preguntó Dottie, sabiendo exactamente qué guardia de seguridad era, el único que ella conocía.

—No dijo su nombre. Trajo las rosas esta tarde, mientras usted estaba fuera. Era muy amable.

—Estoy segura de que lo era —afirmó—. Me voy a la parroquia a comprobar los preparativos del entierro.

Dottie cogió unas cuantas monedas de veinticinco centavos

procedentes del lavado de ropa (el único dinero que le había quedado después de que Felipe se llevara el de ellos) y se marchó. Pero se dirigió en dirección contraria a la parroquia, subiendo la manzana hasta el teléfono de fichas de la escuela. Iba a dar una buena reprimenda a Esteban Santiesteban. Primero la había llamado mendiga. Y luego había ido a la iglesia por segunda vez. ¿Qué hubiera pasado si ella realmente estuviera casada? ¿Quién era él para destruir la relación con su marido y su familia? ¿Para qué servía tener un asunto con alguien que ni siquiera podía ser discreto? Y ahora ir a su casa después de que Felipe muriese. Nunca más confiaría en un hombre con uniforme, aunque se pareciera a John Wayne. Sí, el auténtico John Wayne a veces llevaba uniforme, pero a ella le gustaba más cuando llevaba ropa tejana gastada.

Cuando llegó a la cabina, ya no estaba enfadada. Estaba cansada. Sólo quería librarse de la posibilidad de otras complicaciones en su vida ya complicada. Habría mejores John Wayne por ahí cuando estuviera preparada para ellos. Habría muchos para elegir. Felipe estaba muerto. Era muy triste.

—Sólo te pido que me dejes en paz —le dijo a Esteban Santiesteban—. No se te ocurra venir a mi casa otra vez. Mi hijo ha muerto. Es muy triste.

Esteban Santiesteban se sentía horriblemente mal. Qué loco irreflexivo había sido. La vida era demasiado corta para enredarse con una mujer cuya vida era tan triste. Pero no podía evitarlo; la amaba. Tendría que ir a verla ahora para disculparse por su visita imprudente.

CAPÍTULO LVI

—Tú no lo sabes, Flavia, ella es realmente fría, realmente distante. Como las clases particulares de tiro a las que la llevé perdiendo horas de trabajo y que me han costado una fortuna. Sabes, ni siquiera me ha dado las gracias.

—¿Qué quieres que haga? ¿Ponerse de rodillas?

—No. Sólo quiero ayudarla. Sé que está pasando una mala racha. Y ni siquiera sabe que un chalado está intentando suplantar a su marido. Sigo teniendo la horrible sensación de que el abogado va a llamar y me va a decir que Juan murió en la cárcel hace dos meses. Se supone que el abogado llamará en cualquier momento. Entonces podremos ir a almorzar.

—Si no es demasiado tarde. Ya te he dicho por teléfono que tengo ensayo con la orquesta esta tarde, a última hora, para el festival de mañana.

Ángel estudió la pequeña foto en blanco y negro con los bordes recortados en ondas que tomó al salir de casa por la mañana. El día anterior había enviado un retrato de estudio de veinte por veinticinco de su cuñado, de hacía veinticinco años, y a los ojos de Ángel no mostraba ningún parecido con el impostor de la camisa de loros. Ahora la agencia quería una fotografía del padre de Juan Raúl Pérez y él había enviado dos fotografías por la mañana. La foto que ahora sostenía en la mano, de aficionado y ligeramente borrosa, era de Juan Raúl Pérez y su padre, Héctor. Héctor no se parecía en modo alguno al hombre vestido con ropa de camuflaje. Y, a primera vista no había nada que impresionara a Ángel en relación con el Juan Raúl Pérez de quince años por encima de cuyo hombro echaba Héctor el brazo. A Ángel no le gustaba mirar a los ojos abiertos del esbelto muchacho. El padre y el hijo estaban situados junto a una arcada, en la playa. Los dos llevaban trajes de verano y sombreros de paja. Ángel no había conocido la Cuba de entonces. La foto se había tomado en un momento en que el mundo estaba bien, pensó Ángel, pero él no sabía qué significaba aquello. Y aquel pensamiento le pesaba sobre el corazón.

—Déjame verla —pidió Flavia—. Lástima que esté un poco borrosa.

—Esta mañana he enviado dos que están mejor.

—Deberíamos hacer como los artistas de la policía —dijo Flavia.

—No la toques. Carmela ni siquiera sabe que he cogido estas fotos.

Pero mientras Ángel hacía la siguiente llamada de teléfono, Flavia llevó las fotos a la máquina copiadora que había en la parte de atrás e hizo varias copias, más claras y más oscuras. Se sentó con el lápiz, la goma y el líquido blanco de borrar. No sabía dibujar, y cada interpretación resultaba más caricaturesca que la anterior. La obra maestra que finalmente le pasó a Ángel, mientras él hablaba por teléfono con su tienda, estaba efectuada sobre una copia muy pálida. Había tapado con corrector el sombrero de Héctor y le había puesto pelo rizado. Luego le había retocado con lápiz el traje con su propia interpretación del camuflaje vegetal. Aun así seguía sin parecerse al hombre que Ángel había visto. Sin embargo, la pálida fotografía del muchacho que Flavia no había retocado en absoluto atrajo los ojos de Ángel como una captura a distancia. Colgó el teléfono.

—Dios mío —exclamó Ángel—. Podría ser él. Podría ser él, Flavia. No estoy seguro, pero podría serlo.

—¡Es el padre! —dijo Flavia—. He hecho que se parezca al padre. ¿Así que no ha muerto después de todo?

—No. Es el hijo. Tendría que verlo de nuevo, pero creo que es él.

La secretaria de Ángel le pasó la llamada del abogado pocos minutos más tarde.

—Ya sabes, yo no la creí cuando me explicó la historia al principio —dijo el abogado—. Mucha gente se ha llevado una decepción con los familiares que han llegado y creía que quizás éste era su caso. Pero el informe inicial muestra que tiene razón, que no es él. Bueno, no tenemos ninguna pista del servicio de inmigración o del gobierno cubano o de la prisión en la que dijo usted que estaba, nos llevará cierto tiempo, así que no puedo decirle si está vivo o muerto. Pero las gestiones hechas por el investigador privado señalan en la misma dirección de usted. No estaban seguros al ciento por ciento de que el Juan Raúl Pérez de la fotografía que usted envió no fuera la persona que le visitó. Pero la fotografía del padre que usted mandó esta mañana les convenció definitivamente. Dijeron que no había ninguna posibilidad de que el hombre vestido con ropa de camuflaje fuera el Héctor Pérez de la foto. El investigador entrevistó a varias personas de la Ciudad de las Tiendas de campaña que les conocían del Orange Bowl y estaban seguros de que era el padre de Juan Raúl Pérez y no el de la esposa. Sí, esposa, a eso voy. Ése es el otro asunto. El Juan Raúl Pérez que vino a verle está casado, lo ha estado durante un tiempo y tiene un hijo de dieciocho años. Siempre existe la posibilidad de que su Juan Pérez estuviera llevando una doble vida, haciendo que entraran y salieran cartas de la cárcel a base de sobornar a un guardián, o algo a tal efecto. Es posible, aunque muy improbable, dado que los guardianes tienen un turno de rotación y el sistema de la prisión en general está mucho más aislado del público que en las cárceles de aquí. Pero el padre no encaja en esa imagen. No sé cómo consiguió su nombre y por qué él vino hasta usted a menos que pensara que usted era otra persona diferente. No lo sabremos hasta que hablemos con él. Tal como he dicho, esto es solamente un informe preliminar basado en las gestiones de la agencia. Toda la familia son vendedores ambulantes. La iglesia de la Resurrección los acogió. Puedo hacer que alguien vaya allí y hable con ellos, si usted quiere.

—Déjeme pensar en eso primero —dijo Ángel. Seguía mirando la fotocopia que tenía en la mano.

—¿Quiere que cancele los rastreos en inmigración?

—No, que sigan.

—¿Qué hacemos con la vigilancia en casa de su hermana?

—Que siga.

—Le enviaré ese informe preliminar mañana.

Ángel estaba pálido cuando colgó el auricular.

—No tiene sentido, Flavia. Dicen que no es él. Y yo espero también que Dios quiera que no lo sea. En caso de que lo sea es un bígamo con un hijo de dieciocho años y una esposa que no es Carmela. La iglesia de la Resurrección respondió de ellos. Me voy para allá.

Flavia llamó a su mánager para decirle que no podría ir al ensayo. No iba a dejar que Ángel fuera solo.

CAPÍTULO LVII

El entierro de Felipe estaba previsto para las dos de la tarde, pero Dottie tenía a todo el mundo a punto mucho antes.

A Juan Raúl Pérez casi le caía bien el traje barato que Dottie le había comprado en Burdines. Él lo llevó sin quejarse. Estaban enterrando algo que había entre ellos y que nunca debería haber existido. Cuanto antes lo enterrasen, mejor, y cualquier cosa que ella quisiera que él llevara puesta cuando lo enterrasen, le parecía bien a Juan Raúl Pérez.

Dottie le dijo que tenía buen aspecto.

—Me aseguré de traerle algo anticuado que fuera con usted. Pero me he olvidado de que usted sólo tiene esas sandalias de goma.

Juan Raúl Pérez se sentía cómodo con el traje, aunque no fuera el traje azul marino que él se había imaginado que llevaría en el mundo de la libertad. Decidió que se lo pondría cuando volviera a la calle Veintitrés Sudoeste.

Se sentaron en las sillas plegables de madera que había en el césped, frente al vestíbulo de la iglesia, para secar a papá. Se había negado otra vez a sacarse la ropa antes de la ducha. Lo único que consiguieron fue que dejara su mochila en la habitación. Y Dottie se sentía demasiado agobiada en la trastera. Fuera había aire, aunque no soplara brisa, y sombra procedente de la higuera. El peinado voluminoso de Dottie, tan perfecto el día anterior, le caía ahora sobre la frente como una corona excesivamente grande. El vestido negro se fundía con su cuerpo, formando una oscura silueta.

El chichón del tamaño de un huevo de la cabeza de Juan Raúl Pérez se había reducido al tamaño de una moneda de veinticinco centavos, y la hinchazón que tenía alrededor de un ojo le había disminuido, pero se había convertido en un cardenal de color verde pálido. Le había comenzado a crecer la barba, pero Dottie le había hecho afeitar para el entierro.

La ropa de papá estaba quedando muy arrugada y él tenía el cabello en punta.

Lo único que faltaba en el retrato familiar era Felipe, pero ya no había sombra debajo del árbol.

Juana se acercó tímidamente y les dio el pésame.

Rafael llegó para decirles lo que lo sentía. «Habrá muchas flores para él. Nos hemos cuidado de eso.»

El padre Aiden se presentó allí, pero sólo pudo darles palmadas en el hombro antes de marcharse, dado que no había nadie para traducir lo que decía. Resolvió que aprendería unas pocas palabras de español para los entierros futuros. Y quizá para las vacaciones.

Dottie utilizó una bandeja de papel para abanicarse la cara.

—Siento haberle metido en este enredo, señor. Llevo toda la noche pensando en ello. Parecía una idea muy buena al principio. Y nos sacó de aquella jaula naranja. De las rejas naranjas. Del Orange Bowl.

—He estado en sitios peores, señora.

—¿Cuánto dura un entierro? Supongo que seguiremos aquí encadenados el uno al otro unos cuantos días más. Mierda. Papá se ha ido. Ni siquiera puedo entablar una conversación. No puede haberse ido lejos. Lo estaba mirando mientras hablábamos. Por favor, vaya a por él. Yo estoy demasiado cansada.

Dottie corrió su silla varios centímetros hacia donde se había trasladado la sombra del árbol. Juan Raúl Pérez se secó el sudor de la frente con el reverso de la manga y salió en busca de papá.

Seguía buscándolo por el aparcamiento trasero cuando Dottie vio a Ángel y a Flavia que se acercaban. Habían ido primero al despacho parroquial y les habían dirigido al vestíbulo de la iglesia.

—Perdone —dijo Ángel—. Estoy buscando a Juan Pérez.

—Lo siento, pero está paseando a su padre. Volverá en seguida. ¿Han venido al entierro de mi hijo?

—Lo siento, no sabíamos que su hijo había muerto —aclaró Flavia—. Sería mejor que nos fuéramos, Ángel. Tenías razón. Éstas no son las personas que buscábamos. ¿Y ella ha dicho «su» padre? Es el padre de Juan Pérez, ¿no, señora?

La pregunta la puso en guardia de inmediato.

—Sí, naturalmente que es su padre. ¿Quiénes son ustedes?

—Señora, si pudiera hablar con él sólo un momento —dijo Ángel—. Es un caso de identidad equivocada, estoy seguro. Él vino a verme el otro día.

Juan Raúl Pérez volvía del aparcamiento.

—Ángel —susurró suavemente—. Angelito —dijo claramente.

Ojalá no lo hubiera llamado Angelito. Así lo llamaba su cuñado cuando era niño. Nadie más lo llamaba de aquella manera, ni siquiera su hermana. Lo enojaba a Ángel entonces y seguía enojándole. A Ángel ya no le cabía duda. El traje ayudaba, y la cara, que ya no estaba hinchada.

—¿Su marido? —le preguntó Ángel a Dottie—. ¿Ese hombre es su marido?

—Sí, naturalmente que es mi marido. ¿Hay algún problema? Si usted está buscando al otro señor Pérez, me temo que se ha ido a pasear un momento. Y nuestro hijo ha muerto.

Ángel no oyó nada después de la confirmación de Dottie de que el hombre que había buscado durante veinte años era su marido. El por qué mentía ella acerca del padre, ni lo sabía ni le importaba. Pero era su cuñado, el hombre con el que estaba casada también su hermana, su hermana que había esperado durante veinte años. Su hermana había hecho bien en esperar esos veinte años. Ángel nunca había dudado de eso anteriormente; era lo debido. Era lo menos que podía hacerse por el hombre que les había conseguido la libertad. Oh, era él, todo lo que había habido de refinado y educado desde los viejos días de La Habana en los elegante clubs de campo.

—Angelito —exclamó Juan Raúl Pérez—. Me alegro de que hayas venido. Tenías algunas dudas. He cambiado, lo sé. Pero ahora me reconoces. Quizá sería mejor hablar dentro.

Cuando su puño dio con las tripas de Juan Raúl Pérez, Ángel pensó que era como golpear una caja de cartón. Una caja de cartón vacía. Simplemente se hundió. Intentó detener su puño en cuanto sintió el colapso del cartón, no porque controlara la ira, sino porque se sintió muy extraño al golpear una cosa con el puño izquierdo. Fue Flavia y no Juan Raúl Pérez la que gritó de modo sofocado cuando se produjo el golpe. Al caerse la caja de cartón al suelo Ángel se inclinó hacia delante y se quedó tieso cuando algo le golpeó la parte superior de la cabeza y rebotó. Era un palo. Sólo le había tocado, pero no sabía de dónde había venido.

Cuando Dottie volvió a Juan Raúl Pérez sobre su espalda y él abrió los ojos, pudo ver claramente el oscuro perfil de papá en el árbol. Dottie estaba inclinándose hacia él. Ángel y la otra mujer miraban hacia el cielo.

Dottie levantó a Juan Raúl Pérez del suelo por las axilas. Éste vomitó en el momento en que se puso en pie y se habría vuelto a caer con la fuerza de la expulsión, si Dottie no lo hubiera estado sosteniendo. Ella lo colocó sobre la silla plegable.

Ángel miró al árbol y solamente vio hojas.

—Hay alguien en el árbol —dijo Flavia—. Pero no puedo verlo.

—Mierda, no —exclamó Ángel.

—Oh, repórtate. Estoy aquí a tu lado, ¿recuerdas? —intervino Flavia.

—Puedo explicarlo todo —jadeó Juan Raúl Pérez.

—Papá, baja de ese árbol y deja de tirar cosas —le reprendió Dottie—. Baja. Hemos perdido toda la mañana para que estés limpio.

—¿Quién es usted? —le preguntó Dottie a Ángel—. ¿Por qué le ha golpeado de ese modo?

Ángel no se movió, previendo un salto súbito u otro misil de su enemigo invisible que estaba en el árbol.

—Perdona, Juan —dijo—. Estoy en desventaja. No me he traído ningún guardaespaldas con ropa de camuflaje para arrojarte palos.

—¿Y qué me dice de su puño? —dijo Dottie—. Usted debe de

ser un matón para pegarle de ese modo. ¿Es así como se rompió el otro brazo? Vamos, papá, por favor. No quiero tener que ducharte de nuevo. Y tampoco quiero que el sacerdote te vea ahí.

—¿Estás seguro de que es él? —preguntó Flavia.

—Está bajando del árbol —dijo Dottie.

La cólera de Ángel volvió a aumentar cuando vio cómo Dottie engatusaba al anciano para que bajara del árbol. También quería golpear al anciano, quien caminó hacia una de las sillas plegables y se sentó como si nada hubiera pasado.

—Vamos, Ángel, vayámonos —sugirió Flavia, pero él no iba a irse a ninguna parte.

—¿Por qué viniste a mi despacho, Juan? ¿Pensabas que podías tener dos esposas?

—¿Quién es usted, señor? —preguntó Dottie—. ¿Es usted de la policía? ¿Qué es lo que está pasando?

—Eso es lo que me gustaría saber, señora. Figuraba que su marido estaba casado con mi hermana. Siento que no se tomara tiempo para divorciarse de ella antes de casarse con usted.

—¿Es el hermano de su esposa, señor? —preguntó Dottie.

—Sí —respondió Juan Raúl Pérez, apretándose el estómago—. Por favor, dígale la verdad. Yo apenas puedo hablar.

Dottie puso la mano suavemente sobre Juan Raúl Pérez y se inclinó para susurrarle al oído:

—¿Todo? ¿Debo contárselo todo?

—Sí.

—¿Está usted seguro? No tenemos mucho tiempo antes del entierro.

—¡Sí! Por favor, dígale que usted no es mi esposa.

Dottie se alisó su traje negro y luego con los brazos en jarras comenzó:

—Señor, naturalmente que no estamos casados. Es muy sencillo. A él le daba miedo llamar a su esposa porque no sabía si ella se había vuelto a casar o si había muerto. A mí me dijeron que era más fácil conseguir un fiador si se formaba parte de una familia. Teníamos los mismos apellidos, así que nos adoptamos el uno al otro para conseguir un fiador. Eso es todo. Yo era la esposa. El hombre que estaba en el árbol era su padre y también teníamos un hijo, pero a él lo mataron en la calle hace dos días unos gángsters del país de usted. ¿Qué otra cosa podíamos hacer? Y puede decirle a la esposa de él que nunca he dormido con su marido. Debería usted saber también que me he preocupado mucho por él y debería recordar eso si nos echan a patadas de aquí. Ella puede volverlo a tener en cualquier momento. Usted podría llevárselo ahora, pero tenemos que ir al entierro de nuestro hijo. Pero lo negaré todo si usted se lo dice a la policía.

—Su historia es un montón de mierda, señora. Apostaría a que sí que se ha ocupado de él. ¿Por qué no pensó Juan Raúl que nos cuidaríamos adecuadamente de él? Todo esto es un montón de mierda.

—Y él fue a la casa de Carmela —añadió Flavia—, así que debía saber que ella estaba viva.

—¿Quién es usted? —preguntó Dottie—. Por un momento creí que usted era la esposa de mi marido, pero usted es demasiado joven.

—Soy la novia de Ángel, señora.

—No sabía que usted había ido a ver a su esposa y a su cuñado —intervino Dottie—. ¿Por qué no me lo dijo?

—Eso —contestó Ángel—, ¿por qué no se lo dijiste? ¿Y por qué no le dijiste a Carmela que estabas casado?

—No estoy casado. Excepto con Carmela, pero yo no la vi la primera vez que fui a la casa. Se disparó una alarma cuando llamé a la puerta. Cuando fui por segunda vez había policía. Sólo la vi un momento. Desde lejos. No sé si ella me vio o me reconoció. Y tú, Ángel, no quisiste reconocerme.

—Tenías un aspecto muy distinto. No lo sabía. He tenido a un detective privado investigándote desde que te vi. Tú nunca volverás a acercarte a Carmela, ya lo sabes. Nunca la volverás a encontrar. Me aseguraré de esto, y no voy a escuchar ni una palabra más. Hemos intentado durante veinte años sacarte de la cárcel.

—Los zapatos. ¿Por qué dejó sus zapatos? —preguntó Flavia—. Carmela dijo que su marido tenía los pies pequeños.

—Eran demasiado grandes para mí. Ésa es la razón por la cual se me salieron y tuve que dejarlos cuando la alarma se disparó. ¿Por qué tiene ella un sistema de alarma?

—Para mantener a la chusma como tú lejos de la casa —contestó Ángel.

—Lléveselo —dijo Dottie—. Puedo ir sola al entierro de nuestro hijo si no hay más remedio. Siempre que usted no sea de la policía.

—No lo queremos, señora. Chusma, señora, eso es lo que son los dos.

—Déjala en paz. No hay motivo para ese lenguaje —intervino Juan Raúl Pérez. Él hablaba despacio, apretándose todavía el estómago—. Yo te rogué que no mandaras dinero para sobornos, Ángel. Se lo rogué a Carmela. Vosotros me mantuvisteis en prisión durante veinte años con vuestra corriente constante de sobornos. Y ahora que me ves decides que ya no soy aceptable. Todavía amo a Carmela. Si la policía no hubiera estado en la casa, se lo podría haber explicado a ella. Y basta ya de amenazarme. Necesito hablar con ella, no contigo.

—Estás loco —exclamó Ángel—. ¿Te enteras? Estás loco de atar. Carmela te vio, pero no te reconoció. Ella sólo te vio el día que intentaste entrar en la casa y pensó que eras un mendigo. Y en todo caso no importa; tienes otra familia. —Ángel miró a papá—. ¿Es que tuviste que traer a toda Cuba contigo? Le mataría si no diera tanta lástima. Y si te vuelvo a ver, te mataré con o sin tu guardia de seguridad comunista.

—Vamos, Ángel, por favor, vámonos —apremió Flavia.

—Y eso va para cualquiera de vosotros, Marielitos.

Apenas se había cerrado la puerta de Flavia cuando el Eldorado giró en redondo haciendo echar llamas a los neumáticos.

—Cálmate, Ángel, cálmate —insistió Flavia.

—Está loco de atar. Prácticamente me acusó de meterlo en la cárcel.

—Estaba trastornado, Ángel. Pero el resto de la historia es verdad.

—¿Qué?

—Es lo único que tiene sentido. Él llevaba «flip-flops», ¿no te diste cuenta? El cabello de ella era horrible.

—¿Pero qué coño dices? Parecía una cerda. Es un gusano y los dos son unos bichos. ¿Qué tienen que ver los «flip-flops» con todo esto?

—Él llevaba unos zapatos, pero eran demasiado grandes para él. Por esta razón los perdió cuando se le cayeron en casa de Carmela. Por esto es por lo que sé que es verdad.

—Los zapatos no tienen nada que ver con nada.

—Muy bien. Cálmate. ¿Qué piensas hacer?

—Voy a dejarte y luego voy a ir a casa de Carmela.

—¿Qué le vas a decir?

—No voy a decirle nada. Y no te preocupes. Ya me he tranquilizado. No gastaré mi energía matándole a menos que moleste a mi hermana. Sólo voy a quedarme allí y asegurarme de que él no se le acerca. Ojalá estuviera muerto. Y llamaré al abogado para ver qué hay que hacer. Creo que debería comprarle a Carmela una bonita casa en Fort Lauderdale o en algún otro lugar. La policía no la incomodaría.

Juan Raúl Pérez se sentó en la cama y se tomó el pulso con los dedos.

—¿Le ha hecho daño en el brazo, señor? —le preguntó Dottie.

—No, es en el estómago. Pero ya me encuentro un poco mejor. —Él dejó caer su muñeca—. ¿Es que parezco un mendigo?

—No, con ese traje, no. Pero no debería haber dejado los zapatos. Aquellas sandalias no le van en absoluto con el traje.

—Debería haber hecho muchas cosas en la vida.

—Bien, ¿qué hará usted si ella tampoco le cree? Yo no puedo quedarme con usted. Quiero decir, después de que todo esto se haya terminado. Usted y yo nunca pensamos en permanecer juntos mucho tiempo.

—No soy un animal descarriado. No soy de su propiedad, señora, para que decida quedarse conmigo o no.

—No era mi intención insultarle, señor. Le agradezco que haya permanecido conmigo durante este enredo y entiendo que usted se marchará. Los dos sabíamos que ésta no era una situación permanente. Ya se lo dije al principio. Estoy segura de que su esposa lo entenderá. Puede ir adonde quiera. Yo se lo explicaré todo a ella personalmente.

Él intentó imaginarse a Dottie ruborizada por el calor y con los pegados rizos cayéndole sobre los ojos, hablando con la tristeza graciosa de su esposa. Las dos imágenes, una junto a la otra, le hicieron sonreír. Pero era la cara de Carmela la que parecía extraña y la cara de Dottie la que parecía muy cercana a él. Dottie empujó hacia atrás la corona llena de laca que tenía encima de la cabeza.

CAPÍTULO LVIII

Las ventanas emplomadas de la iglesia de la Resurrección capturaban la luz del sol creando una miríada de colores. A la derecha, María Magdalena y María, la madre de Santiago, miraban con caras sorprendidas la tumba abierta. Por encima de ellas asomaba Jesús. A la izquierda, Jesús con los pies de nuevo en el suelo sacaba de la tumba a un Lázaro ya enterrado. Detrás de ellos María y Marta mantenían las manos plegadas mientras rezaban. Sobre el altar central una gran estatua de piedra del Cristo resucitado se alzaba solitaria.

La amplia iglesia se hallaba casi vacía. Esteban Santiesteban estaba sentado en la parte posterior de un lado, escondido tras un pilar. La vida era demasiado corta para que fuera agravada por el dolor de una mujer que no le quería. Lo sabía. No sabía por qué estaba en aquel lugar torturándose.

Había flores en abundancia. El padre Martínez comenzó la misa de réquiem. Rafael Bosch y otro de los vendedores de flores hicieron rodar al ataúd sobre una plataforma portátil en la nave lateral y lo colocaron delante y en el centro. Dottie casi podía tocar el ataúd desde el lugar donde se encontraba. Ella hacía perfectamente el papel de madre afligida. Pero ahora que tenía el cuerpo de Felipe tan cerca, su pena no era fingida.

—No sólo Felipe Pérez —comenzó el padre Martínez el sermón—, sino todos nosotros somos refugiados que buscamos un puerto seguro en el amor de Dios...

—No debería haber muerto tan joven —sollozó Dottie suavemente en el hombro de Juan Raúl Pérez—. El muy hijo de puta.

Juan Raúl Pérez intentó taparle la boca con su hombro.

—El muy capullo. Yo le creí. ¡Espero que se pudra y se pudra y se pudra!

Juan Raúl Pérez tuvo que sacarla de la iglesia mientras sollozaba antes de que hubiera terminado la misa. Papá le siguió detrás. A Felipe se lo llevaron para incinerarlo sin estar presentes. Juan Raúl Pérez había firmado los papeles el día antes. Dottie virtualmente se derrumbó cuando llegaron a su habitación.

Sus lágrimas son sinceras, pensó Juan Raúl Pérez al depositarla encima de la cama. Ella apenas conocía al muchacho, él le había robado su dinero, y las lágrimas eran sinceras.

—Quiero volver a Cuba. Esta libertad no es como yo me la había imaginado. ¡Mire mi vestido! Se está arrugando todo.

Juan Raúl Pérez le sacó el vestido negro de su cuerpo postrado y lo puso húmedo de sudor y de lágrimas en un colgador que había junto a la ventana. Se sentó en la silla y observó cómo ella se derrumbaba delante de él. El cuerpo se le estremecía con la palidez de la muerte que había debajo de su combinación de encaje negro. La palidez llenaba la habitación.

—Su cara era tan hermosa. Tan perfecta. Yo esperaba que la libertad fuera perfecta. No tendrían que haber cerrado su ataúd. No deberían haberle cerrado de aquella manera.

—Señora. No era un velatorio, era un entierro. Siempre cierran el ataúd para un entierro.

—Pues no deberían haber cerrado el suyo.

Se levantó de la silla y caminó entre papá, que estaba acostado en su colchón en un extremo, y Dottie en el otro. Se sentía como una sombra entre las sombras.

—Estas horquillas estúpidas se me están clavando en la cabeza

—se lamentó Dottie. Ella se agitaba y daba vueltas en la cama—. Me pregunto si le estarán quemando ahora. Siento como si le estuvieran poniendo sobre el fuego en este momento. No deberían quemar nada tan joven y tan dulce, señor.

Juan Raúl Pérez revolvió en la corona caída de Dottie buscando horquillas.

—Quiero irme a casa. Sé que le robó su dinero, señor, pero espero que no se esté quemando en el infierno.

—Está usted gritando, señora. Por favor no se trastorne de ese modo.

Él notó como si Dottie se estuviera rompiendo a trozos en sus manos. Había sido muy fuerte anteriormente. Tan sólida como el cemento de la celda de la cárcel, y ahora se le deshacía entre las manos en muchas sombras pálidas.

—Huy, me está haciendo daño. ¿Por qué no tuve nunca un hijo? ¿Por qué no tuve nunca un hijo? He sido estéril toda la vida. Tengo suerte, quizá. Si hubiera tenido un hijo, éste se estaría quemando en este momento. Tengo muchísimo calor, señor. Siento como él se está quemando.

Pero Juan Raúl Pérez no veía fuegos. Donde había habido sueños y flores brillantes veía ahora únicamente la combinación negra contra las sábanas blancas y el cabello negro esparcido como una medusa dentro de su tribulación.

—No quiero que él vaya al infierno, señor.

Él puso los ventiladores al máximo, con las aspas volviéndose apresuradamente de lado a lado. Entró en el cuarto de baño y mojó una toalla en agua fría. Volvió con la toalla húmeda a la habitación y alivió con el frescor el cuerpo pálido hasta que la toalla siseó con las llamas de su pena. Repetidas veces corrió de la cama al cuarto de baño, llevando cada vez las llamas y extinguiéndolas bajo el agua fría del grifo.

Ángel ya le habría explicado las cosas a Carmela por entonces, recordaría, viendo su propia cara en el espejo por encima del lavabo. No estés triste, amor mío, entiendo por qué tú no me querrías ahora, aunque nada es como parece, dijo a Carmela a través del espejo. Nada es del modo que parece, ni siquiera esta cara de mendigo. Él observó las lágrimas de ella que caían por su cara. Estrujó la toalla bajo el grifo y dudó en el umbral. Su sueño de veinte años se estaba desintegrando en el espejo del cuarto de baño, y su realidad inmediata estaba rompiéndose a trozos en la cama. Volvió para extinguir el ardor de Dottie.

—¡Deje de hacer eso! Me está mojando, señor.

Él arrojó la toalla al suelo y se sentó en el borde de la cama.

—Quiero irme a casa, señor. Estoy cansada de estar entre extraños. Incluso usted, señor. Incluso Felipe. Estoy cansada de estar entre extraños muertos también. Quiero ir a casa.

Él se colocó al lado de ella mientras gritaba. Y luego se puso sobre ella para detener su gran palidez temblorosa y enjugarle las lágrimas de la cara. Mientras que Dottie había sido tan sólida, ahora se estremecía de modo desatado debajo de él.

—Por favor, señora, por favor, debe dejar de hablar así.

—Quiero irme a casa. Quiero irme a casa. ¡Quiero tener otra vez un sueño y no quiero que sea éste! Su esposa no es la única que no debería haberse casado con usted. Tampoco debería haberlo hecho yo.

—Por favor, amor mío, por favor, no me dejes.

Él intentó ser más fuerte. Intentó volverse más pesado sobre ella. Condensar su pálido sueño tembloroso de nuevo en una masa sólida. Reunir las sombras pálidas de la habitación de nuevo en el ser de ella. Convertir de nuevo en violentas y poner ritmo de samba en sus caderas de matrona cubana. Hacer que ella volviera a bailar en las aguas abiertas como en la travesía.

—Espero que no estén quemando a Felipe con los ojos abiertos. ¡Cierren sus ojos! —gritó Dottie.

Sí, había ojos abiertos. Juan Raúl Pérez vio a papá mirando fijamente sus cuerpos pesados. El anciano estaba de pie junto a la puerta con un fusil en las manos, como un soldado de guardia. Juan Raúl Pérez miró en los ojos del anciano y los ojos no mostraban entendimiento alguno. Y cuando Juan Raúl Pérez bajó la vista, vio que no había ningún fusil en las manos del anciano.

—Tiene que esperar fuera —le dijo al anciano. Papá se fue rápidamente, como un soldado que recibiera órdenes.

—¡Sus ojos! —gritó Dottie, sintiendo que Juan Raúl Pérez extraía fuerza de dentro de ella.

—Sus ojos están cerrados, amor mío. Él ya no entiende nada. Piensa sólo en quedarte. Por favor, no me abandones.

Y después se quedó dormida, con dificultad; despertándose y gimiendo, durmiendo y despertándose. Luego dijo que notaba más fresco. Sentía como si las cenizas de Felipe estuvieran siendo arrojadas al mar. Se sentía como si estuviera yendo a casa. Lentamente. Flotando.

CAPÍTULO LIX

A medida que el plan de Flavia se inflaba como una hermosa burbuja, sus pasos se hicieron ligeros y su coche se deslizó hacia su destino final. Ella llenó las elipsis de su mente con la letra de sus canciones. Nunca había dejado de creer en las letras que cantaba. Era una de las razones por las que el público la quería. Era una de las razones por las que nunca había actuado fuera de un club nocturno. Ella creía cada palabra que cantaba.

Después de todo, se dijo a sí misma, sólo le había prometido a Ángel no mencionarle aquel tema a nadie. Eso no le impedía arreglar un encuentro casual entre Carmela y su marido antes de que Ángel contactase con el abogado y se lo dijera a su hermana. Carmela reconocería a Juan Raúl Pérez entonces, porque Flavia lo anunciaría desde el escenario. Ya habían esperado demasiado tiempo. Flavia sabía que ella no podría haber esperado tanto. Había pasado una época suficientemente dura aquellos últimos cuatro meses, esperando que Ángel volviera a la vida normal, que volviera a ser el hombre alegre que cuidaba de su familia y la amaba a ella. Y ahora que las cosas no habían funcionado del modo que Ángel había previsto, no sabía cuánto tiempo le duraría la amargura o adónde conduciría. No, todo el mundo había estado esperando demasiado. Ella habría preferido que el encuentro casual tuviera lugar en el club, pero cabía la posibilidad de que Ángel apareciera por allí. Él no iría al festival donde Flavia iba a cantar al día siguiente. Siempre se sentía incómodo viéndola cantar fuera del club, cosa que no ocurría a menudo. No le gustaba que ella hiciera representaciones en lugares que no le fueran familiares. Él prefería ser su novio en el club, donde el portero se tomaba un cuidado especial con su coche y el barman sabía su nombre y su bebida y el dueño le daba palmadas en la espalda y se sentaba junto a él para fumar un puro.

—*It's now or never* —cantó ella en el silencio de su Camaro plateado mientras iba a la iglesia. Casi podía oír a la orquesta detrás de ella, tocando suavemente mientras hablaba—: Y ahora, señoras y caballeros, tenemos un regalo especial para ustedes esta tarde, y quiero que ustedes hagan un sitio en la pista de baile para dos personas muy especiales, un marido y una esposa... *It's now or never*, ahora o nunca, nuestro amor no esperará, el mañana puede que no venga nunca... un marido y una esposa que no se han visto durante veinte años, y nosotros, en este mismo momento, vamos a unirlos aquí... cariño, tómame en tus brazos, ahora o nunca... echémosles una mano, ella le ha estado esperando durante mucho tiempo. Estuvo como preso político en Cuba durante veinte años. Por favor salgan aquí juntos... El mañana no vendrá nunca, ahora o nunca... señor y señora de Juan Pérez. Esta canción está dedicada a ustedes... ¡Nuestro amor no esperará!

Flavia podía verlos precipitándose el uno en los brazos del otro. Por la mejilla de Flavia rodó una lágrima. ¡Iba a ser maravilloso! Ella seguiría ensayando el discurso hasta que hubiera perfeccionado la sincronización.

Le había bastado una llamada a Ángel, que estaba guardando la casa de Carmela, para decirle que le daba una noche de descanso llevándose a Teresa y a Carmela al festival del día siguiente. A ellas les había encantado la idea de salir de casa. Flavia necesitaba su apoyo, les dijo. Ella les prometió una tarde agradable a la luz del sol con buena música y todo lo del mundo. No estarían solos, sentía decirlo: Ángel había contratado a un investigador para que

235

siguiera a Carmela desde que su cuñado lo visitó, para que no le hicieran daño a su hermana, como había dicho él. Desde entonces Carmela no había abandonado la casa.

Seguidamente hizo otra llamada para completar la segunda etapa del plan. Habló con Roberto, su mánager y solista de guitarra durante los últimos cuatro años. Roberto dijo que no, que no podían añadir *It's now or never* a la lista de canciones del día siguiente. El Festival de Varadero era un festival cubano y ya tenían dos canciones en inglés. Además no alcanzaba la nota alta de clímax en su arreglo discotequero de *It's now or never*. Él le explicó sus razones. Ella le reveló su plan y él cambió de parecer.

—Es agudo, Flavia, me gusta. La multitud se va a enloquecer.

La pusieron en lugar de *I Got Rhythm*.

Lo único que le quedaba por pensar era cómo hacer que Juan Raúl Pérez asistiera al festival. Ojalá Ángel no le hubiera golpeado. Ella decidió que se encararía a Dottie y a Juan directamente. Si él todavía amaba a Carmela como había dicho, y si a la otra mujer no le importaba que él se marchase o no, Flavia no veía por qué tendría que haber ningún problema. Lástima que ella no pudiera hacer que todo el asunto fuera una sorpresa, sin embargo. Ella había organizado una fiesta sorpresa en honor de Ángel el año anterior, el día de su cumpleaños, y había sido un gran éxito.

Era tarde cuando llegó a la iglesia. Al caminar a través del vestíbulo vacío de la iglesia en la oscuridad, sintió por primera vez desde que concibió su plan, un estremecimiento de ansiedad. Estuvo alerta a la posibilidad de que hubiera palos volando por el aire.

—Esto es una tontería —se susurró en voz alta—. Ese hombre estúpido sólo estaba intentando ayudar a Juan porque Ángel le había golpeado. Estaba protegiéndole. Y era sólo un palito, no una ametralladora ni nada parecido.

No oyó ningún movimiento al otro lado de la puerta que le había indicado antes el empleado de la parroquia. Golpeó suavemente la puerta.

—Psst. Psst. ¿Señor? ¿Señora? —gritó y llamó un poco más fuerte. Volvió a llamar y al no recibir respuesta regresó al despacho parroquial para ver si era el lugar correcto.

Dottie abrió la puerta antes de que Flavia se hubiera alejado tres metros. Dottie se tambaleaba de sueño. Tenía el cabello despeinado y la tira de su combinación se le cayó del hombro.

—Oh, es usted —se sorprendió Dottie—. ¿Está su novio con usted?

—¿Mi novio? No, he venido sola.

—El señor Pérez está durmiendo y yo también lo estaba. ¿Por qué no vuelve en otro momento?

—No. Es con usted con quien he venido a hablar. Por favor, ¿no podríamos hablar durante un minuto en algún lugar donde no le despertemos?

—No estoy vestida, señorita.

—Flavia. Me llamo Flavia. ¿Cómo se llama usted?

Dottie hizo una pausa.

—Dorita —respondió—. Me llamo Dorita.

—Quizás usted podría echarse algo encima y podríamos ir afuera. ¿Está el anciano por ahí, Dorita?

—También está durmiendo.

—En realidad deseaba hablar con usted.

Dottie volvió a salir con una sábana blanca tirada sobre los hombros y llevó a Flavia a la cocina. Encendió las luces.

—¿Qué es lo que quiere, señorita?

—He venido para disculparme por el comportamiento de Ángel esta tarde.

—Bien, señorita. Pero debería decirle eso al señor. Espero que le explicará a su esposa lo que le pedí; que puede tenerlo otra vez en cualquier momento. Yo le dije la verdad esta tarde.

—Lo sé. Por favor, siéntese. —Dottie permaneció de pie—. Realmente le creo —afirmó Flavia—. Ángel no. Él cree que usted es una especie de destructora de hogares que le robó al marido de su hermana. Sus palabras no fueron ésas exactamente.

—Usted quiere decir que él cree que soy una puta que lo tengo atrapado entre las piernas.

—Algo así.

—Bien, no soy ninguna puta, señorita, y nunca...

Dottie se detuvo antes de decir que nunca había dormido con él. Acababa de venir precisamente de dormir en sus brazos, y ella se había abierto de piernas para él aquella misma tarde.

—Usted no tiene que decirme nada, yo la creo.

—Tiene razón, no tengo que decirle nada. Pero escuche en todo caso, señorita. Soy libre aquí —bien, casi— y desde que estoy aquí no tengo que joder con nadie por nada que no sea amor. Y yo no estoy enamorada del señor Pérez. Él ha sido amable conmigo. Hemos pasado malos momentos juntos. Pero yo no le conocía antes de entrar en la embarcación. He sabido todo el tiempo que tenía una esposa y una hija. Pensaba que ellos estarían en el embarcadero esperándole. Creo que él no tuvo oportunidad de llamarlos desde la prisión y hacerles saber que estaba llegando. No tengo familiares aquí y no sabía qué me esperaba. Él los tenía y yo creí que sería bueno conocer a alguien que tuviera familiares aquí. Pero a él le daba miedo contactar con ella. Y estoy segura de que no fue fácil para él cuando reunió el valor para verla a ella o a su cuñado y hacer que le reconocieran, aunque yo no supe nada de eso hasta esta tarde. Veinte años es mucho tiempo. Él temía que ella se hubiera vuelto a casar o trasladado o tuviera otro amante.

—Lo entiendo.

—No, usted no lo entiende. Ni yo tampoco. De la única manera que yo podría esperar a alguien durante veinte años sería estando en la cárcel. Pero llevo veinte años soñando en venir aquí y no he encontrado más que mierda desde el momento en que salí del barco.

—Pero él sabe que ella le ha esperado. ¿De qué tiene miedo ahora?

—No lo sé, señorita. Su novio no lo reconoció y su esposa pensó que era un mendigo. La gente tiene su orgullo. Pero yo creo que él la ama. Él tiene estos papeles en que le escribe cartas a ella, cartas que luego nunca manda.

—Quizás él la quiere a usted.

—Quizá sí. Pero él siempre me decía que iba a volver con ella. Me lo volvió a decir ayer. Estoy libre ahora, señorita. No tengo que amar a nadie porque él me ame. Y él no es la clase de hombre en el que siempre he soñado. Quiero a un hombre libre que me ame a mí también. Quiero a un hombre tan libre como los Estados Unidos. El señor Pérez todavía es un preso. Unos cuantos días en el mundo exterior no hacen que un hombre deje de ser prisionero después de haberlo sido durante veinte años. Y usted puede decirle a su novio que nunca he necesitado tener a un hombre a base de robárselo a nadie.

—Debe de ser una carga para usted. Parece un poco deprimido.

Dottie, finalmente, se sentó en la mesa al otro lado de Flavia. Se sentía impresionada por la franqueza que había en la voz de Flavia. Y Flavia era sincera, creía en todas las letras que cantaba.

—Está siempre triste, señorita. Y tiene terribles pesadillas. Sabe, me está contagiando su tristeza. Yo vine aquí con todos esos sueños y ahora estoy encerrada en una trastera con él y también me siento triste.

—¿Por qué no lo ha abandonado?

—¿Por qué no me ha abandonado él a mí?

—Su esposa ha esperado durante veinte años, Dorita.

—Lléveselo entonces. Ya se lo he dicho.

—No es tan fácil. Especialmente con Ángel rondando por aquí. Estaba pensando en arreglar un encuentro casual entre ellos, y esperaba que usted me ayudaría.

—¿Quiere que la ayude?

—Sí. Si usted realmente quiere darle una oportunidad. Y si realmente no le quiere.

—Sólo tiene que decirme de qué se trata, señorita.

—Mañana voy a cantar en un festival. Anunciaré su nombre y el nombre de su esposa y ellos se encontrarán. Le daré a usted la dirección e instrucciones y dinero para un taxi.

—¿Por qué no se lo pregunta a él?

Porque ella quería que fuera un sorpresa, pero dijo:

—Porque tal como usted ha dicho, él tiene su orgullo.

Dottie se cubrió los hombros con la sábana. Lo único que quería era irse a casa, pero no sabía dónde era eso.

—¿Qué pasará conmigo?

—Le daré dinero para el taxi para que vuelva a casa también.

—No me refiero a eso.

—Lo siento, no lo sé. Supongo que usted entonces será libre. Creo que usted no es la clase de persona que tiene dificultades para ser libre.

—¿Me quedo al viejo?

—Desde luego, eso es cosa suya.

—No sé nada del viejo. Me he acostumbrado a tener familia alrededor, pero él no es buena compañía. Si tengo algún problema cuidándole, alguien deberá hacerse cargo de él.

—Estoy segura de que puede hacerse algún arreglo. La Ciudad de las Tiendas de campaña está abierta ahora. Estaré cantando *It's now or never* cuando anuncie al señor y la señora Pérez. ¿Conoce esa canción? Es inglesa.

—Sí. Es de Elvis Presley. ¿Conoce usted la canción *Hound Dog*?

—La verdad es que no. Diré el nombre de él en alto.

—Me aseguraré de que él esté allí, señorita. Tendrá que oír su propio nombre.

En la quietud de la noche, Juan Raúl Pérez se despertó solo en la cama. Se levantó como un hombre que todavía sueña y encontró a Dottie sentada en una silla delante de un ventilador.

—Por favor venga a acostarse —dijo él, y la llevó a la cama—. Por favor, no me deje —añadió y le estiró las sábanas hasta los hombros—. Por favor, quédese donde pueda encontrarla en este extraño país.

CAPÍTULO LX

Dottie comenzó a apartarle de ella tan pronto como se levantó de la cama. Lo difícil había sido levantarse de la cama. El sol entraba a raudales por las altas ventanas laterales. El sonido del comienzo del domingo bailaba con ligereza a través de su despertar. Fuera, en la calle, la gente entraba y salía de misa. Se saludaban los unos a los otros con un ritual familiar. Luego en la lejanía se oyó el cerrarse rápido de una puerta de coche y la voz de un niño que llamaba a un amigo. Dottie estiró las piernas debajo de las sábanas e intentó desenredar su brazo de debajo de la cabeza de Juan Raúl Pérez. Tuvo una visión momentánea de él como un niño, calvo, sin dientes, y contento de soñar. Ella recuperó su brazo entumecido y vio cómo la luz alcanzaba los crecidos pelos de la barba de él. Las arrugas le hendían la cara. Pero incluso dándose cuenta de que era un anciano, más viejo que lo que le correspondía por sus años, seguía siendo duro separarse de él. Él olía como los sueños gastados de los hombres a los que ella estaba acostumbrada, siempre cansado, aunque siempre ansioso de otro baile. Ella en aquel momento se encontraba en casa, en un país lleno de promesas con una persona de su propia tribu a su lado. Pero éste no era el hombre adecuado; él no le pertenecía. Dottie había robado besos anteriormente, incluso había robado corazones, pero eso era antes de ser libre, cuando ella necesitaba robar para sobrevivir. Ella apoyó los pies en el suelo y se dirigió al cuarto de baño. Se duchó y se peinó el pelo enmarañado por el trance del día anterior antes de despertarlo a él. No sabía cómo distanciarse suavemente. Incluso sin lágrimas, siempre estaba presente la áspera mano del destino. Sería mejor, pensó mientras peinaba su cabello, si él se marchaba contento de librarse de ella.

—¡Levántese! —le dijo Dottie antes de que él abriera los ojos.

Él se despertó con la mirada rápida de los muy jóvenes y los muy viejos, preguntándose en qué parte del universo habían aterrizado aquella mañana.

—Levántese y muévase. Quiero salir un rato de aquí. Estoy cansada de estar sentada.

El tono represivo de ella le recordó en qué parte del universo se encontraba. Juan Raúl aspiró amorosamente el aire que lo rodeaba. No tenía fuerza aquella mañana para preocuparse de nada que estuviera más distante que Dottie. No sabía que él nunca tendría esa fuerza. Había sido golpeado demasiadas veces. Se sintió feliz de haberse escapado con el pulso latiente. De momento su corazón se alegró de ver a Dottie de pie en aquel lugar dando órdenes mientras luchaba con su cabello. Ella volvía a ser sólida, contenida y constante sobre sus pies desnudos y gordinflones. Los blancos y evasivos fantasmas del día anterior se habían vuelto a deslizar en ella superponiéndose, hasta que ella se situó junto a la cama frunciendo el ceño de impaciencia. Y como cualquier amante dulce y desesperado, él atribuyó la solidez de ella al amor de él. Su simiente la había curado. Su deseo le había devuelto la entereza.

—¡Muévase! —dijo Dottie—. Papá se ha ido. Encuéntrelo, por favor, para que podamos salir.

Él no se movió de la cama, pero no por desafío. Haría cualquier cosa que ella le pidiera, pero quería que ella volviera a la cama con él.

—Señora, ¿puede esperar un momento? —preguntó y extendió la mano.

—No tengo tiempo para hombres perezosos. Deberíamos salir todos al aire libre.

Papá no se había ido lejos. Cuando Juan Raúl Pérez abrió la puerta, él estaba de pie, tieso al otro lado.

—Entre, papá, no hace falta que guarde la puerta.

—Habrá que ducharlo antes de salir —dijo Dottie.

—¿Se ha dado cuenta de que ya nunca se aleja mucho? —le comentó Juan Raúl Pérez a Dottie—. Ayer también estaba junto a la puerta, pero dentro. Tuve la impresión de que estaba montando guardia.

—No quiero hablar de ayer. Usted puede ponerse el traje del entierro. No me importa cuánto dura un luto, nos vamos a un festival que hay en la playa. Un amigo me ha dado el nombre y la dirección. Lo tengo anotado. Aquí está, el Festival de Varadero, en Crandon Beach.

—Pero Varadero es una playa de La Habana. Yo acostumbraba ir allí antes de la revolución.

—No se ponga nervioso. No vamos a ir a Cuba. Eso es solamente el nombre.

Después del desayuno, mientras Juan Raúl Pérez duchaba a papá, Dottie se sentó en la cama y se preguntó qué le diría al padre Martínez y a los otros cuando volviera sin su marido. Quizá les diría simplemente que había conseguido un empleo en algún lugar fuera de la ciudad y que volvería en cualquier momento. «Hoy he recibido una carta de mi marido —le diría a los extraños—. Está bien.» El anciano probablemente no haría otra cosa que marcharse si Juan Raúl Pérez no iba detrás de él a cada momento. Entonces ella se quedaría sola. Quizás así tendría tiempo para encontrar a un John Wayne mejor que el guardia de seguridad. La familia que había creado se estaba disolviendo delante de sus ojos. No servía de nada que Juan Raúl Pérez se mostrara tan amable con ella. Que le dijera que se alegraba de que ella se sintiera mejor mientras se sentaban a comer tostadas en la cocina. Que le dijera:

—Será mejor cada día. Aprenderemos a acostumbrarnos al lugar donde estamos.

Dottie quiso decirle que dejara de tener tantas esperanzas de repente, que dejara de planificar su vida en común, porque ella le diría adiós al cabo de pocas horas, o al menos lo devolvería al lugar que le correspondía.

Se fue al despacho parroquial para llamar un taxi. Cuando volvió, Juan Raúl Pérez estaba sentado en los escalones del vestíbulo de la iglesia secando a papá.

Él abrió la puerta del coche para ella y para papá cuando el taxi de color verde lima se detuvo. Dottie se sentó mirando derecho hacia delante mientras las lágrimas le rodaban por la cara.

Él quiso secarle las lágrimas con sus besos.

—Se encontrará mejor cuando baile —le dijo a ella—. Todo va a ser mejor.

El transcurso de una hora dentro del tráfico no rompió el distanciamiento de ella. Él sólo podía seguir sentado y admirar su dominio de sí misma. Juan Raúl haría cualquier cosa para conservarla en aquella posición con ese resuelto perfil de determinación en la mandíbula. No tenía manera de saber que era el destino de él lo que se determinaba en aquella mandíbula decidida.

Juan Raúl le abrió la puerta del coche y la condujo a través de los colores y las multitudes. Cuando desembarcó por primera vez en esta costa se habría hundido si hubiera encontrado semejante aglomeración de personas que se movían y gritaban. Pero hoy tenía a Dottie al lado y se sentía más fuerte. Le rodeaba el olor del océano. Juan Raúl respiró hondo y dejó que la música ahogara el latido de su pulso.

—Papá se ha ido —dijo ella.

—Olvídese un rato de él. Nos encontrará cuando quiera.

—¿Le apetece bailar? —le preguntó después de que se abrieran camino hasta el escenario central, donde los instrumentos de percusión entonaban ritmos cubanos y las trompetas anunciaban la llegada de la tarde.

—No —contestó ella—. Ahora no tengo ganas.

Él no tuvo que preguntárselo otra vez. Se encontró enseguida oprimido contra ella por las oleadas de cuerpos danzantes. Sólo tuvo que poner los brazos alrededor de ella y apretarle las caderas de gran señora contra las suyas. En su sueño siempre era domingo. Siempre domingo por la tarde.

—Bailemos sólo esta pieza —dijo ella— hasta que acabe la música.

Pero la música no acabó y ella se entregó a la canción, a la luz y a la multitud.

CAPÍTULO LXI

Carmela estaba encantada de salir de la prisión de su casa y librarse de los ojos inquisitivos de Ángel. Él se había pasado la noche entera merodeando a su alrededor con largos silencios y sólo la dejaba para atisbar a través de las cortinas cuando se producía el más pequeño ruido. Ángel seguía diciéndole que deberían trasladarse a Fort Lauderdale.

—Sólo quiero asegurarme de que ese Marielito de la escoria no va a volver por aquí.

—¿De quién estás hablando?

—De aquel perdulario mendigo.

—Ángel —dijo ella por cuadragésima vez—, lamento que te diéramos esta impresión. Él no era escoria, era sólo una pobre alma en pena que no parecía saber adónde iba.

—¡Qué coño no había de saber! Eres demasiado confiada. Era escoria. —Ángel fisgaba una vez más a través de las cortinas del salón—. Apaga esa luz para que pueda ver mejor lo que hay fuera.

—Ángel, agradezco de veras que estés aquí, pero ya tenemos el sistema de alarma y...

—Y la pistola —interrumpió él—. ¿Tienes la pistola todavía, verdad? ¿Nadie la ha tirado aún?

—Sí, tengo la pistola. Siéntate, por favor. Me estás poniendo nerviosa.

—¿Dónde está la pistola?

—En mi bolso blanco de bandolera, encima de la mesa de la entrada, Si quieres puedes comprobarlo.

—Te creo. No estés tan susceptible. Sólo te quiero decir que si está lejos de tu alcance no te hará mucho provecho. La deberías tener aquí en el salón contigo. Tienes que aprender a estar en guardia, a protegerte a ti y a Teresa. Yo no puedo venir cada noche.

Carmela y Teresa fueron a misa en San Miguel el domingo por la mañana, pero Carmela no pudo concentrarse para obtener la paz que lograba otras mañanas dominicales. Cuando regresaron a casa, Ángel seguía junto a la ventana del salón esperando una invasión de Marielitos desembarcando en el umbral.

—Llévate la pistola —le recordó él cuando salieron de la casa una hora más tarde.

Ella dio unas palmaditas en el bolso blanco de bandolera que llevaba y le dijo adiós con la mano.

Ciertamente, ella se alegraba de salir de la fortaleza que había sido antaño su hogar. Estaba dispuesta a ir a cualquier sitio con tal de alejarse de Ángel. Pero al sentarse en el asiento del pasajero del coche, sin ver nada más que las manos de Teresa que se crispaban sobre el volante a medida que se espesaba el tráfico por el puente, deseó no ir a un festival en Crandon Beach. El tráfico siempre la ponía nerviosa. La cola de coches se paró. Teresa paró el motor del coche, y abrieron las ventanillas. El calor penetró en el coche, como un ser amorfo. Carmela deseó haberse dirigido en sentido opuesto a su trabajo en Bal Harbour en el mostrador de perfumes donde las botellas de vidrio tallado ofrecían un fresco santuario y las reglas de la organización del almacén proporcionaban una existencia calmada y ordenada. Allí tenía amigos, gente que le gustaba y a la que ella gustaba.

—No debería haber dejado de ir a trabajar hoy —le dijo de repente a Teresa.

—No lo has hecho mamá. Tienes libre un fin de semana sí y otro no. Éste es tu día normal de fiesta. —Teresa pronunció las palabras cuidadosamente.

—Ah, tienes razón —dijo Carmela—. Me había despistado. Me encuentro muy bien. Mañana voy a volver al trabajo.

—Muy bien. Ya sé que te encuentras mejor, pero todavía te quedan muchos días de baja si los necesitas. Siéntate y relájate.

—Ya estoy relajada —mintió ella.

Los coches que iban detrás tocaron la bocina. Teresa volvió a arrancar el coche para proseguir la lenta marcha. Carmela se sentía rodeada por las esperanzas que sobre ella se hacían todos los demás. El coche continuó lentamente y al final dieron vueltas a un aparcamiento dos veces antes de que Teresa se hiciera sitio sobre una raya verde de división.

—Espero que no se lleve el coche la grúa, Teresa. Creo que aquí no se puede aparcar. No pensaba que esto estuviera tan abarrotado. Quizá debería esperarme yo en el coche e ir tú.

—¡Madre, por favor, cálmate! No veo ninguna señal de prohibido aparcar. Hace un día hermoso y estamos aquí para pasar un buen rato y para apoyar a Flavia.

La multitud que había junto a la puerta principal era tan espesa que Carmela tuvo que cogerse al borde de la camisa de su hija para que no las separasen mientras Teresa se abría camino hacia delante. A veces parecían una fila de conga de dos personas; otras veces eran comprimidas tan fuertemente por la multitud que Carmela sentía que si levantaba los pies se la llevaría la ola de extraños que la presionaban por todos lados. La música le hacía daño en los oídos. El apretujamiento anónimo la asustaba. Ella gritó el nombre de Teresa para pedirle que se la llevaran de allí, pero su voz se perdió. En la pista principal la multitud era menos espesa por donde los que bailaban había dibujado a codazos pequeños círculos alrededor de sus cuerpos, que daban vueltas rápidamente.

—¡Teresa, Teresa! —gritó, tirando de la parte de atrás de la camisa de su hija.

Ella se sorprendió de la cara de su hija cuando ésta se volvió para contestarle. Teresa estaba sonriendo. Reía y daba palmadas con las manos delante de ella. Los pequeños pasos arrastrados que Carmela había interpretado equivocadamente como el único modo de moverse en la multitud, eran pasos de baile. Teresa echó las manos al aire y dio vueltas.

—¿No es maravilloso, mamá? Es muy bueno salir de casa. ¿Has visto alguna vez una multitud tan hermosa? ¡Y la música!

—Teresa, ¿cuándo crees que va a salir Flavia? ¿Crees que hay algún sitio donde me pueda sentar y reunirme más tarde contigo cuando aparezca Flavia?

—¡Mamá, por favor! Mamá, pásalo bien. ¿Cuándo vas a olvidarle?

—Ya le he olvidado —gritó Carmela con una sacudida de comprensión—. Me gusta mi vida tal como es. —Pero sus palabras se perdieron bajo un sonido fuerte de trompetas que salían del escenario.

—¿Qué dices? —le respondió Teresa—. Esto es estupendo. ¿No lo oyes?

Carmela no soportaba aquel ruido. Quería irse a casa y romper los barrotes de las ventanas y darle una patada a su hermano para que se marchara por la puerta. Su primer pensamiento cuando lo vio bailando con aquella mujer grande con un vestido azul de topos fue: Conozco a ese hombre. Durante unos minutos observó cómo él se apretaba contra las caderas de aquella mujer. Él le besó el cuello a la mujer. Y luego, con un pánico repentino, pensó. ¡Naturalmente que lo conozco! Era el hombre de la camisa de loros, excepto que ahora llevaba un traje.

—¿Le has visto? —le gritó Carmela a Teresa—. Quizás es una coincidencia.

—No te oigo. ¿De qué estás hablando? —le gritó Teresa a su vez, mirando todavía al escenario y dando palmadas con las manos—. ¿Te lo estás pasando bien?

Juan Raúl Pérez quitó la cabeza del lugar donde la había apretado al besar la nuca de Dottie. Él captó la mirada de Carmela y la aguantó como si no fuera una casualidad que él estuviera allí. Sin soltar la mano de Dottie, caminó hacia ella demasiado deprisa, con demasiada determinación.

Dios mío, Ángel tenía razón, gritó Carmela sin despegar los labios, necesito protegerme a mí y a mi hija. Sacó la pistola con la empuñadora de concha del bolso de bandolera con toda la confianza barata que da una pistola cara. Adoptó la postura adecuada y apuntó al blanco móvil que la amenazaba.

CAPÍTULO LXII

El hombre al que Carmela apuntaba con su pistola siguió siendo un extraño hasta que estuvo muy cerca de ella. Lo suficientemente cerca para que ella pudiera oírle y reconocer su voz a pesar del frenesí de la salsa.

—¡Papá —gritó él—, no dispares!

Ella se volvió para ver al anciano en traje de camuflaje con una pistola dirigida al corazón de ella. Carmela oyó dos disparos. Luego bajó la pistola.

Pero los tiros que ella había oído no procedían de la pistola de ella. El detective privado había disparado dos veces a papá en el pecho. Esteban Santiesteban dio un golpe a la pistola que había en la mano baja de Carmela y echó a correr. La vida era demasiado corta para enredarse con la familia de Dottie.

—¿Qué ha pasado? —alguien gritó a sólo unos palmos de distancia.

—¡Fuegos artificiales! —gritó otro.

—No, era la música —exclamó alguien más.

La música no se paraba nunca. Y dos horas más tarde, cuando Flavia llamó al señor y a la señora Pérez para que se reunieran en la pista de baile después de veinte años de separación, dos personas que ella no había visto nunca corrieron la una a los brazos de la otra. La multitud enloqueció.

CAPÍTULO LXIII

—¿Quiere hablar con él? —Pirelli le preguntó a Carmela en la comisaría.

—¿Tengo que hacerlo?

—No, no es imprescindible. Su hija ya ha hablado con él. Ella y Ángel la están esperando en el despacho del inspector Kemble y usted puede irse a casa ahora mismo si quiere. No hay ningún cargo contra usted, excepto por llevar un arma escondida sin permiso. Y creo que puedo hacer que lo dejen correr.

—¿Está usted seguro de que yo no disparé a aquel anciano? Yo no quería disparar a nadie. Nunca quise tener una pistola.

—Usted no le disparó. Está muerto pero usted no lo mató.

—Sé que usted sigue diciéndome eso, pero cuando oí aquellos disparos...

—Lo sé. Pero los disparos no procedían de su pistola y usted no le disparó.

—Pero no entiendo por qué él habría disparado contra mí.

—Sólo podemos basarnos en suposiciones y en lo que nos han dicho de él. Ellos lo conocieron hace dos semanas, y él protegía mucho a su marido. Por todo lo que sabemos, podía haber sido uno de los tipos que Castro envió sacándolos de la cárcel o de un manicomio, o simplemente un viejo soldado con una nueva bandera.

Estaban sentados en el despacho que Pirelli había estado utilizando como base en Miami. El inspector al que pertenecía el despacho estaba de permiso.

—Usted no tiene que hablar con él ahora.

—Él era un buen marido. Quiero que lo sepan.

Sí, él había sido un buen marido durante seis años de su vida, hacía muchos, muchos años. Pero ahora ella no quería que él volviera. Y no sólo porque era un extraño que había besado a otra mujer y tenía un amigo al cual llamaba papá que estuvo a punto de disparar contra ella. Durante los seis años que había estado con él, ella nunca había visto en los ojos de él la clase de pasión que tenía hacia la mujer a la cual vio que besaba. Siempre había sido reservado, un poco ceremonioso. Siempre estaba preocupado. Le costaría mucho tiempo olvidar la imagen de él bailando con otra mujer después de que ella había esperado sola durante veinte años.

Pero ella no quería que volviera porque era un intruso de otro tiempo y de otro lugar. Ella no sólo había estado esperando todos aquellos años, sino que había estado trabajando para construirse una vida, y había conseguido un buen trabajo. A ella le gustaba la vida tal como era.

—Sí. Voy a hablar con él —Carmela confiaba que él no le pidiera que volviera con él, porque ella lo haría. Él había sido un buen marido y había pasado veinte años en la cárcel.

—Tendré que quedarme en la sala con usted, entiéndalo. Es una norma; por si sucediera algo y usted se quedara sin ningún agente o ningún guardia. Yo no hablo español, así que su conversación será privada, pero puedo hacer que se quede alguna otra persona, si usted lo prefiere.

—No, hagámoslo así. ¿Cuándo vendrá?

Se le había corrido el rímel y llevaba los acontecimientos del día estampados en la cara.

Pirelli llamó por el intercomunicador y ambos esperaron en silencio. Él movió una silla vacía para ponerla junto a la de ella. Luego se volvió para mirar por la ventana y no se movió de allí cuando hicieron pasar a Juan Raúl Pérez a la sala.

Juan Raúl Pérez giró la silla para estar de frente a Carmela y le alargó la mano. Ella no movió la suya. Él sonreía. Sus tristes ojos mostraban ansia.

—¿Por qué no me disparaste, amor mío? —preguntó él.

—¿Qué?

—Podía haber muerto pacíficamente en tus brazos y sentirme feliz por ello.

—No quiero que nadie muera en mis brazos. Además, no sabía quién eras.

—Creo que somos dos extraños. Sabes, yo te imaginaba como una anciana con aire de matrona que apenas podía seguir andando. —Él le puso la mano en la cara—. Eres muy hermosa. Te he amado durante muchos años.

—Yo también te he amado durante muchos años —dijo Carmela.

—¿Sabes que haré cualquier cosa que me pidas?

Ella cerró los ojos. Él palpó suavemente las facciones de la cara de Carmela con la mano. Los ojos. Los pómulos, que desaparecían cuando sonreía. La boca que él había amado. Ella puso su mano sobre la de él. Los dedos que él había contado.

—Sabes que no te lo pediré —dijo ella.

—Por eso es por lo que deseo que hubieras disparado contra mí.

—Los finales nunca son tan sencillos, amor mío.

—Vendré en cuanto me necesites, incluso me levantaré de la tumba.

Ella sonrió tristemente. ¿Cuántas veces puede un hombre levantarse de la tumba?

Él separó la mano de la cara de ella y salió de la habitación.

CAPÍTULO LXIV

San Lázaro estaba cansado. Sus piernas inválidas le dolían de bailar y los brazos le hacían daño por las muletas. Después de las ocho de la tarde volvió a Coral Way en su remolque de plexiglás que iba detrás del Impala del 64, con los perros que ladraban a sus pies. Si su carga no hubiera sido tan pesada y no tuviera el cuerpo tan cansado, habría levantado la vista para ver la puesta de sol. Cintas de color rosa y violeta se entretejían a través del azul. Las nubes suaves peinaban blandamente las rachas repentinas de luz de sol.

Pero la carga siempre era pesada después de un festival, y aquel domingo no era una excepción. Aparte de las plegarias y de la calderilla, había catorce monedas de oro en su remolque de plexiglás que llevaban el retrato de José Martí encima de las palabras «Patria Libertad», y pesaban con fuerza en su mente. Sabía que no debería haberlas tomado de la anciana vestida de blanco que bailaba con su sobrino. No era la calderilla que la anciana pensaba que era y vendrían a valer unos cuatro mil dólares, calculó; ofrendas adecuadas para un Papa y no para un hombre sencillo como él. Pero él creyó que se las merecía; había estado trabajando duramente para poner orden en tantos Pérez y todavía había mucho que hacer. Le llevaría casi un año conseguir que Carmela, finalmente, creyera que Pirelli la amaba. Le pareció que harían una buena pareja; Pirelli pasaba mucho tiempo en la carretera y Carmela sabía cómo esperar a un hombre. Los mortales eran desatinados en cuanto a cómo querían que se les arreglase la vida, pensó. John Wayne está muerto, Dottie. Y él nunca habría secado a besos tus lágrimas, como hizo Juan Raúl Pérez.

Impreso en
LIBERGRAF, S. L.
Constitució, 19
08014 Barcelona